L'IVRESSE DES LIBELLULES

Portraitiste tout en délicatesse et fine analyste du couple sur lequel elle pose un regard aussi tendre qu'acéré, Laure Manel rencontre un immense succès depuis son premier roman, *La Délicatesse du homard*. Suivront *La Mélancolie du kangourou*, *L'Ivresse des libellules*, *L'Embarras du choix* et *Histoire d'@*. Après avoir été enseignante, elle se consacre aujourd'hui entièrement à l'écriture.

Paru au Livre de Poche :

LAURE MANEL

L'Ivresse des libellules

MICHEL LAFON

ISBN : 978-2-253-93460-8 – 1re publication LGF

À nos amis
À nos amours

L'on ne peut aller loin dans l'amitié, si l'on n'est pas disposé à se pardonner les uns les autres les petits défauts.

LA BRUYÈRE, *Les Caractères*

Ce qui rend les amitiés indissolubles et double leur charme est un sentiment qui manque à l'amour : la certitude.

BALZAC, *Les Illusions perdues*

1

Alex et Sybil sont les premiers. Elle aime cette idée ! Elle ouvre la portière avant même qu'il ait garé la voiture et en sort comme délivrée par un ressort, mais non sans élégance.

La bâtisse est magnifique. Tout est magnifique. *Magnifiquissime*, même. Le portail un peu plus bas, le chemin de terre qui conduit jusqu'à ce petit parking à l'angle de la maison, les arbres, le jardin (*parc* serait plus adéquat)… Elle espère que l'intérieur de la demeure sera au moins aussi beau que le laissaient espérer les photos sur le site. Mais, déjà, elle est conquise. Ces vacances s'annoncent sous les meilleurs auspices.

Comme chaque année depuis huit ans, ils partent avec « le groupe ». Habituellement, ils louent pour une semaine, avec les enfants. Cette année, ce sera différent. *Mieux*, espère-t-elle. Une fois n'est pas coutume, elle se sentira un peu moins différente des autres.

— Mais qu'est-ce que tu fais ? Viens voir comme c'est beau !

Alex est toujours dans la voiture. Elle fait quelques pas, lui ouvre la portière pour l'inciter à descendre plus vite. Comment ça, il n'est pas pressé ? Fatigué par la route ? Elle soupire. Elle, elle est déjà ragaillardie par le lieu, la perspective de moments formidables, l'air qui sent bon la lavande, le chant des cigales… Et pas lui ?

Certes, elle n'a conduit qu'un quart du trajet, mais elle est sûre que cela n'aurait rien changé si elle avait enquillé les kilomètres : cet endroit vaut tous les breuvages énergisants.

— J'envoyais juste un message à Léa. Pour lui dire qu'on est bien arrivés.

— Comme si elle s'inquiétait, ironise Sybil. Tu devrais plutôt en envoyer un à ta mère !

Il ne relève pas. Intérieurement, il lui donne raison. Léa et ses quatorze ans sont sans doute bien occupés et n'ont que faire de les savoir arrivés… Elle parierait volontiers que Léa a même oublié que son vieux père et sa belle-mère ont pris la route ce matin. Alors que sa mère à lui a dû s'inquiéter, comme à son habitude. À quarante-six ans, il doit encore la rassurer au terme des longs trajets. Restera-t-il donc toujours le fils de sa mère ? Il fronce les sourcils, elle l'embrasse fougueusement. Un petit sourire mutin et le tour est joué.

Les propriétaires devraient arriver dans un petit quart d'heure. Elle en profite pour embarquer son homme dans un tour de la propriété, afin de mieux en apprécier l'étendue et la beauté.

Ils longent main dans la main la longue façade exposée au nord-est. Les murs de pierre s'élèvent sur trois étages, jusqu'à un vieux toit de tuiles claires patinées par le temps. La bâtisse est si impressionnante qu'elle en devient majestueuse. Parvenus à l'angle et avant de tourner sur leur gauche, ils projettent leurs regards vers l'horizon qui s'étend à perte de vue. Le panorama sur les collines alentour vaut à lui seul le détour. Ils découvrent ensuite, sur le côté de la maison, une terrasse dallée et couverte dont les piliers, aux quatre coins, supportent un plafond en bois. Une table de jardin et quelques chaises attendent les convives. Quand ils débouchent sur la partie jardin, Sybil s'arrête net sous le coup de cette vision quasi extatique. À leur gauche, le jacuzzi dort avant de passer à l'action, et plus loin, en contrebas, s'étend une piscine aux dimensions généreuses, entourée d'un dallage au coût manifestement exorbitant. L'eau bleue scintille au pied des chaises longues et des parasols qui semblent les attendre. Au-delà de cet espace se déploie le jardin parfaitement entretenu (gazon jauni mais impeccablement tondu, espaces paysagers foisonnant d'espèces et prometteurs de senteurs multiples). Tout au bout, un muret en pierre de la région parfait l'ensemble, y apportant un cachet supplémentaire. Au fond à gauche, un léger renfoncement laisse deviner la présence de la mare annoncée au téléphone par les propriétaires désireux de leur spécifier les zones à surveiller pour les enfants. Cette année, ils seront libérés de cette inquiétude !

Sybil et Alexandre se tournent enfin vers la façade sud-ouest de la maison, qui absorbe autant qu'elle réfléchit la lumière d'un soleil de feu. Entre les deux ailes de la demeure, une immense terrasse a été aménagée sur un fin gravillon, avec une table non moins immense entourée d'un nombre incalculable de chaises, et une autre, plus près d'eux, petite, ronde, en fer forgé, à mi-chemin entre la maison et le jacuzzi. Manifestement rénové avec soin, le bâtiment assume son âge et semble fier de déployer tous ses charmes au couple qui admire ses grandes baies vitrées dans des ouvertures larges et voûtées. Dans le prolongement de l'aile, à leur droite, un massif paysager est doté d'un immense palmier dominant un parterre de lavande et de cactus. Si l'on prend le petit chemin qui longe le dernier côté de la maison, on rejoint le parking. Enfin, entre trois palmiers, se trouve un salon de jardin de belle facture, en rotin tressé, dont les coussins moelleux du canapé et des quatre fauteuils invitent à s'y poser.

Sybil reste bouche bée. Elle n'a pourtant pas manqué de s'exclamer à chaque recoin, à chaque découverte. La réalité dépasse ses attentes et est encore plus belle que le laissaient présager les pourtant séduisantes photos du site ! D'ailleurs, elle n'a pas attendu bien longtemps pour mitrailler l'endroit afin d'alimenter son Instagram. Alex sourit. Sa douce et tendre (façon de dire) est de nature impatiente, mais son enthousiasme fait plaisir à voir… À entendre, moins : plus elle s'extasie, plus sa voix monte dans les aigus. Parfois, il voudrait bien l'image sans le son. C'est Sybil… capable du meilleur comme du pire. A priori, elle sera à son avantage pendant ce séjour, car l'absence des enfants ne peut que contribuer à une ambiance sereine entre eux. Et c'est tant mieux : il n'aspire qu'au repos.

Une voiture s'annonce, amplifiée par le roulis des cailloux. Sybil se frotte les mains.

— Ils arrivent bientôt, Caro et son mec ? demande Alexandre en se dirigeant vers le parking.

Sybil regarde son portable. Pas de nouveau message. Aux dernières nouvelles, Caroline et Sébastien devaient arriver vers 16 heures et seraient les numéros deux. Suivrait le *minibus*, terme quelque peu exagéré pour désigner le monospace des deux derniers couples. Aucun enfant dans les parages pendant quinze jours. Sybil en rêvait… et était parvenue à convaincre les autres. Lors d'une soirée, en janvier, elle avait avancé ses pions, misé à coups d'arguments solides : du calme, pas de cris, aucune contrainte, pas d'horaires, la possibilité de faire la fête sans contrôle, de dormir jusqu'à plus soif, d'organiser des sorties qui leur plairaient vraiment… De vraies vacances, pour une fois ! Et puis, ce n'était pas si compliqué à organiser : Émilie et Vincent ainsi que Claire et Jérôme pouvaient s'arranger avec les grands-parents ; Alex et Caroline n'auraient qu'à caler les gardes et s'arranger avec leurs ex respectifs. Facile, donc. Il suffisait de le vouloir. Caroline n'avait pas hésité plus de quelques minutes (le temps d'apprécier par avance le gain de quiétude), Émilie avait été plus longue à convaincre (trois semaines pour accepter de rester loin de ses enfants si longtemps), Claire s'était rangée à l'avis de la majorité, les hommes s'étant alignés sur la décision de leurs compagnes. Sybil avait applaudi : ils ne le regretteraient pas ! C'est bien, de changer un peu… Les vacances avec les enfants, ils avaient l'habitude… ça n'était pas toujours simple (ceux des autres qu'on a du mal à supporter, les conflits entre petits et grands, les divergences éducatives, les ados qui râlent…). Là, ils venaient d'obtenir leur passeport pour un séjour idyllique. Sans menus juniors en trois services, sans cris, sans pleurs, sans disputes et petits bobos… Et cette bastide évocatrice à elle seule de tant de promesses ! Son aspect luxueux avait d'abord laissé Émilie de marbre et carrément inquiété Caroline, dont le budget était plus serré. Mais, là encore, Sybil avait géré de main de maître, arguant du fait qu'elle avait dégoté ce petit bijou « à prix d'ami » grâce à ses relations… En réalité, elle avait décidé qu'avec Alexandre, ils prendraient à leur charge la moitié du tarif de la location. Ils pouvaient se le permettre. Autant en profiter, et ainsi cela ne coûterait pas plus cher que les années précédentes pour les autres. Un bon compromis pour satisfaire sa vision du bonheur : grand confort, décoration soignée, le must en matière de piscine, jacuzzi, sauna, espace… Le rêve ! Elle travaillait comme une dingue toute l'année, elle avait bien droit à des vacances confortables, non ?

Le simple souvenir de la location de l'année précédente la fait frémir d'effroi. Certes, il y avait une piscine (pour les enfants, une nécessité, pour les adultes, un plus non négligeable…), mais l'intérieur était horrible, années soixante-dix mais pas vintage comme le veut la mode d'aujourd'hui, non, du pur ringard à tendance kitsch, un véritable dans-son-jus, avec carrelage marron affreux, papiers peints abîmés à grosses fleurs orange, tapis tachés, vaisselle dépareillée, et un goût pour la déco très contestable… C'était d'un glauque ! Elle avait cru mourir.

Sybil emplit ses poumons, soupire d'aise et se pare de son plus beau sourire pour serrer la main des propriétaires, vagues amis d'amis.

2

— C'est magnifique ! s'exclame Caroline en faisant son entrée dans la maison au bras de Sébastien.

Ils sont apparus tous les deux équipés en motards. Ils viennent d'enlever leur casque et leur blouson en cuir, et ne sont pas à leur avantage, surtout avec cette chaleur, les cheveux aplatis et collés sur le front. Elle est jolie même comme cela, il est quelconque.

— Tu ne vas pas t'y mettre ! ironise Alex en s'avançant vers elle pour la saluer. Je n'ai jamais autant entendu en aussi peu de temps le mot *magnifique*. Sybil a épuisé le stock pour aujourd'hui… À chaque pièce, chaque recoin de la maison, chaque bibelot… Trouve autre chose.

— Espèce de rabat-joie ! *Extraordinaire*, ça t'ira ? propose Caroline en riant.

— Je saurai m'en contenter, mais j'attendais un truc plus recherché. Limite philosophique, tu vois ?

Sybil serre son amie dans ses bras tout en adressant une grimace à sa moitié. Dans un silence approbateur, Caroline et Sébastien admirent les lieux, sous les yeux satisfaits de Sybil, si fière de son effet qu'elle s'improvise déjà maîtresse de maison. Le pas assuré en dépit de ses huit centimètres de talons, moulée dans une petite robe rouge très ajustée, avec son carré platine au brushing impeccable et son maquillage sophistiqué, elle ressemble à une hôtesse d'accueil comme celles que l'on croise dans les séminaires et les salons auxquels elle participait à l'époque où elle était une parfaite working girl.

Ils passent de pièce en pièce, et leur marche est ponctuée d'exclamations et de baisers échangés par les nouveaux venus, sous le regard malicieux d'Alexandre ou faussement réprobateur de Sybil.

— Vous n'avez pas bientôt fini, tous les deux ? les sermonne celle-ci, amusée.

— Tu ne peux pas comprendre… Le trajet était hyper long ! se justifie Caroline. Et à moto, ce n'est pas comme en voiture, tu sais… Avec les casques, c'est difficile.

— Rassure-moi, vous avez fait des pauses ?

— Évidemment, intervient Sébastien, se voulant rassurant mais insinuant dans le même temps que lesdites pauses ont été bien occupées.

Alexandre part d'un rire bruyant.

— On voit que vous êtes jeunes… Enfin, jeune couple ! se reprend-il.

Sybil, vexée, hausse un sourcil.

— Je peux savoir à partir de quand on bascule dans le « vieux couple », selon toi, mon ange ?

Pour toute réponse, il l'embrasse fougueusement.

— J'aime mieux ça. Les vieux couples, ils sont dans le *minibus*, je te rappelle.

Elle rit. Il est vrai que, des quatre couples, seuls deux remontent aux origines, ou presque : cela fait vingt ans au moins qu'ils sont ensemble. Alors que les leurs n'ont que quelques années, voire quelques mois, d'existence. Et ça se voit !

Caroline s'extasie devant la visible propreté de l'ensemble du rez-de-chaussée. Les meubles brillent, les inox sont rutilants, et ça sent bon le propre ! Son contentement se lit sur son visage autant que dans ses mots, même si elle juge la déco trop moderne. Tout le contraire de l'année précédente.

Le quatuor poursuit la visite de la maison par les chambres. Toutes ont été décorées avec soin, mais deux d'entre elles remporteront tous les suffrages. Sybil aurait bien voulu poser ses valises dans la suite avec baignoire balnéo, en guise de réservation, mais Alex l'en a dissuadée. Elle tente de convaincre Caroline et Sébastien qu'ils seront tout aussi bien dans celle d'à côté, également dotée d'une baignoire directement dans la chambre.

— Elle n'a pas de bulles, celle-ci, objecte Caroline.

— Mais vous êtes un jeune couple, vous n'avez pas besoin de bulles ! rétorque Sybil. Et puis, regarde cette vue sur la piscine ! C'est la plus belle de la maison.

Devant de tels arguments, Caroline se tait.

— Moi, je pourrais dormir dans la paille… tant que ma douce est à mes côtés.

— Comment voulez-vous que je ne craque pas ! s'extasie Caroline, qui enlace un peu plus étroitement Sébastien.

*

Il est plus de 18 heures quand enfin se fait entendre le *minibus*, aussitôt accueilli par des applaudissements et des cris mi-enthousiastes mi-passablement impatients. Alex et Sébastien, qui a opté pour le bermuda-tongs-torse nu, ont commencé les hostilités : ils ont déjà une bière à la main. Caroline et Sybil sont en maillot de bain et ont pris une longueur d'avance en goûtant à la piscine.

— Enfin vous voilà ! C'est pas trop tôt ! les taquine Alexandre.

— On a été pris dans les bouchons au départ. L'enfer… explique Vincent.

— Nous aussi, mais on est partis plus tôt. C'est mathématique.

Vincent préfère sourire à Sybil. Ils sont arrivés, c'est l'essentiel. Les huit adultes échangent bises, poignées de main ou franches accolades pour se saluer chaleureusement. Claire prend Caroline et Sybil dans ses bras. Ils sont tellement heureux de se retrouver. Même s'ils se voient régulièrement dans l'année, ce séjour estival remporte toujours la médaille d'or du moment privilégié. D'habitude, sitôt arrivés, les enfants courent déjà partout, contents d'être de nouveau ensemble et pressés de découvrir les lieux, ce qu'ils font comme des étourneaux, dans une envolée aussi turbulente que désordonnée. Cette fois, le bruit de fond est assuré par les cigales.

Les bagages peuvent attendre et restent dans le coffre. Avec un extérieur aussi prometteur, les nouveaux arrivants ont hâte de visiter la maison.

— Tu as oublié de grossir, lance Émilie à Sybil, consternée par la silhouette sculpturale de son amie.

— C'est pas cool de me dire ça !

— Excuse-moi, t'inquiète... C'est juste que je me suis mise au régime, et que je constate (sans étonnement, cependant) que ce n'est pas toi qui pourras m'accompagner dans mes efforts...

— Je suis désolée... Tu sais bien que je peux manger tout ce que je veux... Mais, en même temps, je fais hyper gaffe à ma ligne et je bouge beaucoup. Tu n'auras qu'à venir courir avec moi !

— Tu n'ignores pas que j'ai horreur de ça...

— Tu devrais essayer quand même. Ça te fera du bien ! Et puis, tout à fait entre nous, quelle drôle d'idée de se mettre au régime pour les vacances ! C'est typiquement le moment où on ne fait que boire et bouffer...

— Je t'expliquerai... plus tard, lui répond-elle en rougissant.

Émilie ravale son amertume. On ne choisit parfois pas plus son moment de vouloir maigrir que le fait de grossir. Claire lui envoie un regard plein de compassion. Elle, elle la comprend. Vincent n'a pas entendu, trop occupé avec ses vieux copains Alex et Jérôme. Sébastien ne fait pas partie du groupe depuis très longtemps, et ce n'est que la deuxième ou troisième fois qu'ils se voient. Ils se dirigent vers l'arrière de la maison en une lente procession, au gré des conversations qui fusent en tous sens.

Ils sont au complet… ou presque.

3

Ils ont (re)visité la bâtisse tous ensemble, des combles (où se trouvent plusieurs chambres, un grand dortoir et un salon-bibliothèque pour les enfants potentiels) à la cave, dont Sybil avait caché l'existence pour une découverte simultanée de la pièce la plus incroyable de la maison : sous une très belle voûte en pierre se distinguent un immense salon très cosy et… un billard. C'est au tour des hommes de pousser de hauts cris et de s'attribuer cette pièce comme leur QG.

— C'est non négociable, tranche Alex avec une autorité amusée. Et vous, vous avez le magnifique salon principal de la maison qui donne sur l'extérieur…

— … Et proche de la cuisine, tant qu'on y est ? Pour joindre l'utile à l'agréable ? demande Caroline, contrariée. Les mecs au billard, les filles à la popote ?

— Tout de suite, les accusations… intervient Vincent.

— De toute façon, le coupe Sybil, nous passerons par là, nous aussi, les filles… Car, derrière cette porte, il y a… un saunaaaaa !

Le petit groupe s'avance pour découvrir le dernier trésor de leur palace.

— Un sauna, mais c'est génial ! Ce n'est pas comme si on allait étouffer tous les jours ! L'Ardèche est en alerte canicule pour une bonne partie du séjour… et un sauna te fait rêver, ma chérie ! Mais, malheureuse, on aura déjà trop chaud dans le jacuzzi dehors, si tu veux mon avis…

— Dites-lui, les filles, qu'il n'y connaît rien !

Prudentes, elles se contentent d'un sourire. Après tout, qui aura envie de rôtir, hormis Sybil ? Une chose est certaine : rien que pour avoir le dernier mot, elle utilisera le sauna. Même seule.

— Bon. Assez parlé. On prend l'apéro ? propose Jérôme avec enthousiasme.

— En voilà un qui sait parler. En plus, on a mis au frais tout ce qu'il faut pour la soirée.

— Vous rigolez, j'espère ?

Sybil a figé le groupe tout entier. Elle poursuit :

— On ne fera rien tant qu'on n'aura pas vidé les voitures et déposé nos affaires dans les chambres. Chambres qu'il faut encore attribuer, je vous le rappelle !

— Et alors ? C'est encore mieux : nous allons en discuter autour d'une bonne bière bien fraîche et de pistaches, sur la terrasse. On n'est pas aux pièces, hein.

C'est les vacances, oui ou merde ? lance Sébastien avec bonne humeur.

— À vrai dire, quand tu me parles comme ça, j'ai juste envie de te dire merde, répond Sybil, cinglante. Et puis on n'a pas gardé les vaches ensemble, Seb… On se connaît à peine, alors…

— Sybil, arrête.

Alexandre a jugé bon d'intervenir et a mis assez d'autorité dans sa voix pour qu'elle comprenne le message. Sybil soupire intérieurement et se résigne à suivre le groupe. Du moment qu'elle a la chambre avec la baignoire balnéo… Elle s'est montrée un peu vive avec Sébastien, mais c'est parce que, quand elle a une idée en tête, cela vire à l'obsession jusqu'à ce qu'elle ait obtenu gain de cause (quand elle était petite, on la surnommait Idéfix, c'est pour dire…). Sans compter qu'elle n'a pas du tout apprécié sa façon de lui parler… Il se voulait drôle ? Elle le trouve un peu trop familier. Alors qu'il arrive à peine dans le groupe ! Sybil est ainsi : cash. Elle dit ce qu'elle pense, sans filtre. Elle aime ou elle n'aime pas. Et lui, elle ne l'aime pas… sans bien savoir pourquoi. Il va falloir qu'il la convainque qu'elle se trompe.

Les verres s'entrechoquent. Les sourires sont éclatants. Ils trinquent à ces vacances bien méritées. La location est hallucinante. Tous remercient Sybil, qui ne se lasse pas de ces éloges. Même les plus indifférents ou allergiques au luxe admettent que le lieu est divin et qu'elle a bien fait d'insister…

Mais déjà les sourires se tendent et les regards s'aiguisent : la chambre avec balnéo leur fait envie à tous. Il va falloir jouer serré. Chaque année ou presque, le moment « attribution » provoque un petit débat ou quelques anicroches, puisqu'il y a toujours au moins une chambre mieux que les autres (que ce soit pour la déco ou le confort, pour sa salle de bains privative, pour son éloignement ou non de l'espace de vie ou des chambres des enfants… car une proximité géographique avec ceux-ci peut rapidement vous coller l'étiquette de « gendarme » à 2 heures du matin, ce qui joue, évidemment, sur le sommeil). Point d'enfants à sermonner nuitamment cette fois, mais le ton parvient néanmoins à monter gentiment. Claire et Jérôme préfèrent se retirer de la course. Si quelques heures plus tôt Seb voulait bien dormir sur la paille, il semble à présent très motivé pour décrocher une des deux plus belles chambres. Alex le soupçonne intérieurement d'avoir simplement envie de mettre des bâtons dans les roues de Sybil. Pour mettre fin à une discussion stérile (c'est à qui usera de son argument le plus fallacieux), Claire propose d'attribuer les chambres à la courte paille : un système juste et infaillible, laissant le hasard décider pour eux. Ainsi, pas de problème et aucune réclamation possible. Sybil boude à cette idée (elle n'a statistiquement qu'une chance sur quatre d'obtenir la chambre qu'elle souhaitait), mais n'en perd pas le nord :

— Puisqu'il faut en arriver là… De toute façon,

Claire, toi et Jérôme, vous prenez la chambre qui reste, c'est ça ? Donc on fait trois pailles…

Le procédé est pour le moins mesquin, mais Claire n'est pas du genre à faire des histoires. Surtout pour ce genre de considération matérielle.

— Oui… Nous prendrons la chambre sans balnéo, sans baignoire et sans solarium…

— Elle a quand même une douche italienne vachement bien…

Comme toutes les autres chambres, aurait-on pu lui rétorquer. Alex jette un regard lourd de sens à Sybil. Parfois, elle le consterne. Comme en cet instant où ses manœuvres égoïstes et malhabiles le navrent au plus haut point. Il pourrait intervenir pour faire comme Claire et Jérôme, et se mettre hors jeu, rien que pour la taquiner, comme il aime tant le faire (elle démarre au quart de tour, et il s'en amuse… le plus souvent). Elle ferait moins la maligne… mais alors bonjour le séjour ! Elle serait capable de le lui reprocher et de bouder (c'est une experte en la matière) pendant les quinze jours. Mauvaise idée pour lui qui souhaitait une trêve dans leur quotidien en dents de scie… Sans les enfants, il espérait retrouver la Sybil qu'il aime tant : enthousiaste, généreuse, aimante, énergique, toujours prête à l'accompagner, à rire de ses blagues… Pour l'instant, elle montre son plus mauvais côté, son caractère trop vif, sa tendance aux caprices. Elle se comporte comme une petite fille gâtée, beaucoup trop gâtée… Celle qu'elle a été. Elle avait tout, on ne lui refusait jamais rien… peut-être pour compenser une absence. Ses parents l'ont élevée au rang de princesse, plus que *bien* élevée... Elle a toujours obtenu ce qu'elle voulait. Même lui... (Elle n'a pas dû le prier beaucoup, c'est vrai.) Parfois il se dit qu'il lui faudrait un obstacle, un vrai (pas de ceux qu'elle franchit allègrement parce qu'elle a de la conviction et du talent), que la vie lui envoie une épreuve, un signal fort... pour qu'elle prenne conscience de sa chance, qu'elle arrête de vouloir plus, et qu'elle change, un peu, qu'elle troque son côté capricieux contre une capacité à se mettre vraiment à la place des autres, l'empathie qui lui manque trop souvent.

Jérôme leur tend trois allumettes qu'il a retaillées en guise de pailles. En quelques secondes, c'est plié : chaque couple sait où il va dormir. Et c'est Émilie et Vincent qui ont décroché le gros lot. Sybil n'a ni vraiment gagné ni vraiment perdu. Elle essaie de faire bonne figure et de ravaler sa déception... ou sa honte, on ne sait pas trop.

*

Ils retournent aux voitures décharger les bagages. Sybil et Alex ont pris ceux de Caro et Sébastien pour qu'ils ne soient pas trop chargés à moto.

— Venez voir ! ordonne Alex, en arrêt devant la voiture de Jérôme.

Les autres arrivent, le regard aiguisé par la curiosité.

— Mais admirez-moi ce coffre ! Voyez ce rangement au millimètre, cette stratégie digne de Tetris. Extasiez-vous devant cet ordonnancement parfait ! Ça, c'est du Jérôme tout craché, hein ? Je le connais : à l'école, déjà, il avait le cartable le mieux rangé. Ç'a toujours été le roi de l'organisation ! Je savais que je pouvais compter sur toi, comme chaque année, termine Alexandre avec solennité en posant une main vigoureuse sur l'épaule de son ami, qui lui sourit.

Ces deux-là sont bien différents, mais ils n'ont jamais perdu la complicité nouée à la fin du collège, après quelques années passées non loin l'un de l'autre. Jérôme est sans doute celui du groupe qui connaît le mieux Alex, et qui sait de quelles profondeurs vient sa propension à jouer au rigolo de service…

— Vous avez dû perdre au moins une heure au départ, le temps que notre cher Jérôme réalise son œuvre d'art, tente Alex en souriant.

— Tu me sous-estimes : j'ai fait ça hier soir. Il a juste fallu revoir l'agencement ce matin, suite à l'ajout des énoooormes vanitys des filles. Pour ce qui est de notre arrivée tardive, en dehors des bouchons nantais, n'oublie pas que nous partions avec un double handicap…

— C'est nous, le double handicap ? demande Émilie, faussement choquée.

Jérôme est pris d'un fou rire avant de s'expliquer : entre celle-ci qui roule très prudemment et donc sous les limitations de vitesse, et son directeur d'auto-école de mari… Claire et lui n'avaient qu'à bien se tenir et à être patients…

— Ne me dis pas que vous avez réussi à respecter la nouvelle limitation à quatre-vingts kilomètres-heure ! s'exclame Sybil, ahurie.

— On a mis le limiteur, tu te doutes… Impossible, sinon : sur les nationales, on a l'impression de faire du surplace.

— Et à moto, je ne vous dis pas… intervient Sébastien.

— Ça n'existe plus, les nationales, reprend Vincent.

— Ah oui ? s'étonne Sybil. J'ai dû rater un truc. Enfin, les routes n'ont pas disparu…

— On s'en fiche un peu, du nom des routes. Mais une chose est certaine : impossible de rouler à quatre-vingts, en effet, poursuit Alex, amusé. Nous l'avons vérifié : on s'est fait flasher par un radar pas très loin d'ici.

Vincent secoue la tête en signe de réprobation. Il ne force pas son zèle, il est ainsi : irréprochable.

— Les vacances commencent bien, alors, pour vous ! plaisante Caroline. En même temps, ce n'est pas une petite contravention qui va vider votre porte-monnaie…

*

Tandis que les couples s'installent dans les chambres, chacun y va de ses commentaires. Le bonheur de se retrouver tous ensemble, le confort et le luxe de la maison ou… Sybil sont au centre des conversations privées. « On a déjà eu droit à du grand

Sybil ! » (Claire à Jérôme)/« Elle est visiblement en très grande forme et je l'aime beaucoup, mais j'espère qu'elle va se calmer quand même… » (Vincent à Émilie)/« Dis donc, ta copine, la plus blonde… elle me gonfle déjà ! » (Sébastien à Caroline).

Peu importe, au fond : des petits couacs, il y en a toujours, au début ! Il faut bien s'ajuster… un temps d'adaptation. Ces vacances entre adultes sont une belle occasion de se (re)découvrir autrement.

— Alix et Zoé me manquent déjà… soupire Émilie, assise sur le lit, une larme au bord des yeux.

— Je sais.

Vincent vient prendre place auprès d'elle et attrape sa main, dans laquelle il dépose un baiser. Il n'ignore pas les efforts surhumains qu'elle a dû déployer pour accepter ce séjour loin de ses enfants. Quinze jours ! Comment a-t-elle pu se laisser convaincre ? Lui-même n'en revient pas. Mais Émilie, au fond, sait très bien ce qui la motive… Sous couvert de « vacances entre amis », la maman poule s'est donné pour objectif de se rapprocher de son mari. Bien sûr, ils auraient pu partir rien que tous les deux. Mais bizarrement elle n'avait pas eu le courage de le lui proposer. Elle a donc gardé pour elle l'espoir qu'elle couve à l'intérieur de son cœur : se retrouver en tant que couple, ne plus être uniquement des parents… Ce qu'ils sont devenus petit à petit. Elle voudrait revoir dans les yeux de Vincent l'étincelle qui y brillait avant. Qu'il la trouve belle, qu'il le lui dise… Qu'il renouvelle ses vœux. Rien ne la comblerait davantage que de se sentir aimée, désirée, vraiment, pour elle-même, pas comme la mère de famille avec qui il vit depuis à présent vingt-trois ans. Elle sait bien qu'il l'aime, ce n'est pas la question. Elle veut plus, ou différent. Qu'ils se redécouvrent et redécouvrent la tendresse, les mots doux (si possible) et le sexe enjoué… Qu'ils se regardent réellement, pas par habitude, qu'ils se redisent « je t'aime ». Elle compte bien tout faire pour cela. Reconquête, jour 1. Elle l'a écrit dans son *bullet journal*[1].

1. Sorte d'agenda-journal personnalisable.

4

Ils ont eu la bonne idée d'apporter de quoi manger pour ce premier soir. Ils font cela tous les ans pour s'éviter d'emblée la corvée des courses et la préparation d'un dîner forcément fastidieuse après une longue route. La grande table de la terrasse regorge de victuailles toutes plus appétissantes les unes que les autres : charcuterie, quiche lorraine, caviar d'aubergines et toasts, cake aux olives, salade de riz, gâteau au chocolat, tarte aux pommes… La quiche de Claire, sans faillir à sa réputation, sera engloutie en premier… Contrairement au cake d'Alex qui, trop sec et trop tassé comme à son habitude (donc aussi digeste qu'un parpaing), restera ignoré des connaisseurs… Très logiquement, seul Sébastien se fera avoir. Et Alex lui-même qui, pour montrer l'exemple, demande, la bouche pleine, comme s'il se régalait : « Il est pas bon, mon cake ? » Remarque très discrètement ignorée par ses amis, mais approuvée par Seb, explosant de rire: «Bah non, je confirme!»

Il y en a pour tout un régiment et ses réservistes.

— Vous avez oublié qu'on n'avait pas les enfants! rit Claire.

Cela fera de bons restes pour demain.

— J'veux pas faire ma rabat-joie, mais ça craint pour mon régime. Heureusement que j'ai pris du melon et des tomates cerises... se lamente Émilie, tentée par tout ce qu'elle voit.

— Mais si, regarde, j'ai pensé à toi: j'ai fait une salade, vu que tu m'avais dit que tu faisais attention...

— Excuse-moi, Caro, mais une salade de riz, ce n'est franchement pas ce que j'appelle une salade! C'est un agglomérat de féculents avec trois bouts de tomate pour faire genre. Je ne t'apprends pas que le riz et le maïs sont bourrés de sucre?! Et regarde ton riz, il suinte le gras! Je n'ose même pas imaginer la dose d'huile que tu as mise. Merci d'avoir *pensé à moi*, mais j'aime autant picorer mes cubes de melon et mes tomates.

La tirade d'Émilie laisse Caroline songeuse. Elle qui croyait bien faire. Surtout, elle s'étonne intérieurement de la réaction trop vive, inhabituelle de son amie. Serait-elle à cran? Pourquoi? Quand même pas à cause de son régime? Parce qu'elle culpabilise d'avoir laissé ses enfants? Pour une autre raison? Quelque chose ne va pas, c'est sûr.

— Moi, j'en mangerai de ta salade, ma chérie... Je

vais la dévorer, même, lui susurre Sébastien d'un air gourmand.

Sybil, dont l'oreille traînait, est définitivement atterrée mais se sent rassurée en voyant l'air consterné d'Émilie quand les deux ados en chaleur s'embrassent goulûment pour ponctuer cette brillante remarque.

— Dites donc, les bonobos, je suis heureuse que vous ayez une libido au zénith, mais vous avez une chambre pour ça ! leur intime Émilie avec un sourire forcé.

— Émilie, tu veux un rosé-pamplemousse ? Ça te fera du bien… propose Alex. Vraiment, je t'assure. Regarde Sybil, elle se détend déjà.

Sybil, en effet, semble transfigurée ; elle a branché l'enceinte Bluetooth et mis sa playlist rock ; le verre à la main, elle entame déjà des pas de danse en bougeant la tête. La bonne humeur semble renaître en elle, son côté fêtard aussi. Ce qui n'étonne pas Alex, qui adore ces moments où elle déconnecte et où son naturel festif prend possession d'elle. Il aime sa fantaisie, son envie de s'amuser qui se déclenche sans crier gare, la regarder. Elle le fait sourire. De toutes les filles, elle a toujours été la plus partante pour sortir… la plus immature, aussi, celle qui rit à ses blagues pourries, celle qui est restée une enfant… Peut-être parce qu'elle n'en a jamais eu, se dit souvent son homme.

Émilie soupire.

— Qu'est-ce qu'il y a sans alcool ?

Alex et Sybil préfèrent faire semblant de ne pas

avoir entendu. Émilie, adorable au demeurant, n'est naturellement pas la fille la plus expansive, alors si elle embête tout le monde avec son régime et s'abstient de boire un petit verre… Caroline, qui ne boit plus d'alcool, pas plus qu'elle ne mange de viande, depuis qu'elle a décrété que c'était incompatible avec sa conception d'une bonne hygiène de vie, est bien contente de ne pas avoir été celle qui pose la question qui fâche… même si elle constate au même instant qu'elle n'a pas apporté de jus de fruits…

— Y a de l'eau, répond Vincent, persuadé que sa femme se reportera sur le rosé.

— Alors de l'eau. C'est sympa, l'eau, aussi. Ça hydrate. Surtout qu'il fait encore hyper chaud à cette heure…

Émilie cherche l'approbation de quelqu'un, et croise heureusement le regard compatissant de Claire, qui vient de les rejoindre. Elle a profité de l'installation dans sa chambre pour se rafraîchir et se changer : elle a quitté pantalon en lin et tee-shirt à dentelle pour une longue robe verte, ample et fluide, idéale pour la chaleur encore écrasante. Ses cheveux blonds méchés sèchent à l'air libre, elle ne s'est pas maquillée. Ses jolis yeux noisette interrogent Émilie autant que ces mots :

— Tu crois que tu vas tenir le coup ? C'est un sacré challenge pour ton régime de résister dans un tel contexte… Tu ne pouvais pas attendre la rentrée ? Ou le retour, au moins ?

— Pour prendre trois kilos de plus ? Les vacances

avec vous se soldent par ce triste constat chaque année…

— C'est pareil pour tout le monde ou presque… Mais ça se perd, non ?

— Regarde-moi : tu trouves que ça se perd ? Non, ça s'accumule dangereusement.

Claire n'a pas besoin de regarder son amie : elle la connaît par cœur. De taille moyenne, Émilie est légèrement plus petite qu'elle. Son visage ovale s'est un peu arrondi au niveau des joues mais n'en est pas moins joli, avec son nez droit, sa bouche pulpeuse, ses grands yeux bleu marine. Ses cheveux raides, châtains, sont tout juste assez longs pour qu'elle les noue en une queue-de-cheval commode et sans recherche. Ces dernières années, elle semble se cacher plus que s'habiller : elle porte des jupes longues ou des pantalons amples, des blouses larges. Elle a abandonné le « bien coupé » et ne sait même plus ce qu'est le « près du corps ». *Mode* est un mot qu'elle a oublié.

— Tu es très bien comme ça.

— Sans rire ? Mais non, c'est moche. Mes grossesses ont flingué ma silhouette et je prends un kilo par an minimum… Ça paraît ridicule, mais ça fera vingt kilos dans vingt ans !

— Ta silhouette est normale…

— *Normale* ? Eh bien, non, elle n'est pas *normale*. Et tu sais pourquoi ? Parce que mon IMC n'est plus *normal* depuis longtemps. Je n'invente rien, c'est lui qui le dit : je suis en surpoids. Et en plus de ça, mes graisses sont mal réparties…

Claire, à court de mots pour rassurer son amie, pose une main compatissante sur son épaule et lui adresse un petit sourire navré.

Pour le dessert, ils ont fini par s'asseoir autour de la table, Sybil sur les genoux d'Alex. Elle l'entoure de ses bras en lui répétant des « Mon doudou »... Pour la première fois de la soirée, le couple Caroline-Sébastien n'a plus le monopole de la tendresse démonstrative. La conversation s'oriente vers les souvenirs de vacances, histoire de se mettre dans le bain, et peut-être d'aiguiller Seb sur ce qui l'attend. Sybil ne peut s'empêcher de revenir en riant sur la location *horriblissime* de l'année précédente. Les autres ne sont pas en reste.

— On passait notre temps à faire la chasse aux araignées ! fait Claire avec un air dégoûté.

— Et Jérôme, en spécialiste des insectes, les étudiait... développe Alex. Il les mettait dans des pots de confiture vides et faisait un cours aux enfants. Vous vous rappelez ? Ça n'intéressait que les garçons et Zoé.

— Les araignées ne sont pas des insectes, répond celui-ci d'un ton docte. On ne t'a pas appris ça à l'école ? raille-t-il.

— Si, bien sûr, mais avoue que toutes les petites bêtes sont d'un intérêt extrême pour toi.

— Elles ont une vie passionnante, c'est un fait. Regarde les fourmis, par exemple...

— Et Caro, qui a dû passer la moitié de la semaine à nettoyer la maison avec ses produits bio... le coupe Alex pour ne pas entendre une énième explication de son ami prof et pour rappeler à quel point celle-ci avait amusé la galerie.

— Avec ton vinaigre blanc, quelle horreur !... L'odeur nous prenait à la gorge dans toutes les pièces de la maison ! se souvient Émilie, qui préfère parler vinaigre pour oublier les bouches qui enfournent du gâteau au chocolat.

— Le vinaigre blanc, pour le ménage, il n'y a que ça de vrai, rétorque Caroline, très convaincue. C'est un désinfectant naturel très efficace. Et cette maison était tellement crade... C'était honteux.

— Je ne te le fais pas dire, confirme Sybil. Un vrai cauchemar. Je ne me suis pas privée de le signaler sur Tripadvisor ! Et partout où j'ai pu...

— Vous vous rappelez quand Lola est tombée de vélo ? La panique ? La course aux urgences ?

— J'en ai encore la chair de poule... confirme Caroline, qui tremble toujours au souvenir de la frayeur que lui a causée sa fille ce jour-là.

Ils égrènent les souvenirs, mélangeant les anecdotes autant que les lieux et les années, dans un échange joyeux et volubile. C'est à qui évoquera le meilleur ou le pire moment. Au jeu de la surenchère : la Dordogne avec sa location au drôle de nom et sa superbe piscine dotée d'un poolhouse qu'ils n'ont pas quittée de la semaine/Saint-Lary et son brouillard à couper au couteau, mais ses lacs de Néouvielle magnifiques et cette inoubliable excursion en Espagne !/l'Aude et son refuge de montagne transformé en gîte/le Lot, avec la piscine devenue verte en fin de semaine/Châtel et le Fantasticable remis à… jamais, pour cause de risque d'orage récurrent/la fois où ils ont tous eu une intoxication alimentaire/la fois où ils ont trouvé Côme et Léna (quatre ans à l'époque) en train de se faire des bisous sur la bouche en se croyant cachés et qui s'étaient justifiés en disant : « On fait l'amour »/ la fois où Zoé a failli se noyer/ la fois où Alex a mis en vente (pour rire) la voiture de Brice (l'ex de Caro) sur Internet à un prix défiant toute concurrence et où ce dernier a été assailli de coups de téléphone toute une journée/la fois où les filles s'étaient aventurées (et pour ainsi dire perdues) sur un chemin balisé mais plus entretenu qui aurait pu rivaliser avec la jungle amazonienne/la fois où Caro a essayé de gronder les enfants dans le dortoir à minuit mais n'a réussi qu'à les faire rire et à les énerver encore plus…

Ils rient à gorge déployée ou ils s'émeuvent. Il y a des larmes au coin des yeux. Que c'est bon de se rappeler tout cela ! Leur amitié est façonnée en premier lieu par tous ces souvenirs. Émilie soupire et dit tout haut ce qu'elle pense tout bas : « Ça fait quand même bizarre que les enfants ne soient pas là. » Elle a dit « bizarre », mais elle aurait volontiers développé en évoquant le vide qu'elle ressent déjà, et cette impression coupable d'avoir abandonné Alix et Zoé pour prendre du bon temps sans elles… Vincent, Claire, Jérôme et Caroline approuvent.

— On fait la liste de courses ? propose sans transition Sybil avec l'autorité dont elle seule a le secret.

Peu concernée par le sujet des enfants, elle semble

revenir à elle comme si elle émergeait d'une sieste salvatrice. Aucun doute, elle est de retour !

— Parce que demain, c'est dimanche, les magasins ferment à midi, poursuit-elle avec une logique implacable.

— Eh, l'intendante, on peut finir de manger quand même ? tente de l'amadouer Caroline.

— De toute façon, on fait comme d'hab : vous vous chargez des menus et nous, on gère le supermarché, non ? rappelle Jérôme.

Sybil soupire. Elle n'a plus faim et trépigne d'impatience. Il est tard et, une fois n'est pas coutume, elle est fatiguée. En outre, elle sait que l'élaboration des menus est souvent une épreuve… mais elle y tient (après, tout est plus simple, et l'organisation, ça la connaît). Elle trouve donc rapidement feuille et crayon et s'attable dans la cuisine, pour commencer. Chaque année, ils font toujours un peu les mêmes repas, avec la sempiternelle contrainte de « plaire aux enfants ». Alors qu'elle n'en a pas ! Cette fois, ils vont pouvoir être plus inventifs… et se faire d'autant plus plaisir. Ô joie ! D'ailleurs, elle a apporté des mets délicats de son épicerie fine (huile d'olive hors de prix, moutarde à la pistache, sel aux herbes – parfait pour le poisson –, crème à la truffe, et toute une panoplie de rillettes et d'émiettés pour les apéros et les salades…).

Émilie la rejoint très vite, sans doute pour influencer la rédaction des menus dans le sens de son régime, suivie par Caroline, a priori plus préoccupée par son porte-monnaie. La première veut des légumes avant tout et propose de ne pas charger en fromages (plus il y a de choix sur le plateau, plus elle a du mal à résister) et d'oublier les desserts pour le soir (après tout, ce n'est pas une obligation, on peut aussi manger des fruits) ; la seconde, pour ne pas rejouer le sketch « L'addition » de Muriel Robin, oriente vers des viandes moins chères (de la dinde au lieu du poulet, des côtes de porc plutôt que du filet mignon... déjà qu'elle paie une partie de la viande alors qu'elle est végétarienne !), des sous-marques (les produits du distributeur feront très bien l'affaire), des quantités de nourriture moindres (on mange toujours trop), un volume raisonnable d'alcool (si on pouvait limiter le nombre de cubis de rosé et de packs de bières... parce que ça finit par être le poste budgétaire le plus important !). Sybil, qui se targue toujours de manger tout ce qu'elle veut sans prendre un gramme et qui compte bien faire la fête (donc fatalement boire plus que de raison), espère des menus différents du jambon-chips, saucisses-ratatouille ou croque-monsieur, et ne se soucie guère de son porte-monnaie, trouve ses amies un brin agaçantes avec leurs objections. Claire est donc appelée à la rescousse pour trancher. Claire est toujours de bon conseil. Claire est une excellente médiatrice et trouve toujours la voie du milieu, la solution raisonnable qui convient (presque) à tout le monde.

— Vous n'oubliez pas Valentine, hein ? Elle nous rejoint lundi soir, donc il faudra passer de huit à dix pour les quantités.

— Tu veux dire qu'elle mange deux fois plus que la moyenne ? demande Sybil, sarcastique.

— Si c'est le cas, il faudra qu'elle paye deux parts ! s'exclame Caroline.

— Ah non, pardon… C'est juste que j'ai passé mon heure : avec la fatigue, vous savez bien que je me trompe souvent de mot… Bon, bah, là, j'ai dit « dix » au lieu de « neuf ».

— Tu me rassures ! Huit plus un, ça fait neuf. Basique, surtout pour une instit de CM, plaisante Caroline.

— C'est bon, j'ai dit que je m'étais trompée, ça arrive aux meilleurs, non ? rétorque Claire sur le même ton.

Celle-ci a invité Valentine à se joindre au groupe pour les vacances. Trois semaines auparavant, Claire avait soumis sa candidature au vote. D'abord à ses amies : puisque la maison est grande et qu'il resterait un étage entier de libre… Valentine est sympa, mais elle ne va pas très bien depuis sa séparation (elle est même plutôt déprimée). Cela lui ferait tellement de bien ! Les filles avaient accepté, sans même la connaître.

Valentine et Claire avaient sympathisé à mesure que la libraire conseillait la prof des écoles. Elles avaient fini par prendre l'habitude de partager boisson chaude, biscuits et lectures dans un salon de thé. Elles s'étaient abandonnées à quelques confidences, et Claire s'était laissé gagner par l'idée de l'intégrer à son quatuor d'amies de temps en temps. Elle était persuadée qu'elles pourraient s'entendre, toutes les cinq. Après l'approbation de Sybil, Émilie et Caroline, ils en avaient parlé tous ensemble, lors du dîner « organisation du séjour » qu'ils avaient l'habitude de faire (c'est à ce moment-là qu'ils évoquaient les derniers détails, pour éviter d'avoir cinq éponges mais pas de torchons ou de papier toilette, par exemple). Tout le monde avait donc voté pour la venue de Valentine. Après tout, plus on est de fous…

Au bout d'une bonne heure, après d'âpres négociations, les menus de la semaine sont enfin bouclés. La liste des courses également… réécrite de la main experte d'Émilie, la maîtresse ès listes en tout genre, pour faciliter le travail des hommes demain. Tout est indiqué et classé rayon par rayon.

— Vous êtes extraordinaires, les félicite Jérôme en embrassant sa femme.

5

Ce premier soir, le groupe prend ses marques. Claire, fidèle à sa réputation de couche-tôt, est montée la première. Quand elle n'a plus supporté la lumière des spots de la cuisine et que sa langue a fourché en lâchant un « bonsour », elle a dit : « C'est vraiment le signal », a embrassé Jérôme et souhaité bonne nuit à tout le monde pour aller rejoindre son lit.

Sybil et Sébastien fument une dernière cigarette sur la terrasse, accompagnés de Vincent, qui vapote à leurs côtés et tente de faire la conversation pour que ces deux-là brisent la glace qui s'est apparemment installée entre eux.

Émilie et Caroline testent le jacuzzi et se laissent bercer par le bruit des bulles et la chaleur, tantôt fermant les yeux pour mieux se délasser, tantôt regardant les étoiles pour mieux savourer leur chance d'être ici. Hormis quelques paroles banales à ce sujet et les excuses d'Émilie à Caroline à propos d'une certaine salade de riz, elles ne se disent pas grand-chose. Elles profitent…

Ils vont être bien ici.

Chacun est venu avec ses besoins et ses envies. Pour la plupart, ils comptent avant tout se reposer. Découvrir la région aussi, évidemment, mais surtout se détendre après une année à courir, à subir des contraintes, à supporter des charges, à se fatiguer… C'est le moment de recharger les batteries, d'accumuler de l'énergie. Les vacances, il n'y a que ça de vrai. Et ils aiment les passer ensemble, comme cela. Même si cette fois l'absence des enfants résonne et le presque silence ambiant les étonne. C'est reposant, culpabilisant et/ou un peu cruel, selon les uns ou les autres. Mais c'est leur choix cette année.

Caroline et Sébastien ont fini par monter se coucher. Ils ne sont plus que cinq, éclairés par quelques bougies à la citronnelle sur la table et les lampions colorés courant sur le mur de la maison. La fatigue de la route et la beauté paisible du lieu les invitent au silence, presque au recueillement. Il fait enfin doux. Émilie regarde Vincent. Dans ses yeux, il y a un peu de tous les espoirs qu'elle fonde et de toutes les questions qu'elle se pose, sur eux et sur ces vacances, ce qu'il en sera d'eux, après. Sybil est lovée dans les bras d'Alex, blottie dans son amour pour lui. Jérôme étudie les étoiles, tel un vieux sage grisonnant qui lirait de ses yeux bleus perçants l'avenir dans les astres.

*

— Je ne trouve pas mon baume à lèvres, gémit Caroline en fouillant dans sa trousse de toilette avec fébrilité.

— C'est si grave que ça, pour une fois ? demande Sébastien, interloqué.

— Mais tu sais bien… Je t'en ai déjà parlé. Je ne peux pas dormir sans. J'en ai toujours un sous mon oreiller, je me réveille pour en remettre plusieurs fois dans la nuit. Je ne supporte pas d'avoir les lèvres sèches. Ça m'empêche de dormir. Mais comment j'ai pu l'oublier ? se lamente-t-elle en se tordant les mains de nervosité.

— Tu blagues…

— Je sais, c'est une manie idiote que j'ai depuis plus de vingt ans, et je ne peux pas m'en passer. Je te jure que je ne pourrai pas m'endormir…

— Si ce n'est que ça, moi, je pourrais très bien t'humidifier les lèvres toute la nuit, mais dans ce cas je devrais renoncer à dormir.

Il éclate de rire. Elle se vexe.

— Je sais que c'est ridicule, mais c'est vrai ! Si tu crois que je le fais exprès… Mes amies le savent bien, elles me charrient tout le temps avec ma drôle d'addiction…

— Quelqu'un en a peut-être ?

— Tout le monde est monté… Ça craint. Je ne vais pas frapper à toutes les portes…

— Tu n'as qu'à mettre du beurre, propose-t-il en riant.

— Sûrement pas… Mais ton idée m'en donne une autre ! se réjouit-elle en farfouillant dans sa trousse. Je vais mettre du rouge à lèvres !

Elle exulte, portant haut son stick avec un air de triomphe, comme si c'était la flamme olympique. Caroline est vraiment unique en son genre.

*

— Tu n'as pas l'impression d'avoir un peu abusé, aujourd'hui ? demande Alex à Sybil une fois dans leur chambre.

— Tu trouves ?

Sybil prend son air étonné et boudeur. Elle passe mentalement en revue les différents moments de la journée.

— Tu dis ça pour la chambre ?

— Entre autres… Mais, oui, pour la chambre, c'était…

— On paie trois fois plus que tout le monde, on était en droit de demander la plus belle chambre, non ?

L'argument laisse Alex sans voix :

— Sybil, les autres ne sont même pas au courant. On a décidé de payer le triple pour TE faire plaisir, parce que TU voulais cette maison-là… Estime-toi heureuse. Tu veux, tu obtiens. Tu voulais des vacances sans enfants… tu les as. Tu te rends compte du sacrifice que cela représente pour certains ? Jamais je n'aurais cru Émilie capable de lâcher ses filles ! On s'octroie du bon temps sans nos enfants, comme ça… Certes, c'est confortable, ça va être sympa… Mais enfin, Sybil, ce n'est pas logique ! Léa et Côme, pour ne citer que mes enfants, auraient bien aimé venir aussi… Et je pense que tous les parents ce soir à notre table se sont dit la même chose. Ça fait un pincement au cœur, crois-moi, de vivre tout ça sans eux. C'était ton idée (peut-être parce que tu n'as pas d'enfant, tu ne te rends pas compte). On s'est tous inclinés. Et tu trouves ça normal. Comme si c'était un dû à la princesse Sybil. Et en plus, tu fais des histoires pour rien ! Fais gaffe, quand même… de ne pas saouler tout le monde. J'ai croisé des regards qui en disaient long. On est tous des adultes, on n'a pas besoin d'une mère qui nous dise quoi faire et quand…

— Merci pour ton soutien, ça fait toujours plaisir.

— Mais non, voyons. Tu prends ça mal, alors que je souhaite simplement te mettre en garde… Ne pousse pas trop le bouchon, c'est tout.

— Je suis comme je suis, et ils me connaissent… Ce n'est pas à trente-neuf ans que je vais changer.

— Tu as raison. Ne change rien.

L'ironie d'Alex n'échappe pas à Sybil. Ce n'est évidemment pas la première fois qu'ils ont ce genre de conversation.

6

Il est tôt, pour un dimanche. Tout le monde dort. Tout le monde ? Non. Vincent est déjà en tenue de course à pied et a chaussé ses baskets tout terrain. Sur la terrasse, il découvre en contrebas, près de la piscine, une silhouette en position de yogi. Il l'aurait parié... Il n'y a que Sybil pour se lever avant lui : couche-tard, lève-tôt, élevée aux piles Duracell. Il descend vers la piscine et sourit de sa tenue, de prime abord pas la plus adaptée pour les mouvements du yoga. Elle est son miroir au féminin, mais pieds nus. Ses baskets sont près d'elle et n'attendent que d'être enfilées.

— Salut, la sportive, lance-t-il.

Elle ouvre un œil et sourit. Chic ! Un partenaire de sport matinal ! Vincent se tient debout face à elle, en short et tee-shirt seconde peau respirant, modèle haut de gamme pour la course, à l'image de ses baskets légères à petits crampons. De là où elle se tient, assise au sol, sa carrure l'impressionne. Non qu'il soit immense, mais c'est un tas de muscles longilignes, plutôt sec, pas bodybuildé. C'est sans conteste le plus sportif des hommes du groupe. Il pratique, comme elle, la course à pied. Le *trail*, corrige-t-il souvent.

— Je t'attendais ! s'écrie Sybil en bondissant sur ses pieds, qu'elle a chaussés avec énergie.

Vincent s'est mis au footing du dimanche, du jour au lendemain, près de quatre ans auparavant. Un matin, il a ressenti le besoin impérieux de courir... sans autre objectif que celui d'aligner les mètres. Puis les kilomètres. Il y a pris goût... et un abonnement virtuel à cette séance dominicale. Puis il s'est mis au défi de courir un dix kilomètres, ce qui l'a amené à ajouter un entraînement en milieu de semaine. Il courait par tous les temps, même sous la pluie. Une fois ladite course effectuée, il a augmenté les distances autant que ses ambitions : semi-marathon, marathon, sur route puis sur terrains variés. Il pense trail en montagne, il pense cent kilomètres, il imagine même, un jour, réaliser le Grand Raid de la Diagonale des Fous. Il aime se mettre à l'épreuve, quitte à souffrir, et rêve de performances... Sybil a trouvé là son maître absolu. Elle ne lui arrive pas à la cheville et peine à le suivre. Pour autant, c'est son partenaire sportif préféré en vacances, au moins pour ce qui concerne la course à pied. Alex pratique le sport, certes, mais il préfère le cardio et la musculation en salle. Il n'a jamais aimé courir... Ce qu'elle ignore, c'est que la seule fois où il l'a accompagnée, il est revenu moins épuisé par le parcours que par les bavardages incessants de sa dulcinée, dont il ne peut que souligner le souffle incroyable. Il s'est bien gardé de lui expliquer pourquoi il n'a pas trouvé l'expérience concluante. Plus jamais ça ! s'est-il promis. Sybil ne se doute pas un instant des réelles raisons qui l'ont poussé à ne pas réitérer (la distance critique est loin d'être sa qualité première), d'autant que, avec Vincent, elle se tait. Déjà parce qu'elle a du mal à maintenir son allure, ensuite parce que, comme pour couper court à toute tentative de conversation qui le détournerait de ses objectifs, il court en musique avec ses écouteurs.

*

Peu à peu, les autres se lèvent et s'installent sur la terrasse, armés d'un mug de thé ou de café. Il reste du gâteau au chocolat et de la tarte aux pommes. À l'exception de Sébastien, ils sont tous là, les yeux pas encore bien ouverts. Il faut s'habituer à un autre lit, à un nouvel environnement. Pour cela, il faudra au moins une nuit de plus ! Ils sont attachés à leur petit confort, au moelleux de leur oreiller, habitués à une certaine fermeté du matelas (ou pas). Le sommeil est parfois difficile ou farceur. Ils ne sont plus des enfants, ils n'arrivent plus à dormir n'importe où, à attraper le train du sommeil quels que soient l'heure, les pensées ou les soucis. Émilie et Claire ont eu du mal avec les bruits de la nuit. Il y avait une chouette particulièrement bavarde juste à côté. Or la chaleur était telle que tous ont été obligés de dormir avec les fenêtres ouvertes… ce qui a aussi permis aux moustiques de s'inviter sur leurs peaux et près de leurs oreilles. Ce matin, ils comptent les points. Claire est désignée grande gagnante, avec pas moins de onze boutons, tous insectes confondus.

— Il pourrait y avoir la clim. C'est vrai, non ? suggère Jérôme.

— Il faudra qu'on se plaigne auprès de Sybil, ajoute Alex.

Ils pouffent de rire.

— Il faut absolument qu'on ajoute « répulsif » sur la liste des courses, propose Claire d'un ton qui ne souffrirait pas la contestation tant elle a *dégusté* la nuit dernière. C'est vrai que les moustiques sont particulièrement voraces cette année. Prenez plein de bougies à la citronnelle, des sprays pour la peau et des prises avec du produit pour toutes les chambres.

— C'est un véritable arsenal que tu proposes là, mon amour. Ils ont vraiment été si méchants avec toi ? taquine Jérôme.

Claire fait une moue enfantine.

— Mouais… En plus ça ne marche pas, ces trucs-là, affirme Alex d'un ton convaincant.

— Ça va surtout coûter un bras. Sans compter que c'est plein de produits chimiques. Tu es sûre que c'est nécessaire ? demande Caroline, inquiète.

Il est déjà 10 heures. Les courses ne vont justement pas se faire toutes seules, et le supermarché ferme ses portes à midi. Ils devaient y aller à quatre. Vincent est dans les collines, Sébastien ne semble pas près d'émerger des bras de Morphée. Mieux vaut peut-être y aller sans eux. Claire, toujours prête à rendre service, propose de les accompagner pour compenser.

— Pas question, ce n'est pas ton domaine ! Les femmes restent au camp, dit Alex en prenant ce qu'il veut être une voix d'homme des cavernes, tambourinant sur sa poitrine d'un air viril… mais ridicule. (Son humour a beau être légendaire, il est diversement apprécié.) Profitez plutôt de la piscine et des températures encore supportables… Je me demande comment ils peuvent courir par cette chaleur, ajoute-t-il en s'essuyant le front.

Claire, Caroline et Émilie, aux anges, acquiescent sans se faire prier. Alex et Jérôme se résignent à partir vers la ville la plus proche… à une quinzaine de kilomètres de routes sinueuses. Il ne fallait pas tarder plus, en effet.

*

Après être entrées dans l'eau froide (comparée à la température de l'air) avec plus ou moins de facilité, les trois filles ont fait quelques longueurs et se prélassent au soleil sur des chaises longues. Quel bonheur !

Claire lit. Elle a hésité entre un roman *feel good* et un livre pédago-didactique sur « comment rendre la grammaire et l'orthographe passionnantes pour les enfants d'aujourd'hui »… pas longtemps.

Caroline fait des mots croisés, son passe-temps favori pendant les vacances. Armée de son crayon de bois fétiche – sans carbone – et de sa gomme en caoutchouc naturel, elle s'adonne au plaisir de décoder les définitions de son nouveau magazine (force 1 à 5) spécialement acheté pour l'occasion. À chaque difficulté, elle choisit entre faire appel à ses amies, regarder dans les solutions à la fin ou abandonner la grille… Au final, le résultat n'est pas glorieux. Caroline n'est pas une persévérante et a toujours du mal à finir ce qu'elle a commencé.

Émilie réfléchit, emmitouflée dans son paréo sur lequel elle s'est précipitée à peine sortie de l'eau. Même si elle est assez satisfaite de son nouveau maillot de bain (une pièce, évidemment), présenté comme « avantageux pour la silhouette », car plus ou moins gainant, ses complexes ne la laissent pas en paix. Elle voudrait disparaître, se cacher sous des vêtements (l'été est une véritable torture, plus cruelle d'année en année)… Au lieu de cela, elle se sent envahie de gras, regarde avec dégoût ses cuisses informes, sa culotte de cheval cellulitique. L'hiver, au moins, elle n'a que son double menton à cacher (celui qu'elle croit avoir en toute objectivité), un col roulé fait très bien l'affaire. Claire et Caro, à sa droite, sont globalement bien foutues (pour leur âge). Elles n'ont peut-être pas un corps parfait, mais il est plutôt tonique, normal (avec un IMC *normal*), et elles ont plus de poitrine qu'elle, tout en étant beaucoup plus minces. Quelle injustice…

On n'entend que les cigales. Pour l'instant. Quand Sybil revient de sa douche post-jogging, elle ne peut s'empêcher de rompre le silence. Elle a entendu un bruit différent de celui des cigales.

— C'est ton ventre qui gargouille comme ça? demande-t-elle sans ménagement à Émilie, étendue sur la chaise longue d'à côté.

— J'ai faim…

— Mais dites-lui, les filles, que c'est de la torture! Je parie que tu n'as rien mangé au petit déjeuner?

— J'ai bu du thé. Trois tasses.

Sybil grimace en faisant des «non» de la tête.

— Mais quoi, c'est diurétique et ça brûle les graisses, prétend l'intéressée.

— N'importe quoi! Tu n'es pas très raisonnable, Émilie, confirme Caroline. Il faut que tu manges… Tu vas tourner de l'œil avec cette chaleur. Et ce n'est pas bon de ne rien manger, tu le sais bien! S'affamer comme tu le fais, tu crois vraiment que c'est le meilleur moyen de perdre du poids?

— Ça, pour perdre, elle va perdre, mais c'est plutôt qu'elle risque de tout reprendre, voire plus, commente Sybil. Et du gras, en plus. Parce qu'on perd de la masse maigre, et on refabrique des cellules graisseuses. Tous les spécialistes le disent: les régimes font grossir.

— Je sais, mais tu proposes quoi, toi qui n'as pas ce problème? Tu ne sais pas ce que c'est de se priver… rétorque Émilie, qui vient de marquer un point.

Sybil, effleurant la souffrance de son amie, hoche la tête, à court d'arguments.

— Tu as commencé quand? demande Caroline.

— Ça fera trois semaines demain, répond Émilie sans une once d'hésitation. J'en suis à quatre kilos tout ronds ce matin.

— Comment tu le sais ? Ne me dis pas que tu as apporté ta balance ! s'écrie Sybil, abasourdie.

Émilie assume. Elle n'allait pas y renoncer pendant quinze jours !

— Quatre kilos, c'est bien ! l'encourage Claire avec effusion.

— Et si tu nous disais plutôt pourquoi tu t'y mets maintenant… Parce que c'est vrai que le moment est bizarrement choisi. La vraie raison de l'urgence de ton ambition, c'est quoi ? interroge Caroline. Surtout que, contrairement à ce que tu penses, tu n'en as pas vraiment besoin…

Toutes sont suspendues aux lèvres d'Émilie, qui pique un fard avant de se lancer.

— Dans deux mois, j'ai quarante ans. Je veux passer ce cap dans les meilleures conditions, vous comprenez ? Je veux me reprendre en main, retrouver mon corps d'avant mes grossesses, me prouver que je peux le faire, que je ne suis pas qu'une mère qui a fait deux beaux enfants et qui se laisse aller. Je veux me trouver jolie…

— Je comprends, assène Sybil d'un ton convaincu.

— Et Vincent, il en pense quoi ? demande Caroline.

— Vincent, il ne commente pas, vous vous doutez bien… Ce n'est pas un grand bavard. Je ne sais pas… Je crois qu'il s'en fiche. Il ne m'a rien dit sur le fait que je me sois mise au régime, à part : « C'est bien… si tu juges que c'est important. » Et il ne semble pas s'être rendu compte que j'ai perdu…

Émilie soupire. Sa déception serre le cœur de Claire et de Caroline.

— Il te trouve sans doute très belle comme ça ! s'exclame la première.

— Je n'en suis pas persuadée. Ma silhouette n'a plus rien à voir avec celle de mes dix-sept ans, c'est évident ! Quoi qu'il en soit, je me dis que je le fais avant tout pour moi… Même s'il y a du faux là-dedans : j'aimerais tellement me sentir soutenue, qu'il me trouve belle et désirable.

— Je suis certaine que c'est le cas, fait Claire en déposant une bise affectueuse sur la joue de son amie.

Émilie semble en douter. Sybil se retient de faire dévier le sujet vers la vie intime d'Émilie (le mot *désirable* l'a interpellée). Caroline, quant à elle, s'étonne de ne toujours pas avoir vu émerger Sébastien.

— Dis donc, vous, c'est la roucoulade ! C'est une affaire qui marche, on dirait ? plaisante Sybil.

— Ouiii, fait Caroline avec des étincelles dans les yeux. J'avoue… Il est génial, non ?

Le « oui » des filles est un peu timide, le « tu comprends, on le connaît à peine », à moitié convaincant… Sybil se garde bien de critiquer Sébastien, mais son impression première n'est pas très positive (elle le trouve un peu trop à l'aise, et presque vulgaire, mal assorti à Caroline, qui vaut tellement mieux !).

— En tout cas, au lit, je vais de découverte en

découverte, les filles ! Avec lui, mon corps renaît totalement ; c'est comme s'il avait ouvert mes chakras. Mes sensations sont décuplées. Et… Sur ce, je vais le rejoindre. Il me manque trop !

Tout s'explique, pense Sybil non sans ironie. La spontanéité de Caroline a fait rire le trio, et elle s'éloigne pendant que ses amies rivalisent de sous-entendus coquins.

7

— On avait dit « grandes tranches » ! râle Sybil. C'est quand même pas compliqué de lire la liste et de suivre les indications. C'est comme pour le chocolat… On avait marqué « Lindt » et vous prenez du Nestlé. Vous le faites exprès ou quoi ?

Pour toute réponse, Alex lui sourit. Elle ne se serait pas permis de sermonner ainsi Jérôme. Ils ont fait à deux les courses qui auraient dû être effectuées à quatre, pour neuf… et ils ont aussi un cerveau et des envies. De toute façon, c'était couru d'avance : elle aurait forcément trouvé quelque chose à redire. Ce n'est jamais assez bien, jamais comme elle voudrait. Il a l'habitude, il vit avec elle ! C'est quoi, le problème, grandes tranches/petites tranches de pain de mie, hein ? Puisque du coup ils ont pris plus de paquets… Et Jérôme, un peu gêné d'assister au conflit conjugal, de démontrer qu'on peut avoir faim pour deux petits croques, mais pas pour deux gros. Sybil soupire en signe de capitulation. Elle aime décider, avoir raison (ses parents lui ont toujours donné raison), mener son monde au « qui m'aime me suive », gérer la vie comme sa petite entreprise. Elle n'aime pas qu'on lui résiste, encore moins qu'on se rebelle. Elle est née ainsi, ou presque. Et puis elle a réussi, professionnellement. Non sans en tirer une certaine fierté. Les leçons, elle préfère les donner plutôt que les recevoir.

Il est midi trente. Caroline et Sébastien descendent enfin, mus par l'intuition qu'on n'a presque plus besoin d'eux. La moitié des courses a déjà été rangée, sous la houlette de Sybil, bien sûr, qui indique la destination de chaque denrée, selon sa propre logique.

— Tu donnes un coup de main ? demande Sybil à Sébastien en lui fourrant dans les mains des paquets de biscottes.

Surpris, il manque de les faire tomber. Aussi dégourdi qu'une poule qui aurait trouvé un couteau, il part en quête du bon placard.

Tout le monde s'affaire. À l'exception d'Alex et Jérôme qui, en récompense de leur mission « courses », sont dispensés de rangement. Ils ont bien droit au repos, d'autant que la cheffe Sybil le leur a accordé de bon cœur en dépit de leurs mauvais points « pain de mie » et « chocolat ».

— Je mets ça où ? demande Sébastien à Sybil en désignant deux paquets de cônes glacés, pour bien lui montrer qu'il a compris qu'il devait se plier, comme les autres, à ses volontés.

— À ton avis ? rétorque-t-elle en arquant un sourcil atterré.

— C'était juste pour vérifier.

Et de partir d'un fou rire.

— C'était pour blaguer, pour détendre l'atmosphère. Eh, oh, c'est les vacances !

Mais visiblement Sybil n'est pas sensible à son humour et choisit d'attaquer de nouveau :

— Au fait, tu comptes te lever tous les jours à 13 heures ?

— S'il n'y a que ça pour te rendre aimable, pour toi, je ferai un effort, lui lance-t-il avec un sourire forcé.

— Vous n'allez pas commencer, tous les deux… supplie Caroline.

— Caro a raison. Serrez-vous la main ou faites-vous un bisou, comme à l'école, glisse Claire en riant.

— Ah oui, c'est vrai, c'est toi, l'instit ! se rappelle Sébastien. Bon… Maintenant que tout est rangé, je peux avoir mon café ?

— Va t'installer sur la terrasse, mon chat, je vais te le préparer.

Il s'approche de Caroline avec le regard d'un félin prêt à fondre sur sa proie.

— Mon chat ? C'est mignon, mais pas très viril… Je trouve que je tiens plutôt du lion, non ? Si vraiment tu veux me donner un petit nom…

Le rire émoustillé de Caroline redouble lorsqu'il se met à la chatouiller. Pendant qu'elle lui prépare son café, plutôt que de se prélasser sur un transat, il préfère la tenir par la taille et la couvrir de baisers. Dans leur dos, Émilie soupire. Quinze jours à ce régime, cela risque d'être long.

Cela lui rappelle ses premières années avec Vincent. C'était il y a bien longtemps. Ils se sont rencontrés au lycée. Elle avait dix-sept ans et était en première ; lui avait un an de plus. Ils se retrouvaient le matin, devant la porte de l'établissement, puis tout au long de la journée, dès que leurs emplois du temps le permettaient. Ils délaissaient même leurs amis.

Ils s'étaient construit un cocon, un espace réduit de fusion. Ils se suffisaient à eux-mêmes. Les autres ne comprenaient pas, mais aucune importance. Ce qu'ils construisaient surpassait tout le reste. Ils se sont mariés très jeunes, au bout de trois ans. « Pure folie », pour certains. Dans quelques jours, cela fera vingt ans. Elle espère que Vincent y pense aussi, et qu'il n'oubliera pas…

*

Il est tard quand ils s'attablent pour le déjeuner, sur la terrasse couverte. La chaleur est suffocante, et la terrasse principale à l'arrière de la bâtisse n'est pas assez ombragée pour y résister. Ils profitent de la vue qui a tant plu à Sybil la veille.

— On prend le rythme, assure Alex en souriant. Quinze heures, c'est une bonne heure, non ?

Les hommes se sont occupés du barbecue. Jérôme a

préparé la braise, avec pile ce qu'il faut de charbon de bois et de brindilles ; Sébastien a ventilé et soufflé dessus ; Vincent s'est occupé de la cuisson de la côte de bœuf et a accompli la mission « juste comme il faut » avec mention. Alexandre a fait office de commentateur en stéréo, devisant de tout et de rien, notamment de la limitation à quatre-vingts kilomètres-heure dont il n'est pas sûr de se remettre avant quelques mois… « Je continuerai de rouler à quatre-vingt-dix », a-t-il décrété, après quoi Vincent s'est lancé dans une tirade sur les points qu'il allait perdre, lui qui n'en a déjà plus beaucoup, en appelant à la responsabilité et à la civilité du bon automobiliste. Mais Alex se sent au-dessus des lois.

De leur côté, les filles ont cuisiné une ratatouille, en suivant la théorie de Sybil sur la découpe des courgettes et de l'aubergine. Il y a une façon de faire meilleure que les autres. La sienne, bien sûr… alors même que la cuisine se résume pour elle à ajouter des condiments et des herbes à des préparations toutes faites.

— Vous avez lavé le melon avant de le couper ? demande soudain Caroline, soupçonneuse.

Sébastien la regarde avec de grands yeux ronds. Les autres sont habitués, ou presque.

— Ah non, c'est vrai… C'est moi qui m'en suis occupée. J'avais oublié… Excuse-moi, dit Claire.

— C'est quoi encore, cette histoire de laver un melon, puisqu'on ne mange pas la peau ? demande Sébastien, perplexe et déjà prêt à rire.

— Moque-toi… Je sais, j'ai quelques manies

bizarres (tu vas t'y faire). Le baume à lèvres... D'ailleurs, merci, les gars, d'y avoir pensé, parce que je l'ai ajouté sur la liste à la dernière minute !... Et je lave toujours la peau des fruits et des légumes avant de les couper, même si on ne les mange pas. Parce que là, nos tranches de melon, elles sont la peau contre notre assiette !

Loin de se laisser démonter par les considérations médico-biologiques qui ne manqueront pas de s'ensuivre, tous se servent sans hésiter. Si Émilie marque un temps d'arrêt nourri de perplexité devant sa portion de melon au centre de son assiette, Alex attaque la sienne avec entrain : le melon, c'est tout bonnement délicieux !

— Et si on ne l'a pas lavée, continue Caroline, eh bien, tous les microbes qui sont dessus se trouvent dans ton assiette et tu vas les absorber avec la suite de ton repas. C'est profondément logique ! Et quand tu penses au nombre de personnes qui l'ont tâté avec leurs mains dégueulasses... et qu'il a pu tomber par terre, tu imagines le nombre de microbes accumulés sur la peau depuis la naissance de ce melon, explique-t-elle avec l'air le plus dégoûté qui soit. Bref : non, je ne PEUX PAS manger sereinement du melon non lavé.

Cette fois, les autres restent sans voix devant la véhémence de ces propos, qui ont tout de même réussi à écœurer Émilie. Il semblerait qu'un drame ait été évité de justesse.

— Pas grave, conclut Caroline en se levant avec

un grand sourire, presque fière d'elle, je vais laver ma tranche.

— Ah, Caroline et sa peur des microbes… Heureusement qu'elle n'est pas infirmière ! Oh, mais suis-je bête, si…

— Je t'entends, Alex ! crie Caroline, faussement vexée, alors qu'elle franchit la porte-fenêtre donnant dans le salon.

Ils attaquent le repas en silence, tout à la dégustation de leur premier « vrai » melon des vacances.

— Qu'est-ce qu'on fait cet aprèm ? demande Sybil.

— Repos. Après la route d'hier et les courses de ce matin, on a bien mérité la piscine, répond Alex sans l'ombre d'une hésitation.

— Oui, on va rester là. Il y a plein de choses à faire. Vous avez vu la table de ping-pong, plus loin ? Et on a apporté un Mölkky.

— Et nous, un filet et des raquettes de badminton.

— Nous, on a pris les jeux de société, comme tous les ans… On a laissé Croque-Carotte et les Petits Chevaux, évidemment.

Ils rient.

— Ça fait quand même bizarre d'être sans les enfants, lâche une nouvelle fois Émilie, pensive.

— Oui… C'est calme ! C'est bien aussi, ça change… Pensez à tout ce qu'on va pouvoir faire et qu'on s'interdit tous les ans. Moins de piscine, mais un peu plus de tourisme et de balades que d'habitude, par exemple…

— Tout à fait d'accord avec Jérôme ! D'ailleurs,

vous voulez faire quoi ? On pourrait noter nos idées, pour établir un programme ! propose Sybil avec enthousiasme.

— Un programme ? Tu rigoles ? demande Sébastien, outré.

— Venant de toi, je ne suis pas étonnée, rétorque Sybil. Pour toi les vacances, c'est juste les doigts de pieds en éventail, n'est-ce pas ?

— Ah non, pour moi, les vacances idéales c'est le respect de la règle unique des trois B, répond-il avec un sourire espiègle.

— Les trois B ? demande Caroline, curieuse.

— Boire, bouffer et baiser, explique-t-il au reste du groupe, chacun de ses interlocuteurs esquissant un sourire de valeur différente.

— La classe ! raille Sybil. Même si ça n'est pas totalement faux, ça, c'est le décor, ce n'est pas un « programme ».

— Sybil, les vacances, par définition, c'est *no program*, c'est improvisation, c'est « on surfe sur l'envie de l'instant T », rétorque Vincent, soudain sorti de sa torpeur.

— Sybil… On a tout le temps… Quinze jours ! Là, on va se re-po-ser. Voilà ce dont tout le monde a besoin… sauf toi, peut-être. Et rappelle-toi : on n'est pas obligés de tous faire la même chose en même temps. Comme d'habitude, en fait… Donc si tu veux bouger, toi, bouge !

Alex se voit rabroué par un regard grimaçant de sa compagne.

— Ça fait un mois que Claire et Jérôme sont en vacances. À mon avis, ils sont plus reposés que moi !

— Mais peut-être que ce sont des gens normaux… qui ne sont pas branchés sur du cent mille volts toute l'année, continue Alex, imperturbable.

— Merci pour nous. C'est vrai, ça, tout le monde sait que les profs ont trop de vacances. T'inquiète, Alex, on a l'habitude. Bon, venant de mon amie qui m'entend toute l'année parler de mon travail, c'est vrai que je me serais attendue à plus de soutien et à moins de clichés.

— Ok. C'est bon, je retire ce que j'ai dit… Je sais que tu ne comptes pas tes heures et que tu en baves, parfois. Bon ! Vous avez raison : le farniente sera parfait pour aujourd'hui. On verra le programme plus tard. Demain, ce serait pas mal, non ?

8

— Quand on les voit dans la piscine, à faire les cons comme ça, on dirait des gosses… En fait, on les a, nos enfants ! s'amuse Sybil sur sa chaise longue.

C'est l'heure du bronzage en mode « crêpes » pour les filles. Elles sont allées nager pendant que les hommes se mesuraient au ping-pong (eux pratiquent un bronzage utile et dynamique) et sont sorties de l'eau au moment de leur arrivée tonitruante, à coups de plongeons et de bombes. Caroline dort à moitié, Claire poursuit la lecture de son roman, Émilie évalue le nombre de calories absorbées au déjeuner grâce à une appli conseillée par Sybil, qui observe en souriant les facéties masculines. C'est un divertissement comme un autre. Elle regarde surtout son Alex, avec autant d'admiration que s'il était son idole. Quand elle se promène à son bras dans la rue, elle se rengorge de fierté. Elle se sent jalousée, cela ne fait aucun doute, et elle aime surprendre les regards féminins pleins d'envie glisser sur lui. Elle a la chance inouïe de partager son quotidien, de pouvoir l'embrasser à loisir, de plonger dans ses yeux noisette et de passer ses mains sur son torse imberbe et finement musclé. Et c'est à elle qu'il fait l'amour. Son bronzage estival décuple encore son sex-appeal. Malgré la cinquantaine qui approche à grands pas, il garde une silhouette sculpturale (bien plus que Jérôme ou Sébastien, lequel a clairement trop de ventre à son goût). Depuis qu'elle vit avec Alex, elle l'a vu se dégarnir, mais peu importe car il porte à merveille le crâne rasé. Peut-être même est-il plus sexy que lorsqu'il avait encore des cheveux… comme Jean-Marc Barr dans *Le Grand Bleu*. Bref, Sybil se rince l'œil, se réjouissant que cet homme si séduisant, et plutôt drôle, soit le sien… Et puis, ils ont en commun le goût du confort et des belles choses, de l'ambition, l'envie de profiter de la vie en s'accordant tous les plaisirs possibles. Ils se sont bien trouvés, tous les deux (même si parfois leurs caractères se frictionnent). Elle se revoit, à leur premier rendez-vous… Déjà, au téléphone, elle avait aimé sa voix chaude. Et quand il est venu la chercher à l'accueil, son cœur s'est emballé, elle s'est dit tout de suite : « Je sens que je vais venir plus souvent à la banque. » Tout au long de ce premier entretien, elle a eu bien du mal à se concentrer sur ses explications, assaillie par des bouffées de chaleur, déjà amoureuse de son sourire. S'il a perçu son trouble, il n'en a rien laissé paraître. Elle a tenté de déceler un éventuel intérêt de son côté, mais il est resté parfaitement professionnel. Aucune de ses questions n'a semblé déborder de la sphère bancaire. Elle en a été un peu déçue… Elle a souligné l'absence de co-emprunteur, tenté quelques pointes d'humour, tendu quelques perches (« Je vous inviterai à l'inauguration du magasin, si vous dites oui ! »), mais il n'a pas semblé intéressé. Il a été *parfaitement professionnel.* Il a étudié son projet, et lui a accordé son prêt au deuxième rendez-vous (pour lequel elle s'était apprêtée encore plus que d'habitude). Il le lui a annoncé avec un sourire délicieux, fondant… Elle a eu envie de lui sauter au cou, par spontanéité pure, pour l'enthousiasme qu'elle éprouvait à l'idée de l'ouverture prochaine de son épicerie fine et pour le désir de se rapprocher de lui, de le toucher, de respirer son odeur… Dans les jours qui ont suivi, elle a continué de fantasmer sur son banquier. Elle ne parvenait pas à se l'ôter de l'esprit, elle pensait à lui sans arrêt. Il était devenu aussi entêtant que son parfum (Boss, qu'elle avait toujours adoré). Elle s'est d'ailleurs rendue dans une parfumerie pour en vaporiser sur une languette en carton afin de rester sous son charme et qu'il ne la quitte pas. Elle avait conscience du caractère adolescent et régressif de son comportement, mais elle assumait volontiers son côté midinette. Elle gardait sa carte sur elle, comme un talisman dont on craint le pouvoir, et hésitait à l'appeler. Elle qui en amour était d'un naturel plutôt direct, elle avait, cette fois, peur de se faire éconduire. Mais elle le voulait… et il n'était pas marié (elle avait repéré avec satisfaction l'absence d'alliance à son annulaire). « Ça ne veut rien dire», lui avait dit Claire. Certes… mais c'était plus engageant qu'un anneau ! Elle a fini par oser et a décroché son téléphone. Pour son plus grand plaisir, il n'a pas semblé étonné de son appel… ni déçu. Avec autant de détachement que possible, elle lui a proposé de prendre un café un midi ou de boire un verre un soir après le boulot… pour le remercier. Il a dit oui, sans vraiment hésiter.

Ce n'est que bien plus tard qu'elle a appris qu'il était marié.

Au bout de trois mois de relation, il a quitté sa femme. Pour elle. Ils vivaient une passion torride, un amour fou, et il était prêt à remettre tout en question, son mariage, sa vie de famille, son statut de gendre idéal… et ses conquêtes. La tempête Sybil avait tout balayé dans son cœur, et il voulait que le monde entier le sache. Il était prêt à tout assumer. Elle l'a trouvé courageux, honnête, entier.

Il lui a alors présenté ses enfants, Léa, sept ans, et Côme, deux ans. Elle qui n'était pas mère et n'avait jamais envisagé de le devenir, a été propulsée belle-mère… un rôle qu'elle a d'abord endossé avec une certaine motivation. C'était presque un challenge pour elle. Et comme pour tout challenge, elle s'est juré de réussir. De toute façon, elle aurait tout fait pour Alex. Accepter et s'occuper de ses enfants était pour elle la plus belle et grande preuve d'amour qu'elle pouvait lui offrir. Cela n'a pas été facile au début. Cela ne l'est guère plus aujourd'hui.

Et puis, elle a rencontré les amis d'Alex : Jérôme,

qu'il connaissait depuis l'école primaire, et Vincent, le voisin du premier, ainsi que Brice… Et surtout leurs femmes : Claire (avec qui elle s'est entendue instantanément), Émilie et Caroline. Le groupe s'est formé par ajouts successifs. Sybil, la dernière en date, avait pour tâche d'y « remplacer » Sabrina, l'ex-femme d'Alex (là encore, sa place n'a pas été aisée à trouver). En fait, les deux noyaux initiaux (les deux couples voisins d'un côté, la vieille amitié de Jérôme et Alex de l'autre) ont fusionné lors de la fête en l'honneur des dix ans de mariage de Claire et de Jérôme : c'est à ce moment-là qu'Alex a rencontré Vincent et sympathisé avec lui. Un peu plus tard, Caroline et Brice ont intégré le groupe, par le biais de l'école des enfants. Et en 2010, ils sont tous partis en vacances ensemble pour la première fois. Alex était encore avec Sabrina. Sybil n'est arrivée que l'année suivante, et c'est leur séjour en Dordogne qui a été déterminant pour l'amitié qui la lie aux autres filles à présent. C'était il y a sept ans.

9

Le soleil et la chaleur baignent déjà la bastide, plus encore que la veille à la même heure. Les murs de pierre semblent éclatants. Les lézards lézardent. Pas une feuille ne bruisse dans les arbres. Une chape de plomb menace de s'abattre sur la journée. Plus tard, on entendra presque l'herbe griller.

Pendant que Sybil enchaîne les longueurs dans la piscine, les premiers levés entament le petit déjeuner, chacun à son rythme et selon son envie. Émilie a mal dormi ; le temps de chasser ses idées sombres, elle s'est mise à l'écart pour boire un thé, installée à la table en fer forgé. Pas vraiment envie de parler pour le moment. Il lui faut un peu plus de temps que d'habitude pour émerger. L'absence de ses filles lui donne le bourdon. Elle les a appelées mais n'a pas réussi à les avoir au téléphone. Vincent a veillé tard, enchaînant les parties de billard avec Jérôme et Alex. Dommage… elle aurait aimé se coucher avec lui, mais il a préféré rester avec « ses potes ». L'amertume et la déception la rendent un peu vaseuse, ce matin. Il y a une troisième raison à son humeur chagrine et son éloignement du groupe : toutes les victuailles présentes sur la table lui font de l'œil et semblent hurler son nom, telles des sirènes tentaculaires qui voudraient l'attraper. C'est dur… Hier soir, elle a tenu bon. Avec Caroline qui ne boit jamais, elle se sent moins seule à l'apéro : elles sirotent du Pacific. Zéro alcool, zéro sucre, zéro calorie. Une valeur sûre ! Un goût d'anis qu'elle aime (habituellement, l'été, elle boit du pastis, c'est une tradition). Sa conversion à ce succédané s'est effectuée sans trop de mal. Mais il n'existe pas d'ersatz 0 % de chips, de cacahuètes, de quiche, de cônes glacés… Ce serait trop beau, et la vie n'est pas si bien faite. Elle se sent au bord de la détresse. Réussir un régime seule chez soi, c'est quand même tellement plus simple ! Là, les tentations la happent du matin au soir. Les autres n'ont aucun scrupule. On dirait qu'ils ne pensent qu'à manger ou à satisfaire leur gourmandise… Elle leur en veut un peu de leur insouciance.

— Déjà debout ? demande Sybil aux jeunes tourtereaux alors qu'elle arrive sur la terrasse enroulée dans sa serviette.

— Seb avait faim… Le lion reprend des forces, et on retourne se coucher, explique Caroline avec malice.

Ledit lion lui lance un regard carnassier en grognant, puis croque avec voracité dans sa baguette beurrée, pour la dévorer bruyamment. Mi-exaspérée, mi-envieuse, Émilie lève les yeux au ciel en s'asseyant enfin à la grande table. Elle se demande si Vincent ne devrait pas garder ses forces pour leur vie intime, plutôt que les dépenser toutes dans le trail à outrance. Pourquoi met-il autant d'acharnement dans le sport ? Depuis qu'il s'y est mis, il y a quatre ans, sa libido semble assoupie. Ou bien ce serait l'inverse, comme pour l'œuf et la poule ? C'est peut-être pour cela qu'elle déteste le sport... même si sa propre libido n'est clairement plus la même depuis l'arrivée des enfants. Avant eux, avant les traitements, quand la procréation n'était pas le but fixé, le centre de ses attentions, quand ils faisaient l'amour seulement par amour et par envie, elle était une amante investie et zélée.

— Tu n'oublies pas d'en laisser pour les autres, hein ? Parce que nous sommes plusieurs à ne pas avoir déjeuné, assène Sybil sans ménagement.

— Mais bien sûr, très chère. Je finissais, explique Sébastien avec le sourire le plus poli du monde.

Sybil passe dans la cuisine chercher une tasse et se préparer un thé. Quand elle revient, Caroline et Sébastien se dévorent de baisers.

— C'est vraiment gênant, là... toutes ces démonstrations. Retournez vite vous coucher et prenez de l'avance sur votre programme, plaisante-t-elle non sans agacement.

— On y va, on y va.

Sébastien obtempère sans demander son reste, suivi de Caroline qui rugit en mimant des griffes affamées sur le corps du lion. Ri-di-cule. Ils rentrent dans la maison et préfèrent ignorer les remontrances de Sybil :

— Vos tasses et vos couverts, ils vont aller tout seuls dans l'évier ?

Sybil s'installe pour de bon à la table, légèrement courroucée, et Émilie change de chaise pour se rapprocher d'elle.

— Ils abusent, hein ? demande la première.

— À quel niveau ? Sur le fait qu'il ne fout pas grand-chose ou qu'ils sont scotchés comme deux patelles amoureuses ?

— Hum, j'hésite… Peut-être les deux. C'est vrai qu'il se la coule douce, lui…

— Oui. Je le trouve un peu sans-gêne. Même si c'est vrai que ce sont les vacances, il y a quand même des choses à faire, et lui, il est souvent posé sur sa chaise, il se fait servir… Paresseux, macho… ou simple manque d'éducation, je ne sais pas, dit Émilie. C'est marrant de voir Caro avec un mec comme ça… Il est quand même très différent de Brice, qui était beaucoup plus classe.

— Ah, tu trouves aussi ? Ce n'est peut-être pas un hasard… Mais c'est vrai qu'elle est partie dans un autre extrême. C'est marrant, l'amour.

— Ah, c'est comme ça que tu appelles ça ? Tu crois vraiment qu'elle est amoureuse ? demande Émilie, incrédule.

— Attends, ça crève les yeux ! Tu ne crois quand même pas qu'elle joue ! Non mais tu as vu comment elle le regarde ? Et lui, pareil !

— J'ai quand même l'impression, vu de l'extérieur, que c'est avant tout une histoire de cul. Non ? Tu as entendu ce qu'elle a dit hier…

Sybil ouvre de grands yeux ahuris. Elle ne se souvient pas d'avoir jamais entendu Émilie parler de manière aussi crue.

— Disons que c'est passionnel, concède Sybil, pour une fois diplomate.

— Tu crois ? Je dois avouer que je ne sais plus ce que c'est, admet Émilie.

— Oh, toi, ça ne va décidément pas bien fort… Tu veux en parler ?

Émilie refuse de la tête. Elle imagine bien se confier à ses amies sur le sujet, mais elle attend de voir comment les choses vont évoluer avec Vincent, et elle aimerait bien qu'elles soient « au complet » pour n'avoir à s'épancher qu'une seule fois et recueillir leur avis, leurs impressions. C'est toujours mieux quand elles sont ensemble. De toute façon, pas une de ses amies ne sera étonnée : chacune sait bien que son couple est devenu pépère et ronflotant.

*

La partie de tarot à cinq est animée et joyeusement bruyante. On rit, on crie, on a peut-être un peu trop abusé du vin au déjeuner… sans se rendre compte du fait que le soleil écrasant contribuait déjà à échauffer les esprits. Ils attendent encore deux heures avant une baignade générale. Vincent a proposé un water-polo, les garçons contre les filles, évidemment (moins équilibré mais beaucoup plus drôle). L'idée a été accueillie avec un enthousiasme tout relatif. Émilie ne voulait pas faire sa « rabat-joie » et a choisi de se taire ; Sybil n'était pas là pour exprimer son désaccord et crier au scandale. La voilà qui revient enfin. Elle était partie à l'office de tourisme le plus proche mais, fidèle à son sens de l'orientation déplorable, elle a réussi à se perdre, malgré le GPS. Son énervement est passé, son enthousiasme est revenu au beau fixe, elle doit avoir pris tous les prospectus concernant la région et a un kilo de papier dans les mains. Elle dépose triomphalement sa récolte sur la table, près des joueurs, sans se préoccuper un instant de la partie en cours.

— Tu es sûre qu'il y en a assez ? demande Vincent en riant. En plus, à quoi ça sert ? On trouve toutes les infos sur Internet ! Tu n'es pas sans le savoir, toi qui es accro à ton portable…

— Caro te dirait que ce n'est pas très écolo… Dans quelques jours, tout ira à la poubelle… avance Claire.

— Avec ça, on va pouvoir décider du programme ! annonce fièrement Sybil, préférant ignorer les sarcasmes. Il y a plein de trucs à faire dans le coin, c'est génial !

— La revoilà avec son programme, soupire Vincent.

— Tu as donc si peur de t'ennuyer, ma chérie ? demande Alexandre pour la taquiner. Tu sais qu'on reste deux semaines… pas deux mois.

— Non, mais regardez ça, continue-t-elle, préférant éluder et passant d'un prospectus à l'autre avec frénésie : lieux de baignade, randonnées, canyoning, cascades, grottes, escalade, via ferrata, descente de l'Ardèche en canoë-kayak… Vous vous rendez compte de tout ce qu'il y a à faire et à découvrir ? On ne va pas passer à côté !

— Je ne veux pas faire ma rabat-joie, mais c'est trop sportif pour moi, avoue Émilie. Donc ce sera sans moi, je passe mon tour sur les exploits sportifs.

— Visiter une grotte, c'est sportif ? rétorque Sybil. À moins de te faire courser par un ours, tu ne risques pas de dépenser beaucoup de calories ! D'ailleurs, ça te ferait du bien, de bouger !

— C'est agréable, merci…

— Ne te vexe pas ! Je te soutiens ! Et c'est parce que je te soutiens que je te conseille de bouger. C'est une splendide occasion !

— Je suis nulle…

— Attends d'avoir essayé avant de dire ça ! On est toujours nul au début…

— Facile pour toi. Tu réussis toujours ce que tu entreprends, même quand tu débutes. Moi non.

— On peut aussi visiter des fabriques de nougat ou des savonneries… le musée de la lavande… Aucune compétence particulière n'est exigée pour ça, plaisante Sybil pour tenter d'amadouer son amie.

— Et sinon, on peut continuer à jouer ? grommelle Jérôme. Parce que tu débarques, et hop, on s'arrête pour t'écouter. Sybil, tu es un ouragan terriblement attachant, mais… on voit ça après, ok ? Une fois de plus, on a tout le temps.

— Ils sont où, les amoureux ? demande-t-elle sans sourciller.

— Ils sont là, répond Jérôme en se désignant avec Claire, qui sourit et l'embrasse.

— Non, les autres… Vous savez, ceux qui ont leurs langues soudées ?

— Ils sont allés faire la sieste, pardi. Pourquoi poses-tu cette question ?

— C'est vrai, où avais-je la tête ? Donc, ils vont passer leurs vacances au lit. C'était pas la peine de venir jusqu'en Ardèche pour ça !

Tous partent d'un même éclat de rire, et pour une fois Sybil est le porte-parole de toute l'assemblée.

— On les a bien charriés tout à l'heure. Je pense qu'ils ont compris le message, même s'ils ont essayé de nous faire croire qu'on était simplement jaloux de leur bonheur. Ah, ah, ah, ils sont trop drôles ! se moque Alex.

Émilie s'est contentée d'écouter… Tout comme Vincent. Ils sont spectateurs des autres, parfois. Cela la désole. Elle aurait tellement aimé qu'il se manifeste comme Jérôme avec son « ils sont là », ou qu'il l'enlace spontanément. Mais non. Cela ne lui viendrait même pas à l'idée. Question de personnalité… ou début du désamour ? Claire et Jérôme sont ensemble depuis vingt ans, presque comme eux, mais ils s'aiment, ça se voit. Cela crève les yeux, de manière aussi simple qu'évidente. Sans être toujours l'un contre l'autre, ils ont souvent des gestes de tendresse l'un envers l'autre, des petites attentions qui ne trompent pas. Et leurs regards… Leurs yeux s'aiment aussi et se le disent.

Émilie et Vincent ont dépassé le stade de la division cellulaire du couple : ils sont passés d'une unique bulle-cocon douce et enveloppante à deux bulles côte à côte qui ne communiquent plus.

Émilie se sent seule à côté de son mari.

10

De manière prévisible, et même si Sybil s'est battue comme une lionne, les hommes ont gagné haut la main au water-polo. Émilie s'est beaucoup plainte… pour les éclaboussures, pour le moment où le ballon lui est arrivé en pleine tête et parce qu'elle ne parvenait pas à bien jouer. Mais la partie a réjoui tout le monde, et même elle a fini par se prendre au jeu et s'est surprise à rire avec les autres. Ils se sont ensuite livrés à un concours de plongeons et de sauts, ce qui a indéniablement provoqué l'hilarité générale, à force de rivaliser en termes de technique et de style. Sébastien, surtout, a beaucoup fait rire la petite assemblée : il roulait des mécaniques avant chaque plongeon mais ne parvenait à faire que de médiocres plats, qui ont peu à peu imprimé sur son abdomen une immense marque rouge en plusieurs couches. « Je sais mieux faire les bombes », a-t-il convenu avec un grand sérieux, à la suite de quoi il a préféré sauter dans l'eau à plusieurs reprises en essayant d'éclabousser les autres un maximum. L'ambiance était excellente, les sourires éclatants. On aurait dit des enfants de quarante ans.

C'est à regret que Claire a dû les abandonner avant la fin pour aller chercher son amie Valentine qui devait arriver à la gare de Montélimar par le train de 19 h 17 (il fallait compter plus d'une heure de route). Curieuse et très sociable, Sybil est impatiente de découvrir la cinquième fille. Elle est toujours partante pour la nouveauté, prête à ouvrir le cercle ou une porte, à offrir son amitié. Cela fait partie de son côté généreux. Caroline et Émilie sont plus réservées sur la question. Indépendamment de leur méconnaissance de cette fille dont elles n'ont que vaguement entendu parler, il n'est jamais simple d'introduire quelqu'un de nouveau dans un groupe soudé. Comme Sébastien qui, s'il est accepté par tous, n'en reste pas moins pour le moment un «étranger» (ce qui déçoit d'ailleurs Caroline, qui aurait aimé que les autres l'adoptent instantanément). Toutes se demandent si la nouvelle venue saura se faire une place au sein de leur quatuor. Bien qu'elles soient différentes les unes des autres, et pourraient même par moments paraître incompatibles, Sybil, Claire, Émilie et Caroline sont devenues inséparables à force de partager leurs vies, leurs confidences et leurs souvenirs. Si leur amitié n'est pas si ancienne qu'on pourrait le croire en les voyant, elle n'a eu de cesse de se renforcer au fil des années, au gré des moments passés ensemble, des hauts et des bas de la vie, à se réjouir des événements heureux, à se serrer les coudes et se soutenir en cas de coup dur… Et malgré de légers heurts, il n'y a jamais eu de vrais conflits entre elles, sans doute en raison de cette grande tolérance qui les caractérise toutes. Elles ne sont pas toujours d'accord, mais elles savent se comprendre ; elles ne projettent ni leur personne ni leur vie sur les autres. Elles savent qu'elles sont et seront toujours là pour passer de riches moments, pour s'aider aussi… Elles se sentent fortes de leur passé commun ; leur lien est indestructible. Rien ni personne n'y changera quoi que ce soit.

*

— Tu as fait bon voyage ? demande Claire à Valentine en mettant ses deux valises dans le coffre. Le parking de la charmante petite gare jaune et blanc s'est animé brusquement, avec l'arrivée des voyageurs et des personnes venues les chercher. De brefs coups de klaxon permettent de localiser certaines voitures, ou de râler sur des automobilistes tête en l'air se croyant seuls sur la chaussée. Dans quelques minutes, le calme reviendra et on pourra de nouveau se concentrer sur le chant d'un oiseau.

— Horriblement long, mais très bon. C'est le bout du monde, ici. Je suis ravie d'imaginer mon retour à Nantes en voiture avec vous.

Elles prennent place dans le véhicule, et Claire met

le contact, sa ceinture, puis passe la marche arrière pour sortir de sa place de parking.

— Alors, vous êtes bien installés ? demande Valentine avec un grand sourire.

— Tu vas voir, la maison est incroyable. Et tu sais quoi ? Tu vas même avoir un étage pour toi toute seule ! Elle est sur quatre niveaux. Tout en bas, en sous-sol, il y a une cave aménagée en salon que les gars se sont octroyée, tu vois le genre ; au rez-de-chaussée, les pièces à vivre ; au premier, les quatre chambres doubles que nous nous sommes réparties, et au deuxième, sous les toits, c'est l'étage des enfants. Le tien ! Il y a un grand dortoir et deux chambres, deux salles de bains, et un petit salon-bibliothèque… Au moins quinze lits en tout. Tu auras l'embarras du choix !

— C'est super. Merci, Claire, tu as bien fait d'insister pour que je vienne… Je m'aperçois que je ne me voyais pas ruminer seule chez moi… Et comme Maxime est parti avec ses copains… Tout plutôt que de rester toute seule entre mes quatre murs ! Je suis très touchée, vraiment. Et tes amis sont adorables d'avoir accepté que je vienne. Après tout, ils ne me connaissent pas. C'est très gentil de leur part.

— Oui, tu verras… Il y a de tout. Comme je te l'ai déjà dit, nous formons un groupe hétéroclite, mais nous nous entendons à merveille. Tu ne seras pas la seule « nouvelle ». Caro est venue avec son copain. C'est récent. On ne l'avait vu que trois fois avant notre séjour. Donc tu vois… tu n'auras pas trop à rattraper !

Je suis sûre que tu vas bien t'entendre avec Caro… Vous en êtes à peu près au même point. Enfin, je veux dire, récemment séparées toutes les deux.

— Elle a une longueur d'avance si elle est déjà avec quelqu'un ! plaisante Valentine.

*

Ils sont tous là pour les accueillir quand elles descendent de voiture. Impatients de découvrir la nouvelle recrue ? Curieux, du moins, de rencontrer celle qui va les accompagner jusqu'à la fin du séjour. Claire se tient face au reste du groupe, aux côtés de Valentine. Avant de les présenter les uns après les autres, elle croit déceler durant une microseconde un imperceptible éclair dans les yeux de Sébastien au moment où il met un visage sur le prénom de Valentine. Se pourrait-il qu'il la connaisse ? Après tout, Nantes n'est pas si grand, et ils viennent tous de l'agglo. Claire se tourne vers Valentine pour guetter une éventuelle réaction pendant ces présentations. Elle sourit. Ne laisse rien paraître. Non, Claire a dû se faire une idée. Sébastien a tout simplement dû être touché par le charme insolent de naturel de la belle Valentine, qui enchaîne les bises et les « Ravie ».

Elle porte une robe jaune en lin à fines bretelles et des chaussures plates nouées par un ruban à la cheville. Ses longs cheveux châtain foncé tombent souplement sur ses épaules et son dos, et ses yeux bleu clair pétillent. Elle a tout pour elle, mais semble l'ignorer.

Jérôme et Vincent attrapent chacun une valise pour les monter au deuxième étage, et le petit groupe longe l'aile de la maison pour se diriger vers la terrasse où la table de l'apéritif a été dressée, façon banquet, pour leur première soirée à neuf. Des quiches ont été préparées et déjà découpées, lorraine, thon-tomates et épinards-chèvre ; des légumes crus, carottes, concombres, chou-fleur, ont été taillés et ajoutés à des radis, et seront ensuite trempés dans diverses sauces (herbes, curry, houmous) ; le barbecue fumant est prêt à recevoir des petits boudins antillais et des tranches de lard qui vont rissoler dessus. Il y a aussi des tomates cerises, du melon, des pistaches et autres biscuits apéritifs. On se sert à boire pour entamer les festivités.

— Que les vacances commencent ! s'écrie Alex en levant sa bière.

— Elles ont déjà commencé, chéri. En revanche, on va passer aux choses sérieuses ! On s'est assez reposés, demain on attaque le programme ! s'exclame Sybil.

— Le programme ? demande Valentine, les yeux ronds. On a un emploi du temps ? C'est comme au collège ?

— En tout cas, on sait qui est notre professeur principal ! plaisante Jérôme, prof d'histoire de son état, donc sachant de quoi il parle.

Valentine lui sourit. Elle a sans doute déjà identifié le genre de phénomène qu'est Sybil, laquelle s'enquiert vite :

— Valentine, j'ai une question de la plus haute importance : aimes-tu le sport ?

— Un peu. J'essaye de m'y remettre, mais je ne suis pas une acharnée. C'est dur… surtout que je fume.

— Moi aussi, je fume ! rétorque Sybil. L'un n'empêche pas l'autre. Et d'ailleurs, tu aurais une clope ? J'ai fini mon paquet, et j'ai la flemme de monter en chercher un autre. À charge de revanche, évidemment.

Pendant que Valentine cherche dans son petit sac son paquet de cigarettes pour en retirer deux, elle se voit assaillie de questions de toutes parts. Quel âge a-t-elle exactement ? Quelle est sa profession ? On a compris qu'elle était séparée, mais a-t-elle des enfants ? N'a-t-elle pas trop peur de partir avec des inconnus ? Bientôt trente-huit/Libraire/Oui, un, Maxime, vingt ans déjà (oui, elle l'a eu très jeune)/ Euh… non (elle devrait ?).

— Je ne veux pas faire ma rabat-joie, mais vous ne pourriez pas vous éloigner un peu pour fumer ? proteste Émilie. On fume avec vous, là.

— Oui, enfin, on est dehors ! râle Sybil, qui soupire avant d'entraîner sa nouvelle amie un peu plus loin, l'occasion de lui montrer la piscine, le terrain de badminton qu'ils ont agencé, l'espace Mölkky, la table de ping-pong et la terrasse couverte.

— Au-dessus, c'est le solarium privatif de Caro et Seb. Ils ont du bol, quand même !

Valentine est à mille lieues de saisir la mauvaise foi de cette dernière phrase. À aucun moment cette chambre n'avait semblé tenter Sybil. Aurait-elle la mémoire courte ? Disons qu'elle est du genre à ne retenir que ce qui flatte son ego et à oublier ses petits méfaits, pour ne garder en tête que le meilleur d'elle-même.

— Cet endroit est vraiment extraordinaire. Claire m'a dit que c'était toi qui avais dégoté cette perle ?

— En effet, approuve Sybil, qui ne feint même pas la fausse modestie. Tu veux que je te fasse visiter ?

11

Le marché de Vallon-Pont-d'Arc est bondé. Il est même difficile de se frayer un chemin parmi les badauds. Le soleil, déjà franc en dépit de l'heure matinale, décuple toutes sortes de senteurs variées, plus tentantes les unes que les autres : fromages locaux, cochonnailles du pays, pains campagnards, savons au miel, sachets de lavande, épices… Les fruits rivalisent de couleurs, fièrement gorgés de jus sucré. Les légumes ont sorti leurs propres arguments. L'ensemble du marché, typique de la région, avec ses étals colorés et ses vendeurs à l'accent du Sud, offre une parenthèse de dépaysement à ces gens « du Nord ».

Le groupe de vacanciers déambule, et c'est à qui achètera les meilleurs fromages de chèvre locaux (les fameux picodons), le plus d'olives farcies, les melons les plus odorants, le saucisson le plus prometteur… Valentine joue la téméraire et opte pour de la caillette, spécialité locale de pâté à base de porc et d'herbes, enveloppé de crépine, sous le regard dégoûté de la végétarienne endurcie qu'est Caroline, laquelle comprend d'autant moins qu'on puisse manger de la viande juste après le petit déjeuner. Car ce qui plaît le plus à ces touristes (Alex et Sébastien en première ligne), ce sont bien les dégustations qu'ils dénichent çà et là. Ils picorent sur chaque étal, une tranche de saucisson ici, un morceau de pain d'épices ou une cuillerée de miel là, une tapenade ailleurs… Ils ne manquent aucune occasion. Émilie se tord les mains d'envie. Cette escapade gourmande qui fait tant plaisir aux autres est un supplice pour elle.

Un peu plus loin, un foisonnement de vêtements féminins semble appeler les cinq concernées. C'est ce moment que les hommes choisissent pour déguerpir. Ils n'ont aucune envie de tomber dans ce genre de traquenard. « Courage, fuyons », semblent dire leurs yeux. On se concerte au sujet de la répartition dans les voitures pour le retour, et le groupe se scinde en deux.

Les cinq filles s'approchent de la boutique éphémère, tenue par un marchand qui ne manquera pas de se répandre en compliments. Stratégie commerciale ou tentative de drague ? Sybil meurt d'envie d'acheter cette robe… Ou bien celle-ci… Celle-là est bien également ! Elle repartira avec les trois, sans les avoir essayées. Claire se laisse tenter et se faufile dans la pseudo-cabine d'essayage pour vérifier que l'impression restera bonne une fois la jupe enfilée avec le petit haut qu'elle a trouvé pour l'assortir. Caroline et Valentine les regardent en tentant de sourire. Ce n'est pas l'envie qui leur manque… mais elles ont du mal à joindre les deux bouts. Elles préfèrent garder de l'argent pour les vacances proprement dites, déjà qu'elles vont grever leur budget… Émilie reste en retrait aussi, mais pour une autre raison : elle préfère attendre d'avoir encore perdu cinq kilos pour investir dans des vêtements dans lesquels elle se sentira vraiment bien et qu'elle pourra porter durablement. Elle n'éprouve bizarrement pas de frustration (même si l'achat inconsidéré de victuailles la consternait quelques instants plus tôt). Ce matin, elle se sent bien. Humeur au beau fixe. Elle sourit, même, en se rappelant le tendre réveil que lui a réservé Vincent. Ils ont fait l'amour. Enfin ! Deux mois environ que cela n'était pas arrivé. D'où ses inquiétudes et l'objectif qu'elle s'est fixé de le retrouver pendant ce séjour…

Elle ne se satisfait pas de rester spectatrice de leur éloignement. Elle ignore si Vincent a constaté la même chose de son côté, s'il est prêt à faire ce qu'il faut pour éviter qu'ils se perdent un jour. Elle ne s'imagine pas devoir renoncer à lui, à eux. Mais qu'en est-il de son mari ? Difficile à déterminer. Ils ne se parlent pas beaucoup. Enfin, pas de *ça*. À croire que leur couple est un sujet tabou. Pour le reste, ils sont toujours complices. Ils s'entendent bien, ce dont elle peut se féliciter et ce qui a pu lui suffire, à un moment. Tous les couples ne peuvent pas en dire autant (en premier lieu, celui de ses propres parents, qui vivent encore ensemble, mais comme chien et chat). Alors quoi ? Le problème est qu'ils sont devenus un vieux couple installé dans sa routine, tout ce qu'elle s'était juré d'éviter… Elle ne peut se résoudre à cette idée. Si cela peut suffire à certains, son idéal à elle, d'amour et de vie, est d'un niveau au-dessus. Après tout, cela ne fait que vingt-trois ans qu'ils sont ensemble ! Elle espère qu'ils ont encore plein d'années devant eux. Finir sa vie avec lui, vieillir à ses côtés… comme un vrai couple, pas en vagues colocataires qui ne se touchent plus, qui regardent la bougie de leur amour se consumer jusqu'à s'éteindre… Non, elle ne s'y résoudra pas, et c'est maintenant que cela se joue. Il lui faut redonner du peps à leur amour, un peu de fantaisie… Sur son *bullet journal*, elle a listé plein d'idées pour re-séduire son mari. Il va falloir oser les concrétiser. C'est possible, après tant d'années… Il suffit de regarder Claire et Jérôme. Ils sont son modèle de couple. Avec eux, c'est « bonjour, l'amour » dès le saut du lit. L'image parfaite du couple parfait dans une famille parfaite… comme dans une publicité pour le café, quand elle était adolescente. Quel est leur secret ? Elle aimerait le découvrir… ou plutôt découvrir la clef de ses futures retrouvailles avec Vincent, car, après tout, il n'y a sans doute pas de recette universelle. Mais avec ces vacances, elle en est certaine, elle va donner un coup de fouet à leur amour.

*

Attablées à la terrasse d'un café de la place Armand-Puaux, les cinq filles profitent d'une ombre bienfaisante, bien décidées à prendre leur temps et à ne se préoccuper de rien… À goûter avec plaisir au luxe que représente une telle parenthèse, sans enfants ni hommes… Une idée de Sybil qui a rapidement suscité l'enthousiasme (lui-même amplifié par son annonce d'offrir sa tournée). Une envie de discuter entre elles, d'arrêter le temps et de ne pas rentrer tout de suite. En outre, elles se permettent d'espérer que les conjoints auront préparé le déjeuner à leur retour, d'autant qu'ils n'ont pas à se poser la question du menu, puisque les repas de toute la semaine sont affichés dans la cuisine. Elles seraient tellement contentes de n'avoir qu'à mettre les pieds sous la table en arrivant !

— Merci… Je suis ravie d'être ici avec vous. C'est chouette, commence Valentine.

Sa gratitude sincère fait sourire les quatre autres.

— Non, c'est normal, fait Sybil avec chaleur.

— Ça va te faire du bien ! s'exclame Claire. Et tu vois, tout le monde t'a adoptée.

— Oui, vous m'avez tous bien accueillie. C'est vrai que j'avais besoin d'air, et d'ailleurs… C'est pas facile, quand on est fraîchement célibataire, de trouver sa place, parfois… de se positionner. Les couples d'amis que nous avions, avec Baptiste, ne sont pas forcément présents… Certains ont pris leurs distances. D'autres, non. Mais pas au point de m'inviter avec eux en vacances. Je ne sais pas à quoi c'est dû.

— Je vois ce que tu veux dire, enchaîne Caroline. Déjà, quand on se sépare, les autres ont du mal à s'y faire… Ils nous voyaient comme un genre de tout, un duo voué à rester un duo. « Caroline » allait inévitablement avec « Brice ». Donc, forcément, il y a de quoi être mal à l'aise, pour eux… Et puis ça dépend aussi des circonstances de la séparation, de qui est parti et pourquoi, de l'origine des amis (s'ils venaient d'un côté plutôt que de l'autre, comme c'est souvent le cas)… En effet, ça demande des adaptations. Le pire, c'est quand les circonstances les obligent à choisir leur camp. Quand il y a conflit et que ça se passe mal, que les amis doivent décider qui ils vont défendre ou continuer d'accueillir… J'ai connu ça aussi. Et puis… il y a d'autres facteurs pour expliquer la distance qui s'instaure avec certains : le côté « se voir à trois, c'est pas pareil, il manque un mec pour respecter la parité »… Parfois, j'ai eu l'impression que des copines s'éloignaient de moi pour des raisons pas chouettes. Comme si j'allais leur piquer leur mec ! Moi ? Tout à coup on devient dangereuse… Pour peu qu'on assume son célibat et qu'on soit indépendante, alors là, c'est plié : on est vue comme une prédatrice en puissance. Sans rire ! C'est n'importe quoi ! Je crois qu'au fond les célibataires font peur aux couples… Comme s'ils étaient porteurs d'une maladie contagieuse. C'est vrai que ça les renvoie à leur finitude… Personne n'a envie de se confronter à la fin potentielle de son couple. Et c'est vrai que tout ce qu'on entend par-ci, par-là, ça n'est pas rassurant. Surtout à notre époque ! Avec les réseaux sociaux, les sites de rencontres, les applis géolocalisées… C'est juste flippant.

— Bah dis donc, Caro, le sujet t'inspire ! s'exclame Claire.

— C'est toi qui es partie ? demande Valentine.

— Oui… Je n'en pouvais plus de son autorité et de sa jalousie. Je n'étais pas libre de mes mouvements. Il décidait de tout… de ce que je devais porter ou pas… même de ce que je devais être ! Je suis longtemps restée soumise, par amour, peur ou les deux… Et un jour il y a eu la goutte d'eau ; j'ai fait mes valises et je suis partie. C'était l'année dernière, en octobre.

— Tu as été courageuse, assure Claire.

— Certes, mais ça n'a pas été facile… Et ça ne l'est toujours pas. La situation n'est pas réglée. Divorce compliqué en cours… Il ne me facilite rien.

Valentine hoche la tête. Elle voit bien…

— Et toi ? lui demande Émilie.

— Oh… Moi, j'ai eu droit à un classique. Le cliché parfait : il me trompait avec son assistante. Je ne sais toujours pas quand ça a commencé, mais, quand je l'ai su, je l'ai mis au pied du mur. Il s'est permis de nier, de parler de complot, alors que j'avais des preuves : séminaires fantômes, relevés bancaires bavards, SMS qui n'avaient même pas la pudeur de n'être qu'ambigus… C'était énorme, je vous jure… Bref. Je crois qu'il aurait aimé poursuivre sa double vie. Deux femmes, c'est bien… Il nous aimait toutes les deux ! On était mariés, en couple depuis douze ans. Ce n'est pas le père de mon fils, ce qui m'arrange, quelque part : au moins, quand tout sera réglé, je n'aurai plus affaire à lui. Mais bon… la maison est en vente, et en attendant j'ai du mal, avec les charges, mon loyer… Il se comporte comme un goujat, en plus, alors qu'il devrait se faire petit et qu'il n'a pas de problèmes d'argent, lui. Enfin voilà. Inutile d'en dire plus. Ce serait lui donner trop d'importance.

— Et votre séparation remonte à quand ? demande Sybil.

— Quatre mois… Pas assez pour aller vraiment mieux.

— Tu m'étonnes ! renchérit Caroline. C'est vrai qu'il faut du temps… Ou une belle rencontre !

Elle a appuyé ces derniers mots d'un drôle de clin d'œil qui déclenche le sourire des filles.

— D'ailleurs, tu tiens le coup, là ? Parce que ça fait deux heures que tu es sans lui ! ironise Sybil.

— Pour l'instant, poursuit Valentine sans lui prêter attention, je suis plutôt dans la phase « dégoûtée des hommes ». Je suis complètement désabusée… Deux gros échecs dans ma vie… Et ceux que j'ai pu croiser en quelques semaines ne m'ont pas vraiment fait changer d'avis. À croire que tous les hommes bien sont en couple. Ce qui paraît logique, en même temps… Il reste les autres… les menteurs, les cinglés, les mariés…

— À ce point-là ? demande Émilie, interloquée.

— C'est ce que j'ai constaté, mais de toute façon je ne suis pas dans le bon état d'esprit, j'avoue. J'ai perdu confiance… Je ne suis pas près de pouvoir croire en quelqu'un… Mais aucune importance ! Si déjà je peux passer de bons moments, comme là, avec vous… et oublier mon amertume, ce sera parfait. J'ai simplement envie d'un peu de légèreté !

— Tu es au bon endroit. Aux vacances ! s'écrie Sybil, réjouie, en levant son deuxième verre de vin. Pendant encore plus d'une heure, elles devisent ensemble, apprenant à connaître Valentine, évoquant le « programme » des vacances, qui devient une blague incontournable... Ce petit moment leur fait un bien fou. Des deux raisonnables, abonnées au « sans alcool », ponctuellement ou par conviction, c'est Émilie qui prendra le volant de Sybil.

12

En lieu et place d'un repas préparé et d'une table dressée, les filles découvrent à leur arrivée quatre hommes répartis en deux groupes : les « sportifs » (qui jouent au Mölkky) et les éléphants de mer, échoués sur une chaise longue au bord de la piscine. Il est 14 h 23 et rien n'est prêt. Les deux poulets sont encore crus dans leur film alimentaire, les pommes de terre dans leur peau, les haricots dans leurs boîtes ; assiettes, verres et couverts dorment encore dans le buffet. Non seulement ils n'ont pas cuisiné, mais encore ils n'ont pas amorcé le début du commencement de quoi que ce soit. Ils ne se sont pas donné la peine d'essayer… ni même d'y penser, si ça se trouve.

— Les mecs, vous abusez ! hurle Sybil, exaspérée. Les filles oscillent entre deux idées : attendre qu'ils s'y mettent ou se résoudre à coller au rôle qu'ils leur ont, visiblement, tacitement attribué.

Claire s'étonne que Jérôme ait suivi les autres.

— Je parie que c'est un coup d'Alex, rumine Sybil.

— C'est toi qui disais que tous les hommes bien étaient déjà pris ? demande Émilie à Valentine. Parce qu'à voir ça, on pourrait en douter !

Elles rient… jaune, puis jugent qu'il est trop tard pour se lancer dans la préparation du repas prévu : elles ont faim ! Elles vont faire ce que toute femme apprend à faire très vite dans ce genre de situation : improviser. Un double coup d'œil, au frigo et à la liste des menus, et c'est tranché : omelette aux lardons et salade. Elles sortent tout le nécessaire, mais ce sera aux coupables de s'y coller. Seuls Jérôme et Vincent ont daigné s'approcher et esquisser un début de trêve en proposant leur aide. La tâche va leur incomber, de fait.

— À vous de jouer. Les deux autres ne perdent rien pour attendre, siffle Sybil entre ses dents.

Ces derniers restent à leur état de mammifères marins. Sybil fulmine, Caroline s'émeut en apercevant son homme endormi : le félin devenu lion de mer, aussi léthargique qu'inoffensif, lui met presque la larme à l'œil. Tout ce qu'elle espère, c'est que le préposé à la salade la lavera avec le plus grand sérieux (quelle horreur de sentir un morceau de sable ou, pire, de croiser un vague invertébré sur une feuille dans son assiette !), puis elle écarte ses inquiétudes pour mieux se concentrer sur son objectif et trouver la meilleure façon de réveiller son lion.

Elle s'avance vers la piscine sur la pointe des pieds, comme s'il risquait de l'entendre de très loin. Parvenue à ses côtés, elle murmure un « Mon amour, il est l'heure de se réveiller… », avant de lui grignoter-suçoter le lobe de l'oreille comme s'il était une exquise friandise. Lorsqu'il laisse échapper un grognement de contentement et qu'elle aperçoit son sourire de côté, elle s'enhardit et s'assoit à califourchon sur lui pour lui prodiguer un massage, ponctuant ses caresses de baisers dont elle parsème sa peau chauffée au soleil. Elle ne s'autorise pas plus, malgré la grande tentation qu'elle a d'aller plus loin. Elle le lui souffle à l'oreille, il l'incite à ne pas se préoccuper des autres, pour rire. Il aime bien être réveillé ainsi. Caroline lui plaît beaucoup. Elle a des manies bizarres, mais il la trouve drôle, et surtout sensuelle. Elle développe d'ailleurs ses compétences en la matière, pour son plus grand plaisir.

*

— C'est bon… rouspète Alex. Tu ne vas pas faire la tête, et je reste poli, pendant tout le repas ! Nous non plus, nous n'avons pas chômé : après le marché, nous nous sommes arrêtés chez un prestataire qui organise des descentes de l'Ardèche en canoë-kayak. Et du coup on en a profité pour ré-ser-ver ! Alors, c'est qui les meilleurs ?

En cet instant, on dirait l'allégorie de la Fierté, les bras grand ouverts, prêts à accueillir félicitations et autres acclamations d'enthousiasme. La réaction est au-delà de ses attentes… mais pas celle qu'il espérait.

C'est la douche froide. Sybil, dont c'était pourtant l'idée, desserre à peine les dents. Elle reste concentrée sur l'attitude machiste d'Alex qu'elle juge déplorable. Après un léger temps de réaction, Émilie ne tarde pas à se faire entendre :

— Vous avez réservé ? Comme ça ? Pour tout le monde ? Sans nous demander ? C'est une blague. Vincent, dis-moi que c'est une blague !

Il ne dit pas que c'est une blague. Prend un air penaud qui vaut toutes les réponses.

— Tu sais très bien que je ne voulais pas en faire ! Je vais être nulle, et je n'aime pas les sports aquatiques…

— Tu n'aimes aucun sport, rectifie Sybil, retrouvant sa langue.

— C'est faux ! J'aime… le badminton ! C'est un sport, ça, non ?

Sybil évite de se moquer et d'ouvrir le débat : le badminton de plage est-il vraiment un sport ? L'heure est à la gravité.

— Émy, ne me dis pas que tu vas rater cette journée… et rester toute seule ici !

Elle regarde son mari d'un air navré. Elle aurait préféré un argument plus sympa, moins expéditif… du genre : « Viens, ça va être nul sans toi » ou : « On va partager un super moment à deux dans un canoë. »

— On a pris des kayaks et des canoës… explique Jérôme, comme s'il lisait dans ses pensées. Tu verras, ça va être sympa.

— Je vais y réfléchir… concède-t-elle sans conviction.

— Ne réfléchis pas trop longtemps, parce que c'est demain ! fait Sébastien, goguenard.

— Vous plaisantez, j'espère ?

Elle les considère tour à tour, traquant le moindre indice qui pourrait trahir un « On t'a bien fait marcher… et tu cours » ; n'en trouve aucun.

— Je suis dégoûtée. Franchement, je n'en reviens pas que vous m'ayez fait un coup pareil. C'est de la dictature, vous ne trouvez pas, les filles ?

— Ça va aller, j'en suis sûre, la rassure Claire. On va passer une bonne journée tous ensemble ! Et puis peu importe le jour vu que de toute façon on avait prévu d'y aller, comme ça, tu n'as pas le temps de t'angoisser !

— On se mettra dans le même canoë, tente de la rassurer Vincent.

Elle le regarde sans rien dire, tant cela lui semble être la moindre des générosités de sa part. Pour autant, il a manqué son effet : elle n'est pas rassurée. Elle se voit déjà chavirer. Elle ne veut pas tomber à l'eau, être la risée du groupe ou d'inconnus, se rendre ridicule, avoir du mal à remonter dans l'embarcation à cause de son manque de souplesse et de force… Ce projet ne lui dit vraiment rien qui vaille. L'enthousiasme des autres a au moins le mérite de lui couper l'appétit.

*

— Valentine ?

Une voix dans son dos la fait sursauter alors qu'elle s'apprêtait à monter chercher un nouveau livre à déguster sous un parasol. Tiens donc. Elle se retourne, mais elle sait déjà de qui il s'agit… Elle se doutait bien qu'il trouverait un moment discret. Sébastien lui fait face. Il a profité que tous étaient dehors. Il a dû l'observer, attendre qu'elle s'éloigne du troupeau pour s'approcher d'elle. Il est tellement collé à Caroline qu'il a mis vingt heures à y parvenir. Elle se demande quel prétexte il a invoqué pour s'en détacher quelques secondes. Elle se fait l'effet d'une proie.

— Oui ?

— Tu n'as rien dit, hein ?

— De quoi tu parles ? demande-t-elle innocemment.

— Joue pas à l'idiote. Tu le sais très bien.

— À ton avis ? Qu'est-ce que tu crois ? T'inquiète pas, va… Ce n'est pas mon genre de faire des histoires.

Il ne dit pas : « Y a intérêt », mais ses yeux le traduisent de manière suffisamment éloquente.

— Ça a l'air sérieux… le taquine-t-elle.

Il lui jette un regard qui déguise une insulte, et repart comme il est venu. Vite et silencieusement.

La veille au soir, quand elle est sortie de la voiture, elle l'a reconnu tout de suite. Lui, apparemment non. Elle s'est dit que le hasard faisait parfois mal les choses et qu'elle aurait mieux fait de rester chez elle. Puis elle a vu qu'il était accompagné et qu'il faisait comme s'il ne la connaissait pas. Soit, c'était son droit, après tout.

Il suffirait de faire de même. Ce n'est pas compliqué, au fond. Ce n'est pas comme s'ils se connaissaient vraiment.

*

Le quatuor d'amies discute tranquillement sur les transats au bord de la piscine. Valentine lit un peu plus loin. Alex et Jérôme enchaînent plongeons et longueurs. Sébastien semble dormir, et Vincent rêvasser, les yeux dans le vague. Émilie, tout en écoutant ses amies d'une oreille, l'observe de loin. Se demande à quoi il pense. À eux ce matin dans leur lit ? C'était si bien… Elle se tourne vers Claire, pour reprendre le fil de la conversation. Quand elle revient à Vincent, elle surprend son regard qui s'attarde sur Valentine. Peut-être que cela dure un peu trop longtemps… Valentine lit toujours. Elle lit beaucoup (mais ce doit être normal quand on travaille dans une librairie). Ce midi, elle expliquait qu'avec la rentrée littéraire elle avait « des tonnes » de romans à découvrir, et vite, afin d'être prête fin août, pour pouvoir conseiller au mieux les clients. Normal. Donc elle lit… Rien d'exceptionnel ou de suffisamment intéressant pour mériter un regard tel que celui-là. C'est plus probablement la plastique de la jeune femme qui attire l'attention de Vincent. Elle a remarqué le même air concentré chez Alex, et même chez Sébastien, dans un genre différent. C'est vrai que Valentine est jolie. Un peu trop parfaite. Elle a tout ce qu'il faut là où il faut, dans un bikini involontairement sexy. Elle est naturelle, belle sans en faire trop. Elle dégage quelque chose. Quel homme pourrait rester indifférent ? Émilie n'a pas fini de complexer avec cette Miss Librairie dans les parages. Déjà qu'elle se sentait grosse et moche par rapport à ses amies, c'est encore pire depuis l'arrivée de Valentine. Surtout si Vincent la trouve un peu trop charmante. Il ne manquerait plus que ça…

13

Ils ont un look formidable, engoncés dans leurs gilets de sauvetage. Ils n'ont pas tous bonne mine ni l'air reposé. Coucher tardif, réveil matinal. Ils n'ont plus vingt ans, peinent à se remettre des nuits un peu trop courtes. Leurs yeux encore gonflés de sommeil ont du mal à rester bien ouverts. Ils rient de se voir ainsi. À l'exception d'Émilie, crispée au possible. Ce n'est pas tant la noyade qu'elle redoute que toute cette journée… Elle se maudit d'avoir fini par accepter. Il a fallu que Vincent et ses amies rivalisent d'encouragements et de marques de soutien. Il a fallu qu'elle imagine Alix et Zoé étonnées et fières de leur maman aventurière qui aura vaincu maints périls et en sera sortie saine et sauve. Il a fallu qu'elle ingurgite homéopathie et Fleurs de Bach pour essayer de se calmer. Elle a pris avec elle des doses supplémentaires. Elle a les mains moites et des plaques rouges dans le cou, signe que les grigris de Caroline ne font pas tout

(Émilie n'avait pas prévu d'avoir à vivre des situations extrêmes ni à surmonter des sensations fortes, et ne disposait donc logiquement d'aucun médicament digne de ce nom)… Les explications du loueur ne lui semblent ni claires ni convaincantes. Heureusement que Vincent sera dans le canoë avec elle. Il lui dispensera instructions, conseils et petits mots tendres (si seulement…) en supplément. Soudain, elle sursaute. Elle a dû mal entendre…

— Il a dit combien de kilomètres ?

— Il a dit : « Du départ, ici à Salavas, à l'arrivée à Sauze, il y a trente-deux kilomètres… Il est 8 h 30, vous devez arriver au plus tard à 17 heures ; il faut y aller », répète mot pour mot Jérôme, qui ne plaisante jamais avec les consignes.

Elle n'est pas folle, elle a aussi entendu « huit kilomètres », « douze kilomètres », « vingt-quatre kilomètres » : beaucoup moins, donc. Pourquoi avoir pris le maximum ? Pour les sportifs ? Pour les mecs à l'orgueil viril qui veulent dépenser leur testostérone ? Elle n'a pas de testostérone ! Et elle n'a rien à prouver.

— C'est une blague ? Vous me faites marcher, hein, dites ? Vous êtes de mèche avec lui pour…

— Chérie, on a pris le long parcours, histoire d'en profiter au maximum. Tu vas voir, ça va être magnifique ! Et puis, un peu plus, un peu moins…

Pendant qu'elle s'énerve, les autres ont mis kayaks et canoës à l'eau. Il faut y aller. Émilie est à deux doigts de faire une crise. Elle répète en pleurnichant à qui veut l'entendre (pas grand monde, à vrai dire), comme une gamine apeurée : « Je ne veux pas y aller. » Caroline a bien peur des microbes et des germes alors qu'elle est infirmière, elle, ce sont les sensations fortes qu'elle redoute. Elle est allergique à l'adrénaline. Elle n'aime pas la vitesse, elle a peur du vide et d'avoir la tête en bas. Quand elle était petite, ils ont fait du kayak avec l'école… pas le choix. Naturellement sa pire crainte s'est concrétisée, elle s'est retournée. Elle a eu un mal fou à extraire ses jambes du kayak, à remonter à la surface… et a manqué de se noyer. Le fait d'être en canoë la rassure un peu, et pas seulement parce que tout se fera à deux : au moins, pas de jupette pour la maintenir coincée en dessous s'ils chavirent. Par contre, côté stabilité, y en a-t-il vraiment un qui vaille mieux que l'autre ? Vincent la tire de ses sombres réflexions en lui intimant de s'installer devant lui. Les autres ont filé.

— Ils pourraient nous attendre, quand même, maugrée Émilie en pleine crise d'hyperventilation.

— Ils nous attendent, regarde. Ils pagayent tout doucement. Allez, on va les rattraper. Chérie, s'il te plaît, prends sur toi… Ne gâche pas cette virée. Tout le monde a compris que tu avais peur et que tu n'avais pas envie… Mais montre-leur que tu peux le faire ! Sois courageuse. Tu seras contente et fière de toi à l'arrivée, tu verras. Pense aux filles !

Elle acquiesce. Elle a envie de lui faire plaisir, de lui montrer qu'elle peut y arriver, peut-être même avec le sourire. Il doit être le premier à ne pas avoir envie de l'entendre geindre toute la journée. Elle va faire un effort, souffrir en silence, s'il le faut… et peut-être réussir à en profiter, qui sait ?

Elle aime bien quand il dit « chérie ». Cela tient peut-être de l'automatisme, mais c'est tendre à son oreille. Comme un petit bonbon moelleux… doux, bon, régressif.

Grâce aux instructions de Vincent, ils ont rattrapé les autres en quelques coups de pagaie. Il donne le rythme à droite, elle fait comme lui, du côté gauche. Pour l'instant, ça va.

Sybil, Alex et Valentine ont choisi des kayaks. Les autres sont en couple dans un canoë. Le groupe est donc réparti dans six embarcations. Ils ont mis les affaires (sacs, gourdes, pique-nique, appareils photo et téléphones) dans les gros bidons étanches prévus à cet effet dans les canoës. Ils feront des pauses régulières. Ne serait-ce que pour prendre des photos. Sybil frime un peu : elle a anticipé, son téléphone est pourvu d'une pochette étanche. Ainsi, elle pourra prendre des selfies et hop, direct sur Instagram. D'ailleurs, c'est déjà fait. Vincent possède une GoPro. Il compte bien filmer, surtout lorsqu'ils seront dans les rapides.

Déjà, le premier s'annonce. Émilie entame ses lamentations. Elle a tenu dix minutes.

— Ne t'inquiète pas, ma chérie, il est tout petit, celui-ci, explique Vincent, qui a une idée assez précise du parcours pour l'avoir attentivement étudié.

Son ton est doux pour l'apaiser, mais le sous-entendu non moins présent : « Prépare-toi à pire pour la suite, donc ne me casse pas les oreilles pour si peu. »

— Continue à pagayer comme ça, et tu vas voir, ça va nous entraîner un peu plus vite. Tu vas pouvoir reposer tes bras. Je vais gérer la direction.

Émilie retient son souffle et ferme les yeux. Ils passent le premier rapide au mieux. Le deuxième aussi. « Bravo ! », s'exclame Vincent. Sa femme, même si elle a conscience d'être infantilisée, prend confiance. Ce qui tient déjà du miracle. Elle a tendance à ne pagayer ni très logiquement ni très efficacement, mais Vincent ne lui fait aucun reproche et rétablit la trajectoire. Ils forment une bonne équipe ! Lui sait que le prochain rapide est plutôt de force 2, mais inutile de la faire paniquer : elle s'en rendra compte bien assez tôt… Il préfère qu'elle conserve aussi longtemps que possible la précaire sérénité qu'elle a acquise. Sur le parcours de trente-deux kilomètres, il y a huit rapides faciles, trois moyens, cinq difficiles. Il va falloir s'accrocher (pour elle), être patient et pédagogue (pour lui). Heureusement, il connaît sa femme. Au moins, elle n'est pas pénible ou capricieuse comme Sybil ; simplement, elle n'est pas dans son élément. Dès qu'elle quitte sa zone de confort, ses petites habitudes, son intérieur douillet, sa sécurité physique ou morale, elle est perdue, elle panique, alors elle perd son côté discret et raisonnable. Au quotidien, c'est certain, Émilie est agréable, facile à vivre, investie dans son travail de technicienne de laboratoire autant que dans son rôle de mère qu'elle prend à cœur et très au sérieux, soucieuse de son intérieur et du bien-être de son mari… On pourrait lui décerner une médaille de la perfection. Tant que tout est conforme, que rien ne dépasse, qu'aucun grain de sable ne s'immisce dans les rouages de sa petite vie bien huilée, tout va bien. Si au contraire un élément imprévu vient titiller sa routine ou griffer sa sécurité intérieure, elle bascule et révèle un tout autre visage. Elle devient méconnaissable. Hystérique, non, mais… irrationnelle, difficile à suivre. Son vrai problème, c'est son manque de confiance en elle. Vincent se demande souvent d'où cela peut venir, ce qui lui a manqué pour qu'elle ait toutes ces peurs… Mais, au fond, il le sait bien : c'est évident que sa mère l'a surprotégée. Sous prétexte de vouloir lui éviter toutes les situations à risque, elle l'a convaincue que le monde était difficile et menaçant, que le danger pouvait se cacher un peu partout… qu'elle était une enfant sensible et fragile, et qu'elle devrait toujours faire très attention, que la prudence était de mise dans tous les domaines, qu'il fallait se méfier des gens autant que des situations. Pas facile, dans ces conditions, de se construire et de se faire des amis. Moralité, enfant, Émilie n'est jamais restée seule, n'a jamais pratiqué aucun sport comportant un risque de chute ou de fracture (si bien qu'elle n'a été autorisée qu'à aller un peu à la piscine, et encore, juste dans l'idée d'apprendre à nager, au cas où…), elle n'avait pas non plus le droit de sortir avec ses copains et copines. Lui-même a donc dû beaucoup batailler, et montrer patte blanche avant que la mère d'Émilie consente à lui faire confiance et à lui confier sa fille chérie... Cela n'a pas été sans larmes ni psychodrames, mais il a tenu bon car il était sûr de lui. Elle n'avait pas eu de liberté, parce que la liberté, c'était dangereux. On ne lui avait pas donné les armes pour se défendre, et au moindre danger (objectif ou supposé), elle pouvait s'écrouler... Il en avait sous les yeux une belle preuve par l'image.

14

Le rapide du Charlemagne est en vue. Doté de moult rochers créant de puissants remous, il est assailli par de nombreux kayakistes. Le groupe choisit donc d'attendre un peu avant de l'affronter, tout en observant comment les autres s'y prennent. Il faut trouver le meilleur point d'entrée, puis tenter de se frayer un chemin entre les cailloux et les embarcations. Tout un art. Sybil est à deux doigts de lâcher sa pagaie pour applaudir, tant elle déborde d'enthousiasme à l'idée de se mesurer aux éléments. Déjà elle arbore une mine réjouie, un sourire conquérant. Émilie, quant à elle, se décompose à vue d'œil. Valentine se lance la première et passe la difficulté sans encombre. Sybil la suit, concentrée, puis braque son téléphone pour filmer la descente des suivants. Claire crie mais s'en sort bien avec Jérôme. Vincent tente d'aller sur le rapide, mais, dans la panique, sa femme n'effectue pas les bons gestes : leur canoë se trouve coincé sur les cailloux. Il y a vraiment peu d'eau par endroits, surtout cet été, avec la sécheresse. Émilie pousse de petits couinements de chiot apeuré. Vincent reste calme, mais à sa mine concentrée, son ton exagérément compréhensif, on décèle qu'il prend sur lui. Rien à faire, sa femme est complètement inefficace ; elle oppose une résistance inconsciente. Comme ils ne parviennent pas à se sortir de cette impasse, il est obligé de descendre du canoë pour l'extraire du lit de cailloux avant de se dépêcher de remonter dedans pour ne plus sentir braqués sur lui les yeux affolés d'une Émilie pétrifiée à l'idée de se retrouver seule à bord d'une embarcation emportée par le courant. Cette fois, ils sont bien partis, mais ils butent contre un gros rocher qu'ils n'ont pas réussi à éviter. Émilie crie. Panique. Le courant fait faire un tête-à-queue à leur canoë, qui se met à descendre le rapide à l'envers. Vincent rit, sa femme hurle de terreur. Il reste treize rapides…

— Ça va, Émilie ? demande Caroline, qui a cru perdre un tympan.

Claire la félicite : elle l'a fait, elle a réussi ! Émilie a bien noté leur sollicitude, voudrait cependant leur rétorquer : « Mais dans quelles conditions et à quel prix ? » Malgré la présence active et rassurante de Vincent, elle s'est sentie livrée à elle-même, a vécu un sommet d'angoisse. Ils ne peuvent pas comprendre ce qu'elle ressent au creux de son ventre, elle a l'impression d'avoir vu la mort en face. Maintenant que c'est passé, cela va mieux ; mais elle voudrait arrêter là, elle a eu son compte d'émotions fortes pour une année au moins. Elle fouille dans sa poche, attrape le flacon de Fleurs de Bach et dépose sans conviction quelques gouttes de Rescue sous sa langue avec la pipette. Prend de grandes inspirations. Objectif : retrouver son calme, faire baisser son rythme cardiaque. Il faudra qu'elle ajoute « Descendre l'Ardèche en canoë » dans sa liste des choses à ne jamais refaire.

Heureusement, et comme pour l'aider, juste après cet éprouvant passage, l'Ardèche redevient calme et offre à tous une belle récompense : le pont d'Arc se dresse fièrement devant eux, comme s'il se targuait d'être devenu le plus authentique symbole de la région. Par un miracle de la géologie et sous l'impact des changements climatiques, l'Ardèche a détourné le méandre originel pour creuser cette arche grandiose et filer tout droit sous ce pont de pierre créé par Mère Nature et habillé d'une végétation étonnamment luxuriante sur ces parois rocheuses. Tous les regards convergent vers l'œuvre qui attire les appareils photo. C'est la star des gorges, la Joconde de l'Ardèche. La route touristique qui longe le canyon propose bien des haltes sous forme de belvédères judicieusement placés aux points les plus stratégiques pour présenter chaque fois le meilleur panorama. Pour ceux qui empruntent les gorges par la route et non par la rivière, c'est l'étape à ne surtout pas manquer. Émilie les envie. Elle est sûre qu'elle aurait préféré cette option : descendre de voiture, faire quelques pas, prendre deux ou trois clichés, éprouver des émotions raisonnables en considérant la hauteur, puis repartir vers le belvédère suivant. Et ainsi de suite. Beaucoup moins fatigant. Beaucoup moins affolant. Beaucoup plus pour elle.

Le groupe profite de la jolie vue sur l'arche pour faire une pause « bien méritée » sur la rive. Ils échangent leurs impressions, prennent du café ou des photos, une barre de céréales… Émilie en mange deux. « Pour me remettre de mes émotions », se justifie-t-elle alors que personne ne lui demande rien. Tout le monde serait sans doute d'accord pour lui céder sa part si cela pouvait la calmer et permettre de lui clouer le bec jusqu'à la fin du parcours. Pour autant, tous la félicitent et l'encouragent : elle a fait le plus dur, le reste ne sera qu'une formalité.

*

Après quelques kilomètres, ils remettent pied à terre pour leur deuxième pause. Le déjeuner est le bienvenu, et très attendu par les corps et les âmes. On sort des bidons les paquets de chips, un saucisson, les sandwichs emballés dans du papier d'aluminium, les tomates cerises et le melon, sans oublier les gobelets en plastique et le rosé qui a quelque peu pris la chaleur. Pour le dessert, des compotes, des fruits secs du marché et du café. Ils se sont installés sur la rive, à même le sol, près des embarcations. Ils ne sont pas seuls, c'est le moins que l'on puisse dire. Malgré l'heure tardive, d'autres navigateurs ont choisi de pique-niquer non loin d'eux. Les conversations alentour offrent un fond sonore à leur repas.

— Il faudrait manger en trente minutes, conseille Jérôme après un regard à sa montre. Nous sommes dans les temps, mais on ne peut pas se permettre de trop en perdre, 17 heures sera vite arrivé, et il nous reste encore un petit paquet de kilomètres.

— OK, chef, le taquine Alex en mordant de bon cœur dans un sandwich aux rillettes chaudes.

— Dommage, j'aurais bien fait une sieste, avoue Claire.

— À qui le dis-tu… soupire Émilie. Je suis rincée. Je tremble encore. Franchement, Caro, tes remèdes, c'est de la gnognotte.

Caroline n'a pas entendu : elle fouille avec nervosité dans son sac à dos, en répétant : « Mais c'est pas vrai… »

— J'ai oublié mon gel hydroalcoolique, conclut-elle avec mauvaise humeur.

— Ce n'est pas très grave, si ? demande Claire, tout en connaissant vaguement la réponse.

— Tu sais bien que j'ai horreur de manger sans me laver les mains… C'est dégoûtant ! Surtout après une matinée comme celle-ci.

— Tu veux de l'eau ? Ce sera toujours mieux que rien…

— De l'eau sans savon, ça ne sert à rien… Mais soit, ce sera toujours ça : j'aurai les mains moins poisseuses. Et vous, ça ne vous fait rien, de manger les mains sales et de les plonger dans le paquet de chips ? Vous vous faites un petit cocktail de microbes, rit Caroline.

— En même temps, ce n'est pas la saison de la gastro, hein, dit Seb en éclatant de rire.

Caroline se lève pour se laver les mains un peu plus loin. Elle sait bien qu'elle en fait trop, avec ses microbes… mais elle en éprouve une aversion qui augmente étrangement avec ses années d'infirmière à l'hôpital. À ce niveau, cela relève presque du TOC, elle en convient, mais cela la dépasse. Parfois elle se demande si elle pourra continuer d'exercer… ou bien si elle ne devrait pas plutôt se faire soigner, consulter un psychiatre spécialisé dans les phobies.

Elle est interrompue dans ses pensées par des cris d'homme un peu aigus. Alex vient de se lever et court en agitant les bras. Chacun ses phobies… Il a une sacro-sainte peur des guêpes. Dès qu'il en voit une, il perd son sang-froid, et une sacrée dose de virilité. Son agitation prend fin au son d'un retentissant « aïe ». Il attrape son pied, d'où un filet de sang jaillit. Caroline accourt vers lui.

— Regarde, tu as marché sur un bout de verre… Il faut désinfecter.

Elle retourne à son sac. À défaut de gel hydroalcoolique, elle a toujours avec elle une trousse de secours bien achalandée… ce qui lui revient tout à coup. En quelques secondes et gestes sûrs, elle procède aux soins : désinfection et mise en place d'un pansement. Le voilà réparé. Elle en a profité pour utiliser discrètement une lingette désinfectante pour ses mains et se sent instantanément mieux.

Ils se réinstallent après qu'Alex a vérifié que la guêpe est bien partie. Sybil lui demande si ça va, après toutes ces émotions… Elle aime bien le taquiner sur sa peur des insectes. Elle le trouve alors aussi touchant que le petit garçon qu'il a dû être, quand il était chétif, timide, et complexé par ses oreilles décollées. Elle l'embrasse et le câline, maternelle, comme pour le réconforter après sa blessure.

— Oh, regardez ! Une libellule ! s'exclame Valentine.

Tous se tournent dans la direction indiquée. L'insecte volette à deux mètres d'eux, au-dessus d'une brassée de végétaux aquatiques.

— Ce n'est pas une libellule, c'est une demoiselle, objecte Jérôme.

— Une demoiselle ? s'esclaffe Sébastien. Elle est pas super bien gaulée, ta demoiselle !

Et Jérôme d'expliquer les différences morphologiques entre les libellules et les demoiselles, à coups de mots savants : odonates/anisoptères/zygoptères… Sébastien le regarde, ébahi.

— Je croyais que tu étais prof d'histoire…

— Prof d'histoire, mais passionné par les insectes, je te le rappelle, rectifie l'index levé Alex qui a retrouvé son humour. Attention les yeux, tu as affaire à un spécialiste ! Je suis d'ailleurs étonné, Jérôme, que tu ne m'aies pas encore fait un cours sur les guêpes.

Alex rit, Jérôme se renfrogne un court instant. Il a

l'habitude… Son ami manque rarement l'occasion de le taquiner au sujet de ses connaissances dont il aime faire profiter les autres.

Le repas se poursuit tranquillement, sans incident notable hormis un manque criant de chips causé par l'égoïsme forcené d'un Sébastien glouton, vertement rabroué par Sybil. Il faut dire que celui-ci a poussé l'indécence jusqu'à se plaindre d'avoir trop mangé… C'est bien simple, Alex et les autres ont cru qu'elle allait l'étrangler.

15

— C'était gé-nial !

Encore animée par un enthousiasme extrême, Sybil tambourine sur son volant. Elle s'est bien dépensée (c'est tellement important pour son hygiène de vie), elle a vu de beaux endroits (cette arche ! ces falaises !), elle n'a pas pris de coups de soleil (sa peau laiteuse nécessite la plus grande attention et l'écran total le plus couvrant, sous peine de devenir rouge écrevisse et de cloquer). Alex, Valentine et elle ont même fait un sprint final et elle est arrivée deuxième. Bilan de la journée : positif.

Fidèles à eux-mêmes, Sébastien et Caroline roucoulent à l'arrière, sans prêter la moindre attention à Valentine, affreusement gênée. Ce n'est pas tant leur comportement puéril et vaguement excessif (« Le canoë, c'est comme la moto, on ne peut pas s'embrasser dessus, alors il faut se rattraper ») que ce qu'elle a découvert durant le pique-nique qui la trouble… Elle pensait, elle espérait qu'elle avait rencontré Sébastien quand il était célibataire. Elle est donc tombée des nues en apprenant que cela fait six mois qu'ils sont ensemble. Depuis, sa gorge est serrée de dégoût. Pauvre type… Un de plus. Et vas-y que je t'embrasse, et que je te dis des mots doux… Pire, il lui fait peut-être de belles promesses. Face à un tel manque de classe, et à l'indécence de la situation, Valentine a la nausée et semble devenue muette. Heureusement, Sybil, toujours sur l'air de « Quelle belle journée on a passée ! », est intarissable et Alexandre lui répond en écho. Caroline et Sébastien abondent dans leur sens quand leurs lèvres daignent ponctuellement se détacher. Écœurant…

Dans l'autre voiture, Émilie, malgré la fin de son calvaire, n'est pas au bout de ses peines. Elle est percluse de douleurs et se sent au bout de sa vie. Elle vient de passer l'une des pires journées de son existence. Stress et tension extrême s'expriment jusque dans sa colonne et dans ses cervicales. Elle est toute raide. Et ses bras ! Elle ne peut plus les bouger. Trente-deux kilomètres… Trente-deux kilomètres ! Elle l'a fait ! Ce n'est pas de la fierté, c'est de la rage. Elle aligne quelques grossièretés au passage, signe qu'elle n'est plus elle-même. Elle a perdu tout sens commun, elle lâche tout. Elle se repasse le film de la journée et souffre autant physiquement que moralement. Elle se sent ridicule, elle a tellement dû les saouler ! Car en dépit de leur soutien sans faille tout au long du parcours, elle n'est pas dupe : elle sait bien qu'elle a dû les rendre dingues. Elle s'en veut, mais elle n'a pas pu s'en empêcher. C'est leur faute, après tout ! Pourquoi ont-ils tant tenu à l'emmener ? Elle aurait définitivement mieux fait de rester au bord de la piscine. Elle le savait, c'était couru d'avance : elle n'était pas à la hauteur. Après le pont d'Arc, elle a voulu abandonner. Ils n'avaient fait que huit kilomètres… Un quart du parcours ! Elle n'en pouvait déjà plus. Elle avait vu l'arche… alors à quoi bon voir le reste, puisque c'était l'essentiel ? Le hameau de Châmes, point de départ et d'arrivée, lui est apparu comme une magnifique porte de sortie du fleuve de l'enfer sur lequel elle dérivait. Elle voulait arrêter. Elle ne voulait plus d'eau, plus de rapides, plus de canoë, plus avoir peur, plus avoir mal… Vincent l'a raisonnée, cajolée, les autres l'ont suppliée. Comment les rejoindrait-elle à l'arrivée ? Elle aurait trouvé une solution, fait du stop ? Elle a protesté, crié, pleuré… Mais, à force de supplications et d'encouragements, elle est remontée dans le canoë de l'horreur. Et puis Vincent a été ferme, ne lui laissant pas le choix : elle irait jusqu'au bout, un point c'est tout. Il lui a parlé « goût de l'effort », « détermination », « dépassement de soi ». En échange, il lui a permis de se reposer ; il a souvent pagayé seul pour la soulager. Elle aurait pu (ou dû) lui en être reconnaissante, mais elle se sentait prise en otage. Impossible, dans ces conditions, de prêter attention aux paysages que les autres trouvaient magnifiques ni de profiter des bons moments de la journée. Même l'humour (parfois bas de gamme) et les bons mots d'un Alex ou d'un Sébastien l'ont laissée de marbre, pour ne pas dire agacée. Pour couronner le tout, les derniers kilomètres ont été horriblement longs, à cause de la fatigue accumulée et de la rivière enfin plus calme… trop calme (finalement, les rapides avaient au moins la qualité de leur nom). Oui, du départ à l'arrivée, elle n'a fait que subir. Survivante de chaque minute. Pourtant elle n'a pas l'impression de sortir grandie de cette épreuve. Au contraire… Elle se trouve plus nulle que jamais et sans intérêt. Elle a tellement honte. Envie de se cacher ou de se gifler. Elle est en colère contre elle-même, gênée vis-à-vis des autres, elle s'en veut vis-à-vis de Vincent et lui en veut aussi. Que croyait-il ? Elle l'entend encore, ce matin : « Tu seras contente et fière de toi. » C'est tout l'inverse ! Comment a-t-il pu sérieusement croire qu'elle pourrait l'être ? N'importe quoi…

Pourtant, quand elle rouvrira son *bujo*, en rentrant, elle entamera une nouvelle page qu'elle intitulera « Défis accomplis », et dedans elle notera en premier : « Descente de l'Ardèche en canoë ».

16

Après cette journée intense, ils sont heureux de retrouver la bastide.

Étonnamment, les garçons n'en ont pas eu assez. Envie de « se la raconter » au jeu du « Moi, je ne suis pas fatigué, et toi ? », ou sincère besoin de continuer dans l'effort, les quatre hommes se lancent dans un match de badminton en double... Pour voir qui lâchera en premier ? Pour rouler des mécaniques ou échapper à la préparation du dîner ? Les filles s'amusent deux secondes de leur lubie et de leurs torses exposés à leurs yeux, puis elles s'attaquent à la cuisine du fameux poulet-frites maison. Huit estomacs creusés par l'effort seront ravis et totalement indifférents au non-respect des règles diététiques de base (chips le midi, frites le soir, et alors ?). Le neuvième se contentera de concombre. Jérôme a proposé son aide avant de rejoindre le terrain, gentiment poussé hors de la cuisine par Sybil. « Tu ne viendras pas dire que je ne vous aide pas ! », a-t-il plaisanté. Peut-être, mais elles préféraient rester entre copines.

Émilie est dispensée de corvée de cuisine, par égard pour ses courbatures (éplucher et tailler des pommes de terre, c'est physique, mine de rien). L'intéressée ne sait pas si elle doit s'en féliciter. Sybil l'épargne-t-elle par sincère compassion ? Dans le doute, Émilie présente ses excuses pour son comportement inhabituel. On lui pardonne volontiers, tout le monde a compris ce qu'elle endurait et personne n'aurait aimé être à sa place. Les phobies, cela dépasse parfois l'entendement des autres, ajoute Caroline, qui sait de quoi elle parle. Un silence s'invite quelques secondes, avant d'être une fois encore brisé par l'infirmière germophobe qui, gaie comme un pinson amoureux, se met à chantonner, sous les yeux consternés de Valentine. Ce n'est pas à elle de lui ouvrir les yeux sur son Roméo de pacotille… mais elle a mal pour elle.

Sybil, entre deux pommes de terre, montre aux autres les clichés qu'elle a pris et postés sur Instagram. Certains sont assez originaux.

— Elle est birante, celle-là, dit Claire en essayant de comprendre une photo.

Les trouvailles de Claire amusent souvent ses amies, qui ne s'en étonnent plus, mais Valentine ouvre de grands yeux qui font éclater de rire la responsable.

— Tu mérites une petite explication. J'ai la langue qui fourche quand je suis fatiguée. Je dis un mot pour un autre, ou j'en mélange deux. Quand mon cerveau hésite, ma langue s'emmêle. Bizarre, marrante… birante. Je ne l'avais pas encore fait, celui-là !

Émilie s'étire, réalise des rotations des épaules et des mouvements du torse, puis enchaîne sans transition :

— Quand je vais raconter mes exploits aux filles… J'ai prévu de les appeler dans cinq minutes. Elles auront fini de manger. Chez mes parents, c'est comme à la maison : on mange à heure fixe, explique-t-elle à l'intention de Valentine.

— Tu as deux filles, c'est bien ça ? demande celle-ci. Émilie est ravie de l'intérêt de Valentine. Elle aime beaucoup parler de ses merveilles, et ici, loin d'elles, en parler, c'est une façon de s'en rapprocher.

— Oui : Alix a dix ans. Elle va entrer au collège à la rentrée, c'est une sacrée étape. Elle a un an d'avance, mais elle est très mûre pour son âge. Et Zoé a sept ans. Elle est beaucoup moins scolaire que sa sœur, mais tellement vive, tellement curieuse !

On sent dans sa voix toute l'adoration et l'admiration qu'elle voue à ses filles, ce qui fait sourire Valentine, laquelle perçoit un certain amusement chez les autres.

— Elle a sauté son CM2, continue Émilie sur sa lancée de maman-fière-de-sa-progéniture. C'est rare, mais possible, surtout qu'elle était en CM1-CM2 et qu'elle a suivi haut la main le cours du dessus. Elle s'ennuyait en classe, donc elle a passé des tests avec la psy scolaire en mars, et, là encore, elle a été bluffante. Donc elle est passée plus ou moins en CM2 à ce moment-là.

— Et tu n'es pas inquiète ? Rien qu'un tout petit peu ? demande Valentine, assez étonnée.

— Pas du tout. J'ai une entière confiance en les capacités d'Alix.

— J'ai déjà vu ses cahiers, intervient Claire. C'est vrai qu'elle n'a rien à envier à mes élèves de CM2. Et puis la psy scolaire a validé, donc il n'y a aucune raison de s'inquiéter.

Émilie se rengorge de fierté, puis se lève avec force grimaces de douleur et difficultés pour aller téléphoner à ses filles, jubilant par avance : « Elles vont être fières de leur maman ! »

Les filles sourient, complices. La conversation reste logiquement sur les enfants. Claire, Caroline et Valentine évoquent successivement les joies et les petites et grandes angoisses que leur procurent Jules (seize ans, lycéen dans toute sa splendeur), Flavie (treize ans, bonne élève, mais un brin insolente avec ses profs, ce qui fait honte à sa mère enseignante) et Léna (neuf ans, introvertie, qui vit dans sa bulle et passe son temps à lire)/Marin (douze ans, bientôt en 5e, gentil mais remuant) et Lola (sept ans, entre en CE2 dans la même classe que Zoé et bouge autant que son frère)/Maxime (vingt ans et hors catégorie car déjà titulaire d'un BTS en management).

— Quelqu'un a vu le beurre ? demande Caroline, qui l'avait sous les yeux quelques minutes plus tôt.

— Dans le coffre. Pardon, dans le frigo, je veux dire ! se reprend Claire. Décidément…

— Ah oui, quand même… C'est très impressionnant, concède Valentine en riant. Tu vas en faire toute la soirée ?

— C'est rarement si rapproché, mais vu mon état de fatigue, vous allez peut-être effectivement avoir droit à un festival. C'est ma marque de fabrique. Et toi, pas de manie ou de truc honteux à déclarer ?

Valentine réfléchit, mais sa tête répond rapidement par la négative.

— Pas que je sache, j'ai bien peur d'être d'une banalité confondante.

*

Ils ont mis la musique à plein volume. L'avantage de loger dans une propriété isolée : les premiers voisins habitent trop loin pour avoir quelque raison de se plaindre. Malgré la fatigue de la journée et quelques piques lancées pendant le repas, l'ambiance est à la fête. Sybil, Caroline, Sébastien, Jérôme et Claire dansent au bord de la piscine. Les trois autres improvisent un pseudo-bain de minuit. Émilie a pensé que l'eau la délasserait. Elle a profité du jacuzzi avec Vincent avant de rejoindre Alex dans l'eau, quelque peu déçue de l'absence de rapprochement avec son mari. L'éclairage subaquatique de la piscine, l'agencement paysager mis en valeur par des spots ici ou là et la nuit autour d'eux rendent l'eau d'un bleu presque fluo et le décor très VIP.

Alex, avec la complicité de Jérôme, vient de pousser Caroline dans l'eau tout habillée. Son hurlement de surprise se termine en éclats de rire, et la scène donne à ceux qui étaient au sec l'envie de les rejoindre. Ils finissent tous dans le bassin sans passer par la case « maillots de bain ». Les hommes ont eu la flemme et sont restés en caleçon… ou en slip kangourou (le secret de Seb s'en est trouvé dévoilé, ce qui a bien fait rire les autres) ; les filles ont improvisé aussi et n'ont gardé que leurs sous-vêtements. C'est pareil, après tout. Alex propose même un *vrai* bain de minuit.

— Tous à poil ! crie-t-il.

— Vas-y toi d'abord, on te regarde ! s'écrie Jérôme, qui connaît l'oiseau…

Alex fait rapidement moins le malin. De toute façon, quel intérêt puisque les filles ont dit non ? Ce n'est pas tant que Sybil soit pudique, mais celle-ci agit en synergie avec ses amies. Dommage… parce qu'il n'aurait pas été contre le fait de découvrir Valentine en tenue d'Ève et la regarder nager nue sous les spots de la piscine…

Cette dernière est tranquillement assise sur le bord, les pieds dans l'eau, pensive. Elle ne sent pas les yeux qui s'attardent pourtant régulièrement sur elle. Ce ne sont pas ceux de Sébastien, qui l'ignore superbement, bien trop occupé qu'il est à *chauffer* Caroline… Il l'embrasse à pleine bouche et lui malaxe ostensiblement les fesses, tandis qu'elle l'entoure de ses jambes. *Hotissime,* dirait Sybil s'il ne s'agissait pas de lui.

— Vous n'allez pas nous faire un petit ici, quand même ? balance Alex en rigolant.

Jérôme fait une bombe et atterrit au plus près des deux tourtereaux pour les éclabousser. Alex le rejoint, ils s'y mettent à deux. Ils les détachent, se placent entre eux et les houspillent, au point de les faire sortir de la piscine d'un même pas pour aller dans le jacuzzi. Ils y seront plus tranquilles.

— Que vous croyez ! continue Alex. Ne nous tentez pas. Vous vous rappelez l'été dernier, à Châtel, quand on s'est casés à dix-sept dans le jacuzzi, avec les enfants ? On peut très bien loger à neuf dans celui-ci !

Le souvenir déclenche les rires de l'assistance. Bien sûr qu'ils se rappellent ! Un vrai défi qui avait énormément amusé les enfants comme les adultes : la bande au complet était parvenue à s'y installer – tant bien que mal. Record battu. Ils avaient beaucoup ri, le lendemain, en relisant le mode d'emploi du spa : « pas plus de 6 personnes ». C'est drôle, parfois, de braver les interdits. Émilie avait tenté de les en dissuader, mais avait fini par se joindre à eux. Elle est parfois rabat-joie, mais elle sait aussi oublier ses grands principes et se lâcher un peu. Quel bon moment cela avait été ! Et sans conséquence négative. Ils avaient même obtenu les félicitations des propriétaires pour leur bonne utilisation du jacuzzi ! La qualité de l'eau (pourtant trouble à la fin de la semaine) en avait été la preuve. Comme quoi ils auraient d'autant plus eu tort de s'en priver.

— Soyez sages ! ordonne Alex en criant pour que le couple d'amoureux déjà loin l'entende.

— Ne compte pas sur moi, hurle Sébastien de la même façon.

Valentine lève les yeux au ciel. Malgré elle, des souvenirs de sa nuit avec Sébastien lui reviennent. Elle n'avait pas été convaincue. Trop technico-mécanique. Pas son style. Visiblement, celui de Caroline.

Ses yeux croisent ceux de Vincent qui, comme pris en faute, détourne vite les siens et rencontre ceux de sa femme.

17

Claire se brosse les cheveux dans la salle d'eau. Jérôme, déjà couché, la contemple depuis le lit. Il a toujours aimé la regarder se coiffer ou, plus généralement, prendre soin d'elle : appliquer sa crème de jour, son huile pour le corps, son maquillage léger…

La quarantaine lui va si bien ! Il la trouve toujours aussi belle, peut-être même plus qu'avant. Sa femme est tout à la fois une amie, une sœur, une amante, une coéquipière… et la mère de leurs trois enfants. Il l'aime profondément et avec ferveur, encore. Il est fier de ce qu'ils sont devenus. Tout à son admiration muette, il est surpris par la voix de sa femme.

— Tu ne trouves pas que c'est un peu tendu, cette année ?

Il s'étonne, elle développe :

— Déjà, entre Sybil et Sébastien, ce n'est pas le grand amour… Certes, elle n'est pas toujours facile, mais bon, il ne la rate pas. Et puis la pauvre Émilie en a bavé aujourd'hui. Ça a un peu gâché la journée… Et en même temps, comment lui en vouloir ? Elle ne voulait pas y aller, je me demande pourquoi on l'a embarquée avec nous… Enfin, je ne sais pas… J'ai cette impression diffuse qu'on a du mal à se retrouver, à profiter, à évacuer les tensions de l'année. On pensait que ce serait mieux sans les enfants (d'un certain point de vue), mais… je n'en suis plus si sûre.

— La soirée était chouette, non ?

— Oui… ce soir, c'est vrai qu'on s'est bien amusés. J'espère juste que cela va se détendre de plus en plus, que tout se passera bien.

— Ne t'inquiète pas… Ce sont nos amis. Un groupe, ça vit. Il y a des hauts et des bas, mais l'essentiel est d'être ensemble. Tu verras… Le bilan sera positif.

Claire est rassurée. Parler avec Jérôme l'apaise toujours : il a souvent une vision juste des choses et elle aime s'appuyer sur ses impressions.

*

Émilie est épuisée. Tellement d'émotions fortes, aujourd'hui ! Elle se met au lit avec bonheur. Dormir après une journée difficile, c'est se refaire une santé. Son calvaire est bel et bien terminé. En son for intérieur se glisse finalement une once de fierté. Après tout, c'est vrai : elle l'a fait. Elle soupire de bien-être en remontant le drap sur elle.

Vincent ne lui tient visiblement pas rigueur de son

attitude du jour. Il sait bien qu'elle n'était pas dans son état normal, qu'il n'a fait que récolter ce qu'il avait semé. Et quand il se couche à ses côtés, alors qu'elle s'attendait à un chaste repos, Émilie sent sur sa peau des mains entreprenantes et une bouche gourmande. Elle sourit, elle glousse. Elle n'écoute pas sa fatigue ni les douleurs de son corps meurtri, préfère donner sa chance à cette étreinte qui se profile… Après tout, n'a-t-elle pas accepté ces vacances sans ses filles dans le seul but de redonner des couleurs à leur amour, comme dans la chanson « L'amour à la machine » qui lui trotte dans la tête depuis quelques semaines ?

Ils font l'amour comme ils ne l'ont pas fait depuis longtemps. Vincent mène la danse, mais elle n'est pas en reste. C'est fougueux, intense, torride, très différent de toutes leurs dernières fois. Le lit n'a pas suffi à contenir leurs ébats : ils ont roulé sur le sol, haletants et enfiévrés, ils ont quitté la partition facile et efficace qu'ils jouaient depuis des mois… des années, probablement. Leur sexualité, en plus d'être rare, était devenue routinière, ce dernier point entraînant peut-être le premier, d'ailleurs. S'ennuyaient-ils, finalement ? En tout cas, l'Envie, le Désir les avaient abandonnés à leur sort. La voilà qui pense déjà au passé. Ce soir (ou plutôt ce matin) est un grand soir : ils ont renoué avec la fièvre de leurs jeunes années, quand ils pensaient ne jamais être rassasiés l'un de l'autre, et avec une sexualité plus créative… plus amoureuse ? Demain, Émilie dessinera un gros cœur dans son journal, pour marquer ce jour dans son calendrier de la reconquête…

À partir de maintenant, tout va changer.

Il est très tôt quand elle s'éveille en sursaut. Ce rêve… Elle ouvre les yeux. Guette la respiration de Vincent qui dort à ses côtés. Il est bien là, auprès d'elle. Dans son rêve, il embrassait (passionnément) Valentine. Un vrai baiser de cinéma, dans un recoin de la maison où ils avaient pris la peine de se cacher. Mais elle les avait trouvés, souriants, le souffle court, en proie à un désir très fort. Interdite, elle avait couru jusque dans le jardin, le cœur battant, l'esprit décimé. Elle s'est réveillée à ce moment-là, le cœur battant violemment dans sa poitrine, pour de vrai. Elle sourirait volontiers de ce songe insensé, mais ce rêve ne part pas de rien. L'inconscient d'Émilie a flairé un danger. Elle se met à réfléchir, à repenser à d'éventuels indices de rapprochement. Il n'y en a pas eu. Elle l'a simplement vu la regarder. Plusieurs fois. Elle a constaté cela sans vraiment d'inquiétude. C'est un homme normal : il aime les jolies femmes. Ce rêve pourtant, elle le sent, veut lui délivrer un message : il l'invite à la prudence, à l'attention. Elle doit se méfier. C'est la première fois qu'elle pense cela. Elle a toujours eu confiance en Vincent. Il l'aime, il a des valeurs, il a des principes, il est entier.

Le sommeil tend à la rattraper quand soudain une question douloureuse trace un sillon dans son esprit, de plus en plus claire et menaçante : et si le retour de la libido de Vincent n'était pas complètement sans rapport avec l'arrivée de Valentine ? Les rouages de l'esprit d'Émilie se mettent à tourner. Elle réfléchit… Objectivement, leur vie intime partait à vau-l'eau depuis des mois, voire des années. La difficulté à avoir un enfant, les traitements et les rapports sur commande liés à la PMA, puis l'arrivée tardive d'Alix et de Zoé, leur investissement dans leur éducation qui les a vus placer le bonheur et la « réussite » de leurs filles en tête de leurs priorités… Et pour elle, en tant que mère, sans doute de façon encore plus affirmée que pour lui. Ils sont devenus parents à plein temps plus qu'amoureux au quotidien, perdant petit à petit et insidieusement l'envie de passer des moments rien qu'à deux, de partir en week-end, et le désir de faire l'amour… De ce qui peut faire le sel de la vie conjugale, il ne restait plus grand-chose, il fallait se rendre à l'évidence. Elle l'avait constaté petit à petit, s'était interrogée, mais attendait qu'il en parle, qu'il s'en plaigne. Or rien n'était venu. Est-ce qu'il se satisfaisait vraiment de cet état de fait ? Admettons. Et là, magie des vacances ou sortilège valentinesque ? Tout à coup, il avait envie d'elle. Tout à coup, il redevenait l'amant qu'il n'était plus, le mari qu'il était avant. Étrange coïncidence, tout de même. N'était-ce vraiment que cela ? Et s'il avait projeté sur sa femme le désir qu'il a pour une autre, une femme inaccessible et interdite ? Il n'a quand même pas osé penser à *elle* pendant leur étreinte ? Émilie est au supplice. Le doute mine son esprit, le sommeil s'est envolé. Elle regarde son téléphone. 5 h 54. Elle ne dormira plus. En revanche il lui reste quelques heures pour s'interroger et se morfondre, rejouer le film de ce début de vacances, se passer en boucle l'arrivée de Valentine, l'attitude et les regards de Vincent… discrets, sans doute, mais pas assez pour lui avoir échappé. Émilie n'est pas jalouse. Ce n'est ni dans son tempérament ni dans ses habitudes, et elle lui a toujours fait confiance. Mais elle sent monter en elle une étrange sensation qui lui noue la gorge et l'esprit… et qui pourrait ressembler aux symptômes de la jalousie.

Elle va attendre qu'il se réveille. Elle ne sait pas encore comment, mais elle va le questionner pour essayer de savoir. Quel angle d'attaque adopter ? Elle ne compte pas le mettre au pied du mur non plus, ni l'accuser à tort, mais elle prépare ses mots et affûte ses phrases… Elle imagine ses réponses, la conversation. Niera-t-il ? Feintera-t-il ? Ou sera-t-il honnête ? Car si Émilie ignore quelle est la part de « Valentine » dans le regain de libido de son mari, elle n'en est pas moins convaincue qu'elle est réelle. Les larmes lui montent aux yeux. Déjà qu'elle se trouve nulle, grosse et laide (et qu'il lui arrive de mettre le manque de désir de son mari sur ce compte-là), elle se voit de nouveau plus bas que terre. Une moins-que-rien qui n'arrive pas à la cheville de la belle (et soi-disant déprimée !) Valentine. Vraiment, elle doit faire quelque chose… Perdre du poids n'y suffira pas. Peut-être faudrait-il, aussi, qu'elle ose enfin parler de tout cela avec ses amies.

18

— Les filles, je ne sais pas ce que vous en pensez, mais ça ne peut pas durer. Ils nous prennent vraiment pour des boniches, non ?

Les garçons sont partis faire qui un footing, qui une partie de ping-pong, et bien sûr la table du petit déjeuner est restée en l'état.

— C'est vrai que c'est désolant, convient Caroline.

— Tu me rassures, surtout que ton mec, c'est pas le dernier à profiter !

Caroline hausse les épaules. Le poil dans la main de Seb ne lui a pas vraiment échappé. Il a longtemps été couvé par sa mère, qui lui fait encore des lessives de temps en temps sans qu'il en éprouve la moindre honte. Son côté pacha, loin de déplaire à Caroline, a tendance à l'attendrir… comme s'il était son troisième enfant (beaucoup plus facile à gérer que les deux autres, d'ailleurs). Caroline aime rendre service, se mettre en quatre pour les autres, faire plaisir… C'est dans sa nature. Elle ne se sent pas exploitée car elle adore ça. De toute façon, ils ne vivent pas ensemble.

— Ça va, Émy ? Tu ne dis rien…

Émilie lève des yeux hagards vers Claire, révélant une mine désolée. Comment dire… Non, ça ne va pas, mais elle ne saurait par quoi commencer. Elle a essayé de parler avec Vincent, ce matin. Elle a tenté une approche subtile : « Dis donc, ça fait longtemps que tu n'avais pas eu envie de moi/qu'on n'avait pas fait l'amour comme ça… » Il a dit qu'il se sentait bien, ici, que ces vacances lui faisaient du bien. Un peu plus tard, l'air de rien, elle a cherché à savoir ce qu'il pensait de Valentine. Il a esquivé, botté en touche : « Sympa. » En même temps il n'allait pas lui dire : « Elle me fait de l'effet. » Au petit déjeuner, il n'était pas à l'aise. Elle non plus, d'ailleurs. Finalement, elle n'a plus envie de dessiner un gros cœur dans son *bujo*. Il ne reste de leurs retrouvailles charnelles qu'un arrière-goût amer, désagréable. Il lui semble être tombée plus bas qu'elle était à leur arrivée, et que le chemin pour retrouver son mari s'annonce donc encore plus long, escarpé et semé d'embûches que prévu… Insurmontable, craint-elle tout à coup.

Comment trouver les mots pour en parler à ses amies ? Pourtant, elle le sait, elles sont son issue. Elles seules peuvent lui redonner le sourire et lui mettre du baume au cœur.

— Je n'ai pas trop le moral, en fait, avoue-t-elle pour commencer.

Claire se rapproche instinctivement. Sybil et Caroline aussi. Valentine lit au bord de la piscine. Cela tombe bien. C'est le moment de vider son gros sac à chagrin.

— Vous n'ignorez pas qu'avec Vincent, ça se passe bien, et à la fois, ça va moyen… On s'éloigne, quoi.

Émilie déballe tout… les faits tangibles comme ses questions… Sans mentionner Valentine, cependant.

— Hier soir, j'étais contente : on a fait l'amour et c'était extra, une vraie fête des sens ! Encore mieux que la veille. Deux vrais câlins deux jours de suite, c'est carrément la révolution ! On en était à un rapport bimestriel, pour un truc pas vraiment fun, alors…

— *Fun* ?

Claire trouve le mot étrange.

— Moi, je vois bien. Avec Seb, c'est fun, extrêmement fun ! Je prends mon pied.

— On avait compris, soupire Sybil. Et puis heureusement, avec tout le mal que tu te donnes !

— Non, mais les filles, je crois que vous ne saisissez pas l'importance de la découverte, pour moi.

— Genre ? demande Sybil, prête à rire. Il te fait des trucs carrément hors normes ?

— Je ne suis pas sûre d'avoir envie des détails… prévient Émilie avec un sourire grimaçant.

— Moi non plus, renchérit Claire.

— Rassure-moi, il a un corps normalement constitué ? continue Sybil, visiblement en quête de la clef de ce mystère. Tu… Je ne comprends pas, je cherche ce que tu as pu découvrir de si…

— Je n'avais jamais joui avec Brice, la coupe Caroline.

Il y a des yeux ronds de stupeur, des bouches ouvertes, des mâchoires prêtes à se décrocher. Elle ne le leur avait jamais dit.

— Jamais, reprend-elle. Et c'était quasiment mon premier petit ami… Alors je commençais à trouver le temps long.

— Tu m'étonnes ! s'exclame Sybil. Mais lui, il croyait que…

Elle mouline avec une main.

— Tu vois Meg Ryan dans *Quand Harry rencontre Sally* ? La scène du resto ?

— Oui ! rit Sybil en visualisant cette scène culte.

— Eh bien, je suis certaine que je la dépassais en matière de simulation. Autant te dire qu'il n'y a vu que du feu.

— Mais Seb… qu'est-ce qu'il a de plus que Brice ? demande Sybil, suspicieuse et presque dégoûtée tant elle imagine difficilement Sébastien en dieu du sexe. Je ne comprends pas…

— On va dire qu'il a trouvé le mode d'emploi.

Elles éclatent de rire. Même Émilie.

— Sans rire, il est peut-être plus dans l'envie de faire plaisir. Brice était un fieffé égoïste, ce plan-là ne faisait pas exception. Bref.

Elle sourit. Quel soulagement de vider son sac, parfois ! Après cette joyeuse parenthèse, les filles se tournent vers Émilie, qui a retrouvé sa mine sombre.

— Pas facile, en effet, de garder (ou de retrouver)

une sexualité riche et épanouissante, au bout de vingt ans… concède Claire pour la relancer.

— Vous y arrivez bien, vous… avance Émilie, entre envie et désespoir.

— Oui, pour autant ce n'est pas forcément « fun ». L'essentiel, c'est que chacun y trouve ce dont il a besoin. Le plus important, c'est l'amour. Tant qu'il y en a…

— Moui, il faut du désir, aussi ! ajoute Sybil. Mais ça, ça peut s'arranger.

— C'est pour ça que je fais attention à mes apports caloriques. Pour que Vincent ait plus envie de moi…

— C'est donc ça ! Mais pour une telle opération, tu ne peux pas être que dans la privation. Tu pourrais aussi te faire plaisir. Tu pourrais peut-être… je ne sais pas, moi, aller chez le coiffeur, prendre davantage soin de ton apparence, être un peu plus féminine, propose Sybil. Je ne te parle pas de te montrer *coquettissime* et de devenir une autre, non. Seulement d'être juste toi. En mieux.

— C'est vrai que je me suis un peu laissée aller, ces derniers mois. Peut-être même ces dernières années. Je cours partout, je travaille, je m'occupe des filles, j'entretiens la maison… Comme la plupart des femmes, en fait. Mais je ne prends pas de temps pour moi, je n'ai même pas l'idée de prendre soin de moi. J'achète trois vêtements dans l'année, les plus passe-partout possible, je débarque chez le coiffeur une fois par an au moment des fêtes, et je n'ai jamais mis les pieds dans un institut de beauté. J'ai conscience d'avoir un peu négligé mon apparence. Peut-être qu'à force de toujours passer après les autres, je me suis oubliée. Mais Vincent m'oublie aussi... je trouve. Je fais presque partie des meubles.

— Alors, prouve-lui que tu n'en es pas un ! propose Sybil avec enthousiasme.

— On va s'occuper de toi ! ajoute Caroline sur le même ton.

— Si on allait en ville ? On pourrait faire quelques magasins, et tu passerais chez le coiffeur, poursuit Sybil.

— Mais ça existe, ça, une ville, dans le secteur ? plaisante Claire.

— Pas grave. On peut faire des bornes. On va trouver cette fameuse ville, et je vous y emmène... enfin, mon GPS ! On pourrait même partir toute la journée, se faire une virée entre nanas... On prend nos maillots, et on piquera une tête dans l'Ardèche quelque part. Qu'est-ce que vous en pensez ?

Sybil est survoltée, comme chaque fois qu'un mouvement s'imprime et qu'on va passer à l'action.

— Avant ou après le coiffeur ? demande Émilie en riant, ravie de la solidarité de ses amies.

— On avisera. Et vous savez quoi, les filles ? J'ai une super idée !

Dans les yeux de Sybil brille un étrange mélange de malice et de ruse machiavélique.

19

Toutes les cinq sont prêtes et se dirigent d'un même pas décidé vers le bord de la piscine où les hommes se prélassent. Caroline dans une robe fleurie, coiffée de son chapeau de paille fétiche et chaussée de sandales à la romaine ; Valentine en short en jean et tee-shirt tout simple, chaussures de toile aux pieds, et sur la tête une casquette d'où sort une queue-de-cheval ; Émilie dans une longue et ample robe grise en lin et des nu-pieds plats ; Claire en robe saharienne kaki et espadrilles à talons, qui a noué dans ses cheveux un foulard. Maquillage minimaliste pour toutes, juste un peu de mascara. À leur tête, la petite, mince et blonde Sybil, moulée dans une robe aussi rose que son rouge à lèvres fuchsia, juchée sur des chaussures compensées, authentique chef des rebelles et bien décidée à porter la fraîche parole au clan des hommes.

— Bon, les mecs, on s'en va, annonce-t-elle de but en blanc.

Caroline guette la tête que va faire Sébastien en apprenant qu'elle part pour la journée avec ses copines. Elle n'en mène pas large, mais la solidarité féminine prime.

— On reviendra ce soir, poursuit Sybil. On vous laisse la maison, vous allez gérer. Parce que nous, on en a marre ! Depuis que nous sommes arrivés, vous n'en foutez pas une. Vous vous croyez à l'hôtel-restaurant. Les pieds sous la table, ça oui, vous savez faire ! Pour le reste, rien. Même aider à débarrasser la table, c'est trop vous demander. On cuisine, on prépare tout, on passe l'aspirateur… et dans deux jours on fait la lessive ? Eh bien, non ! Non, non et non ! On n'a pas les gosses, mais c'est tout comme ! Vous vous comportez comme des enfants sans éducation, qui comptent sur leur mère pour tout faire. Donc, ça, c'est fini ! Va falloir vous remuer. NOUS aussi, nous aimerions nous faire servir un peu ! À partir de maintenant, nous sommes en grève. Alors ce soir, quand on reviendra… tout sera prêt, et on se mettra les pieds sous la table. Nous aussi, on saura faire. On veut des cuisiniers, on veut des serveurs, on veut des mecs aux petits soins pour nous. C'est possible, ça ?

Alex éclate de rire.

— Quelle tirade ! Tu sais que tu es drôle quand tu t'énerves, ma chérie.

Elle retient le « Ta gueule ! » qu'elle aurait volontiers balancé. Elle déteste qu'il se moque d'elle quand elle s'énerve, a fortiori devant tout le monde ; cela l'agace encore plus. On dirait qu'il se réjouit de la voir se mettre dans des états pareils.

— C'est très sérieux. On vous a laissé la table du petit déjeuner à débarrasser, d'ailleurs. Ça vous fera un échauffement.

— Sybil, je te trouve un peu brutale et pas très juste… commence Jérôme. Pas plus tard qu'hier soir, j'ai voulu vous aider, et tu m'as mis dehors…

— C'est vrai, admet-elle. Mais c'était exceptionnel. On voulait rester entre nanas…

— Exceptionnel ? la coupe Sébastien. Laisse-moi rire ! Dès qu'on fait un truc, ce n'est jamais bien. On ne range pas au bon endroit, on ne lave pas bien la salade, on ne place pas bien les couverts…

— Parce que tu fais quelque chose, toi ? Mais c'est fou, ça, parce que je n'ai rien vu. Ah, si ! fait-elle, le doigt levé, tu as mis des glaces dans le congel… dimanche ! On est jeudi. Bravoooo ! C'est génial ! s'exclame Sybil en applaudissant.

Caroline goûte assez peu l'ironie de son amie, mais comment défendre son homme quand l'accusation n'est pas dénuée de vérité ?

— Seb n'a pas tort, appuie Jérôme. Ce n'est pas facile de vous aider…

— Pour la cuisine, admettons, dit Claire. Mais pour la table… C'est vrai que c'est agaçant d'arriver le matin et de découvrir une table encombrée de tasses vides et de couverts sales, avec des miettes partout, des traces de confiture et du miel qui colle. Si chacun, pour le petit déj, pouvait déjà se gérer…

— Bref. C'est la grève, sans préavis, et pour une durée indéterminée, conclut Sybil d'un ton ferme. Il ne tient qu'à vous que les choses changent. On y va, les filles ?

Claire embrasse prestement Jérôme ; Caroline Sébastien, mais avec plus d'effusion. Sybil reste plus figée qu'une reine de glace en représailles contre la remarque d'Alexandre, qui n'est pas du tout, mais alors pas du tout passée. Rapidement, le petit groupe de filles entame sa marche vers les voitures, mais Émilie se détache d'elles pour revenir en arrière. Quand même… Elle n'a pas envie de partir comme cela. Elle s'approche de son mari et lui dépose un baiser tendre sur la joue. Il sourit.

— Amuse-toi bien, lui glisse-t-il à l'oreille.

Elle repart en trottinant pour rattraper les autres. Son cœur était lourd, au réveil. La perspective de cette journée et l'espoir lui apportent une certaine légèreté. Elle a envie de surprendre son mari. Elle a listé toutes ses idées, et ce n'est pas ce qui manque. Elle va l'étonner, elle veut le subjuguer. Reconquête, jour 6 : la vitesse supérieure est enclenchée.

*

La journée à Aubenas a passé vite. Enfin, pas pour toutes. Caroline a trouvé le temps long, malgré son intense échange de textos avec Sébastien, dont certains la faisaient glousser, ce qui n'a été au goût ni d'Émilie (à cause de sa vie de couple morose), ni de Valentine (à cause de ce qu'elle savait), ni de Sybil (qui ne porte définitivement pas le remplaçant de Brice dans son cœur). Seule Claire s'est amusée de ce petit jeu. Caroline semblait heureuse avec son électricien. Tant mieux.

Après avoir déjeuné léger au restaurant (salade pour toutes), elles ont fait les boutiques, comme prévu. Caroline et Valentine se sont même laissé tenter par une nouvelle tenue, ignorant les supplications de leur porte-monnaie. Toutes ont conseillé Émilie dans ses essayages. Opération estime-de-soi-par-la-mode : « Cette jupe trapèze est bien, elle épouse tes hanches et cache ce qu'il faut »/« Ce décolleté arrondi met en valeur ta poitrine »/« Cette robe longue tombe parfaitement et les couleurs sont gaies »... Le genre d'opération qui fait chauffer la carte bleue. Tant pis pour les kilos pas encore envolés : gagnée par l'enthousiasme de ses amies, devenues conseillères en relooking, Émilie a acheté une dizaine de nouveaux vêtements. Elle a revêtu la robe longue pleine de couleurs qui sera du plus bel effet pour son retour à la bastide.

Puis elles sont allées chez le coiffeur. Coupe, brushing, quelques mèches passées au fer à friser pour agrémenter de quelques boucles légères ses cheveux naturellement raides. Les filles ont même dégoté une boutique de cosmétiques où Émilie a bénéficié d'une place inattendue pour un petit soin du visage et un maquillage de jour.

— Tu es superbe ! s'est exclamée Valentine.

Émilie l'a remerciée. Elle n'a rien contre Valentine. Après tout, celle-ci n'est en rien responsable de l'intérêt que lui porte son mari.

20

Les filles voulaient rester toute la journée entre elles ? Qu'à cela ne tienne, les garçons ont passé une journée tranquille, sans personne pour les sermonner. Activités (pseudo) sportives le matin, parties de tarot, déjeuner sur le pouce, sieste générale l'après-midi… Ils en ont profité, eux aussi.

Le moment que Jérôme a préféré, c'est lorsqu'ils sont allés tous les quatre au bord de la mare, au fond du jardin. Caché par nombre de végétaux aquatiques, le trou d'eau fourmillait de petits habitants. Pour une fois, Alex était à peu près sérieux et semblait s'intéresser.

— Et là, ce sont des libellules ou des demoiselles ? a-t-il demandé en pointant du doigt un couple d'odonates.

— Des libellules. Tu vois, elles sont plus grosses, et elles ne peuvent pas replier leurs ailes, a expliqué Jérôme d'un ton didactique.

Puis il s'est lancé dans un cours étendu sur les insectes, leurs points communs, leurs différences... Il ne parvenait plus à s'arrêter. Quand, chassés par les moustiques, ils sont repartis vers la maison, ils ont tenté de dénicher la cigale perchée sur un olivier. Ils ne l'ont pas trouvée, d'autant qu'elle s'est tue dès leur approche. Mais Jérôme s'est fendu d'un nouveau laïus : la cigale stridule ou craquette, se nourrit de la sève des arbres ; c'est le mâle qui chante pour séduire la femelle au moyen d'une cymbale située dans son abdomen ; les larves ont longtemps une vie terrestre avant de devenir cigales, etc.

— Mais tu as révisé avant de venir ou quoi ? a demandé Seb, interloqué.

Influencés par le cours de Jérôme, pour une obscure raison, ils en sont arrivés à une comparaison improbable et vaguement risquée entre leurs femmes et les insectes... Sybil devenait un moustique (pour ses côtés piquants, bruyants et agaçants). « Tant que ce n'est pas une punaise ou une mante religieuse ! », s'est esclaffé Sébastien, qui voyait Caroline en coccinelle, rouge et noir (couleurs sexy). Vincent, peu enclin à laisser parler son imagination, et donc sans conviction, a opté pour une Émilie-fourmi, travailleuse et solidaire.

— Tu sais vendre du rêve, quand tu parles de ta femme ! a lancé, toujours moqueur, un Sébastien plutôt perspicace.

— Et moi, Claire est ma libellule... a conclu Jérôme, la main sur le cœur, en poète de l'amour courtois.

Et puisqu'il ne peut pas faire autrement, le même

Jérôme est reparti dans des explications sur la vie des odonates et la symbolique prolifique de la libellule (changement, adaptation, lumière, sagesse…), surnommée autrefois par les Savoyards le « papillon d'amour ».

— Vivement qu'il revienne, mon papillon d'amour à moi ! s'est exclamé Seb en sortant son portable pour envoyer un nouveau message à sa belle.

— Au fait, Seb, rassure-moi, Caro, elle ne te désinfecte pas avant usage, quand même, si ?

Alex éclate de rire à sa propre blague, avant de proposer une bière à ses amis.

*

Elles ont fait une halte « bronzage-baignade » sur les bords de l'Ardèche. Émilie est restée à l'ombre pour éviter que son maquillage ne ruisselle en raison de la chaleur, et ne s'est pas baignée pour ne pas ruiner sa coiffure. Les autres se sont bien amusées. Sybil a dégainé son portable pour toutes sortes de photos, aussitôt publiées sur son profil Instagram.

— C'est quoi, l'intérêt ? a demandé Caroline. C'est pour montrer à tout le monde que tu es belle et que tu as une vie de ouf ?

Dans ces cas-là, Sybil se contente d'ignorer. Cela vaut mieux que de se fâcher inutilement avec son amie, qui d'ailleurs adopte parfois un peu trop le langage de son fils de douze ans. Ça déteint… même à distance. Caroline a eu Marin au téléphone ce midi. Brice d'abord,

Marin ensuite. Le premier a, semble-t-il, pris un malin plaisir à lui dire que le second était infect, qu'il ne l'avait pas élevé comme cela, qu'en moins d'un an il avait mal évolué, et que tout cela venait sans doute du fait qu'elle ne savait pas y faire, qu'elle était trop laxiste, qu'il allait falloir qu'elle s'affirme plus et qu'elle le punisse. Ils se sont disputés au téléphone, elle avait l'impression d'être une petite fille sermonnée par son père… un peu comme avant, quand elle était avec lui, que c'était lui qui décidait et qui avait raison. Mais elle lui a dit : « Je vis chez moi comme je l'entends, et si tu as quelque chose à redire à l'éducation des enfants, tu peux aussi assumer un peu plus ton rôle de père ! » Référence au fait qu'il est bien content de s'en être débarrassé et de ne les avoir qu'un week-end sur deux. C'était bien envoyé. Caroline est fière de tenir tête, parfois, à celui qu'elle considère comme son ex-mari, bien que le juge aux affaires familiales n'ait pas encore prononcé le divorce. Mais même si elle peine, même si parfois ses enfants la rendent chèvre, elle est heureuse de les avoir presque à temps plein. C'est un grand paradoxe : quand elle les a, elle les trouve vite insupportables, et quand ils ne sont pas là, ils lui manquent. Elle ne voudrait pas de la garde alternée. Elle ne l'évoque que pour agacer Brice. C'est de bonne guerre… Ensuite, Marin a dit que son père n'était « pas gentil » avec lui… qu'il ne voulait pas rester chez lui. Caroline ne lui a pas laissé le choix. Un peu par principe, beaucoup parce que cela nuirait à la sérénité de ce séjour avec Sébastien… Et puis cette année, c'est la règle : aucun enfant.

*

Le trajet du retour semble long à Émilie. Elle a hâte d'arriver, hâte de découvrir la réaction de Vincent, hâte de voir s'il lui dira, enfin, qu'elle est belle… encore, même à l'approche de ses quarante ans. Elle voudrait voir ses yeux pétiller, comme au début, quand son amour, son adoration s'y lisaient sans détour. Les filles lui ont dit qu'elle était belle, et elle s'est trouvée jolie, elle aussi, délestée de quelques kilos, dans sa nouvelle robe, avec sa nouvelle coupe et un peu plus maquillée que d'habitude.

Les filles discutent. Principal sujet : les hommes. Comment ils ont passé la journée, comment ils ont géré en leur absence, ce qu'ils ont préparé pour ce soir, quelle attitude ils vont adopter à leur encontre… Elles ont lancé des paris sur ce qui les attend : un dîner aux chandelles/un buffet campagnard/un menu de fêtes/un service en maillot de bain/un pique-nique amélioré près de la piscine… Elles délirent dans leurs suppositions. Sybil est tendue comme un arc. Claire est certaine qu'ils auront tenu compte de leur coup de semonce. Émilie moins. Valentine n'en sait rien. Caroline s'en moque. Seb lui a manqué. Il lui a envoyé des sextos toute la journée, elle n'en peut plus. La cuisine, la vaisselle, la table… Tout cela n'a rien d'excitant.

*

Les filles ont contourné la maison, l'espace paysager,

et parviennent sur la terrasse. Un sourire satisfait se dessine sur le visage de Sybil : la table est dressée. Sans éclat, sans originalité, certes. Sobre et efficace. Une patte masculine. Le talent sera peut-être ailleurs.

Où sont-ils ? Elles auraient apprécié un comité d'accueil. D'autant que Seb et Jérôme n'étaient pas sans connaître leur heure d'arrivée. Pourtant, ils semblent s'être volatilisés. La cuisine est vide et intacte. Aucun plat ne semble les attendre, aucune odeur ne flatte leurs narines. Un doute s'immisce… Mais non, il y a bien neuf assiettes sur la table. Ils ne leur auraient pas fait subir un tel affront.

— Peut-être en bas ?

Ce serait logique. Depuis la visite de la maison, les hommes se sont octroyé la cave comme si c'était *leur* espace. Ils s'y réfugient régulièrement, le soir, pour quelques parties de billard, ou en début d'après-midi, quand la chaleur extrême du dehors invite à rechercher la fraîcheur. Ils aiment autant se retrouver entre eux que leurs compagnes. Non qu'elles aient interdiction de pénétrer dans leur QG, mais ce salon est en quelque sorte devenu le leur. En plus du billard, chacun s'y livre à son activité de prédilection. Jérôme lit ses livres d'histoire, Alex regarde des films sur son ordinateur ou écoute de la musique, Vincent étudie le trajet de sa course du lendemain, Sébastien dort ou grignote des chips.

Les femmes descendent. Valentine aussi, même si elle aurait volontiers repris un livre pour continuer l'une de ses lectures en cours (elle en a toujours trois).

Elles les trouvent en effet dans *leur* salon. Sébastien est assoupi sur le canapé, Jérôme en train de lire *La Fabuleuse Vie des insectes* sur un pouf, les deux autres sont en pleine partie de billard. Elles s'attendaient à être saluées avec enthousiasme, voire acclamées (pourquoi ? mystère féminin...), mais la ferveur des hommes fait grève aussi, apparemment. Chacune va tout de même retrouver son chacun. Et Valentine reste plantée là, aux premières loges pour guetter les compliments de Vincent à sa femme.

Mais Vincent joue au billard, n'a d'yeux que pour la boule blanche. Il est concentré sur sa tâche, pense tactique, coups, victoire... Lorsque sa femme se glisse auprès de lui alors qu'il doit jouer, il l'embrasse distraitement sur la joue. Au mieux, il s'est rendu compte qu'elle sentait bon. Dans la pénombre de ce salon cosy où les lumières tamisées tamisent le maquillage, il ne voit pas le trait d'eye-liner qui agrandit son regard, sa bouche plus gourmande grâce au gloss. À tous les coups, il doit croire qu'elle possédait déjà cette tenue dans sa garde-robe. Et il n'a pas levé les yeux vers elle assez longtemps pour remarquer ses cheveux soyeux.

Un fiasco.

Émilie, inerte et inutile, sent la déception, triste et rageuse, monter au bord de ses yeux. Sa vue se brouille, à l'insu de tout le monde.

Parfois, la pénombre a du bon.

Elle quitte la pièce sous le regard désolé de ses amies.

21

Après la partie de billard, Alex, Jérôme, Vincent et Sébastien daignent enfin refaire surface. Ils trouvent les femmes confortablement installées dans les fauteuils en rotin du salon de jardin, au pied des palmiers. Elles sirotent un verre de vin ou de Pacific en grignotant – ou non – des pistaches. Elles n'ont sorti des verres que pour elles. Déjà qu'elles comptaient sur eux pour les servir… Les ont-ils seulement entendues ce matin ? Car à part la table dressée, rien ne semble l'indiquer. À mesure qu'ils s'approchent d'elles, le volume de la discussion baisse, jusqu'à devenir inaudible.

— Si mesdames veulent bien se donner la peine de nous suivre ? s'enquiert Alexandre avec solennité.

Il a revêtu une veste très chic à même son torse nu, ce qui plaît beaucoup à Sybil. Jérôme porte une chemise très élégante, Vincent et Sébastien ont déplié un torchon sur leur avant-bras, tels des serveurs de brasserie.

Ils ont mis le paquet, elles ne peuvent plus les ignorer. Intriguées et tout sourires, les cinq filles se lèvent et obtempèrent sans se faire prier. Ils les escortent vers la table, les invitent à y prendre place et, avec des manières de maîtres d'hôtel cérémonieux, leur avancent une chaise avant qu'elles s'assoient. Elles sourient de ces attentions, pressées de connaître la suite. L'absence d'odeur dans la cuisine n'aurait-elle été qu'une façon de les désorienter ? Elles se demandent ce qui les attend, n'osant croire à une somptueuse surprise, mais l'espérant quand même. Sybil la première est persuadée qu'ils ont compris et se sont donné du mal pour les satisfaire. Alex, visiblement, a beaucoup misé sur le physique pour lui faire plaisir, et c'est un bon début.

Ils se rendent dans la cuisine. Des murmures et des rires étouffés parviennent aux oreilles féminines. Elles se regardent sans mot dire. Suspense…

Et les voici qui reviennent, adoptant une démarche de serveurs d'un grand restaurant, une main dans le dos, une autre levée, tenant un grand plateau imaginaire. Solennité de l'attitude, mais plaisanterie de mauvais goût : au lieu de plats alléchants, ils n'apportent sur la table que tranches de jambon dans leur emballage plastique et paquets de chips. Caroline éclate de rire. Sybil contient son courroux. Claire ne sait si elle doit trouver cela triste ou drôle. Valentine reste interdite. Émilie s'en fiche : là n'est pas le problème.

Les hommes disposent le tout sur la table, ouvrent les paquets, proposent de les servir en continuant de les vouvoyer.

— Je ne veux pas faire ma rabat-joie, commence enfin Émilie, mais… avez-vous pensé à la salade ?

Les considérations diététiques d'Émilie prennent déjà le pas sur ses émotions. Le temps écoulé depuis leur retour et sa totale déconvenue a permis à ses larmes de sécher et à ses yeux de dégonfler. Les marques de son chagrin se sont effacées, mais son cœur souffre encore de l'indifférence de son mari.

— Je vais t'en chercher, propose Vincent.

L'aiderait-il dans son régime ? Ce serait nouveau, et plutôt gentil de sa part, mais ce n'est pas comme si cela pouvait régler le problème, rattraper son manque d'égard, sa cécité…

— Tu ne veux pas *faire* ta rabat-joie, Émy ? Mais tu *es* rabat-joie ! Tout le temps ! Et même encore plus que d'habitude… Ce doit être génétique, ce sérieux à tout épreuve. Lâche-toi, un peu, à la fin ! Et mange des chips ! s'agace Alex, sous les yeux incrédules des convives.

Personne n'a vraiment le temps de réagir… Sybil, qui est passée par toutes les couleurs jusqu'au rouge de la colère, se lève soudain pour mieux éclater :

— Vous vous êtes bien foutus de notre gueule !

— C'est clur ! enchaîne Claire, ce qui provoque quelques rires autour de la table.

— Ah bon ? répond Alex, feignant la surprise. Vous vouliez une table mise, un repas préparé, vous faire servir… On vous offre un service quatre étoiles, et cela ne te convient toujours pas ?

— Je parie que c'était ton idée ! l'accuse-t-elle en le pointant du doigt.

Il rit, fier de son pied de nez. Les autres l'ont suivi sans peine dans sa combine. Objectif : leur donner une leçon, surtout à Sybil…

*

L'idée d'une vengeance lui était venue dès le matin, en nageant. Les filles venaient de les planter pour la journée. Il avait tout de suite pris ses trois copains à témoin : cette grève, c'était ridicule. Pour quel motif ? Parce qu'ils en faisaient un peu moins qu'elles ? Jérôme trouvait en effet cela injustifié et ne se sentait personnellement pas visé. Pour autant, il savait par Claire que l'idée de passer toute une journée à l'extérieur n'était pas « contre eux » et liée à cette idée de grève, mais qu'il s'agissait d'une opération « toutes les filles pour Émilie ». Il n'a rien dit aux gars. En premier lieu parce que sa femme lui avait expliqué que c'était une surprise pour Vincent. Il a écouté Alexandre détailler par le menu ce qu'il reprochait à ce concept de rébellion des filles, et à Sybil en particulier. Finalement, cette guéguerre « les gars contre les filles » se transformerait assez facilement en un conflit de couple Alex-Sybil, avec au bout l'assurance de savoir qui a raison, qui aura donné une leçon à l'autre… Alex est bien placé pour savoir que, dans son couple, la lutte pour le pouvoir n'est pas un vain mot et se vérifie tous les jours. Il leur a dit sérieusement :

— Il ne faut pas la laisser gagner.

— Moi, je veux bien, mais tu suggères quoi ? a demandé Sébastien, plutôt partant pour tacler Sybil.

— Il faudrait trouver un moyen d'aller dans leur sens… ou de le leur faire croire… et au dernier moment, un petit retournement de situation, et le tour est joué, a répondu Alex, expert en blagues potaches.

Vincent et Jérôme étaient dubitatifs… mais ont promis de faire bloc et de les suivre. Pour cette fois. Alex et Seb se sont alors livré bataille ; c'était à celui qui aurait la meilleure idée, et petit à petit, chacun apportant de l'eau au moulin, ils ont fini par élaborer ce plan maléfique.

Séduit par cette perspective d'arroser l'arroseuse, Alex en riait d'avance. Jérôme et Vincent se sont laissé convaincre de jouer le jeu, ils connaissaient bien assez leurs femmes pour savoir que cela ne causerait pas un drame dans leurs couples respectifs… Peut-être même que cela les ferait rire aussi.

La cible, c'était Sybil. « Ça la calmera un peu, vous pariez ? », a dit Alex, qui est parti au marché avec la voiture de Jérôme, afin d'acheter un nœud papillon qu'il avait repéré le mardi.

22

— Je crois qu'elles partent en vrille, fait Jérôme, amusé.

Les quatre hommes sont restés sur la terrasse et observent en contrebas leurs compagnes. Oublieuses de tout, et surtout de tout sens de la chorégraphie, les filles dansent près de la piscine sur « Killing in the Name » des Rage Against the Machine, le son au maximum. Elles gigotent, sautent, secouent leurs cheveux, crient, chantent en yaourt… bière à la main, cigarette à la bouche, ou l'inverse. Émilie a mis de côté ses bonnes résolutions, son Pacific et son statut de non-fumeuse. Elle tire sur une cigarette, boit au goulot à grandes lampées. Vincent la regarde, légèrement inquiet. Qu'est-ce qui lui prend ? Elle qui est toujours si raisonnable et si comme il faut en toute circonstance, il ne la reconnaît pas. Cela aurait-il un lien avec sa nouvelle coupe de cheveux ? Il l'a bien remarquée, mais un peu tard… Il n'a pas su comment le lui dire, s'est senti un peu idiot… Alors il a glissé une main dans ses cheveux, pour lui montrer qu'il avait vu. Elle a eu un sourire un peu triste, un regard vague difficile à décrypter. Ils ne se parlent plus beaucoup. Elle change, ces temps-ci. Est-ce l'absence des enfants ou l'approche de la quarantaine qui la préoccupe ? Il la croyait heureuse dans leur vie, il commencerait presque à en douter. Il la sait épanouie dans son travail et dans son rôle de maman pour lequel il lui décernerait une palme d'or… Mais que se passe-t-il, alors ? Cela ne lui suffit plus ? Il lui semble qu'il lui manque quelque chose, qu'elle cherche… Mais de quoi a-t-elle besoin qu'il ne saurait lui apporter ? Que veut-elle, au juste ? Il se sent comme déconnecté de sa femme, et c'est la première fois que cela lui arrive. Jusqu'à il n'y a pas si longtemps, leur complicité était réelle, au point qu'ils se comprenaient sans se parler… Ce qui lui allait plutôt bien, car, lui, il n'a jamais trop su y faire avec l'expression des ressentis… Il a été élevé par un père qui ne disait rien de ce qu'il éprouvait, il a eu du mal à dépasser ce « modèle »… Heureusement, il a su dire « Je t'aime » à Émilie, et il l'a fait avec toute la sincérité dont il était capable… Et pas parce qu'elle l'aurait pressé ou supplié. Il le pensait, il le lui disait souvent, au début. Puis moins souvent. Il ne se souvient pas de la dernière fois où c'est arrivé. Il lui avait parfois rappelé : « Ce n'est pas parce qu'on ne le dit pas qu'on ne le pense pas. » Et c'était vrai : il l'aimait toujours. Sinon, il ne serait plus avec elle. Et elle le sait. Donc, pour lui, rien n'a changé.

Les premières notes de « Thunderstruck » retentissent. C'est Sybil qui a pris les commandes de la programmation, visiblement. Il est de notoriété publique que ce morceau la rend dingue. Ils y ont droit à chacune de leurs soirées. Aux premières notes, elle crie, prend une posture de rockeuse et se met à gratter une guitare imaginaire. Si la chanson passait par hasard au supermarché, elle serait tout à fait capable de se livrer aux mêmes exploits. Malgré son air BCBG, Sybil a un côté « je me fiche de ce que les gens pensent de moi et je perds le contrôle si je veux » tout à fait assumé. C'est aussi ce qui fait d'elle une fille imprévisiblement drôle et attachante. Les filles se livrent donc logiquement à un concours de *air guitar*, tout à fait convaincant. AC/DC n'a qu'à bien se tenir ! Valentine se prête aussi au jeu. Goût prononcé pour le metal ou simple conversion ponctuelle ? Rien de tel qu'un état d'ébriété partagé pour s'intégrer à l'ambiance.

De leur poste d'observation, les hommes commentent le spectacle.

— Elles ont un bon coup dans le nez, là, non ?

Alex cherche l'assentiment des autres.

— Je crois qu'elles pètent un câble, vos femmes. Enfin, je ne les connais pas trop, mais… Elles font souvent ça ?

À vrai dire, oui, danser comme des folles et boire un peu trop, cela arrive de temps en temps… pendant les vacances (quand les enfants sont couchés) ou le soir du 31 décembre… Mais là, c'est surtout le contexte qui les étonne, les raisons sous-jacentes, le fait qu'elles les ignorent, qu'elles semblent vouloir s'amuser sans eux. Les filles continuent dans leur logique interne de rébellion. Après l'absence et la grève, elles s'adonnent au complet lâcher-prise. Seule Caroline, fidèle à sa ligne de conduite, est restée nette, ce qui ne l'empêche pas de participer activement au spectacle au côté de ses amies qui semblent avoir totalement succombé à la perte de contrôle.

Les morceaux s'enchaînent. Les bouteilles de bière et les verres de rosé aussi. Sébastien les a rejointes et a entrepris de transformer le rock dur en une chaude lambada.

— Si on piquait une tête ? On a encore nos maillots !

Sybil est ambitieuse. Elle ôte sa robe, manquant de perdre l'équilibre.

— Tadaaa ! fait-elle en écartant les bras pour enjoindre ses amies à l'imiter.

L'alcool annihilant toute notion de sécurité, chacune se défait de ses vêtements et plonge. Émilie a oublié sa coiffure… mais pas sa grande déception du jour. Une idée la traverse, mais elle n'est pas en état de réfléchir. Elle verra demain. Elle est grise. Ça faisait longtemps ! Au moins dix ans : avant sa première grossesse. Elle avait oublié à quel point une douce ivresse pouvait être agréable. Même si son moral est loin d'être au beau fixe, elle n'a pas l'alcool triste. Elle rit sans raison, elle sort de son corps, n'est plus elle-même pour quelque temps, et cela lui fait du bien.

Oui, perdre le contrôle, quand on maîtrise et gère tout, toujours, ça fait du bien. Alix et Zoé ne sont pas là, l'occasion est trop belle : elle peut faire n'importe quoi, elles ne le sauront jamais. Ce soir, elle n'est pas une mère… même si elle ne sait plus bien ce qu'elle est.

Les hommes se sont rapprochés pour endosser le rôle de surveillants de baignade. Le petit jeu des femmes, assez drôle au départ, commence à moins les amuser… Il les inquiète plutôt maintenant. Ils les mettent en garde, elles les ignorent superbement. Heureusement, elles sont à l'endroit où tout le monde a pied et ne se livrent pas à des prouesses au plongeoir. Elles les provoquent juste ce qu'il faut, comme des ados rebelles qui testeraient les limites parentales, sans les dépasser.

— Vous croyez que c'est parce qu'elles n'ont pas apprécié notre petite blague au dîner ? interroge Jérôme.

Alex hausse les épaules. Si on ne peut même plus s'amuser…

23

Claire est blottie dans les bras de son mari. Elle aime toujours leurs réveils, le découvrir à ses côtés, guetter le moment où il ouvre les yeux, trouver son sourire. Il ouvre alors les bras et elle s'installe sur son épaule, puis ils restent ainsi, sans rien dire, quelques instants, le temps de se réveiller vraiment. Elle repense à la soirée. Lui aussi, visiblement :

— Tu n'as pas mal à la tête ?

Elle sourit. Mais non, voyons. Elle n'a pas bu tant que ça. Moins qu'Émilie et que Sybil en tout cas. Elle dit cela tout en cachant sa bouche, consciente d'une haleine potentiellement fétide.

Ils évoquent la fameuse blague du dîner, qui restera sans doute dans le top 10 des souvenirs du groupe, ou au moins des mauvais coups d'Alex. Même Sybil en rira un jour, c'est sûr.

— Ça te dirait, mon amour, qu'on parte en balade

tous les deux ce matin ? On pourrait rejoindre le village ? Il y a un chemin balisé un peu plus loin.

Elle acquiesce. Avec plaisir. Ils n'ont pas encore passé du temps ensemble ou pratiqué une activité rien que tous les deux. Ce qu'elle aimerait, aussi, c'est cuisiner avec lui. Au quotidien, cela leur arrive très souvent, c'est leur façon de se retrouver le soir : ils préparent le dîner à quatre mains en discutant de leur journée, se relatant les derniers événements survenus dans son école à elle, dans son lycée à lui, les derniers problèmes dans la cour, la dernière perle dans la copie d'un élève (le code de la route de Napoléon, le bouquet de misère des maccarthystes), une entrevue avec des parents, la dernière trouvaille de l'Éducation nationale, ses programmes qui changent tout le temps, le dernier fou rire entre collègues…

— On pourrait se charger de la préparation du déjeuner tous les deux, après notre promenade ?

*

La maison est calme, ce matin. Comme si elle aussi récupérait des agapes de la veille. Pas de sportifs à l'horizon. Pas âme qui vive. Lorsque Claire et Jérôme descendent, peu après 10 heures, ils se rendent instinctivement près de la piscine, constater les dégâts. Ses abords ont un air de fin du monde. Il y a des vêtements épars, des serviettes en boule, des bouteilles vides et des mégots un peu partout… Et deux verres cassés en supplément. L'image n'est pas réjouissante.

Grève des femmes ou pas, Claire ne prendra pas son petit déjeuner avant d'avoir tout rangé et nettoyé (même si elle n'est pas la reine du rangement, qu'elle a tendance à égarer ses affaires, elle exècre le désordre sale). Jérôme va chercher un sac-poubelle, et c'est à deux qu'ils entreprennent de rendre au lieu son aspect initial.

Alors que tous deux sont enfin attablés face à un thé ou un café, Sybil et Alexandre arrivent, les yeux encore bouffis de sommeil, les traits tirés. Sybil a perdu de sa superbe et se renfrogne en constatant que les stigmates de la soirée ont été effacés.

— Ce n'était pas aux hommes de nettoyer NOS méfaits, se justifie Claire, car je te rappelle que c'est nous qui en avons mis partout. Et Jérôme m'a aidée. Le travail paritaire, c'est bien aussi ? D'ailleurs, c'est Jérôme et moi qui nous chargerons du repas de ce midi, ça te va ?

— Si je comprends bien, la grève est déjà finie ?

Il y a plus de déception que d'agressivité dans la voix de Sybil.

— Je crois que les gars ont compris… et nous aussi, non ? Ton idée était peut-être drôle, à défaut d'être bonne, mais ça a sans doute assez duré : il faut savoir raison garder et ne pas se comporter comme des gamines trop longtemps… Nous sommes tous des adultes responsables, à nous de nous répartir les tâches. Et vive la mixité !

— Merci de ton soutien.

— Te vexe pas, Miss… Nous allons repartir sur

de bonnes bases : chacun fera selon ses possibilités du moment, et les tâches se répartiront équitablement, ou presque. On ne va pas non plus établir un planning… On n'en a jamais fait avant, ce serait un comble d'en arriver là ! Même si on cuisine plus (parce qu'on aime ça, aussi, avouons-le), peu importe, au fond… On est en vacances, on est cool !

— Ça, c'est bien dit, approuve Alex. Claire a raison, Sybil…

Il tente une caresse sur sa joue, elle garde son air fermé.

— Je vous laisse en parler à Sébastien, alors… Qu'il fasse sa part aussi, y a pas de raison.

— Tu as un souci avec lui ? Tu fais une vraie fixation, constate Claire. Quand vas-tu rendre les armes ?

— C'est un gros paresseux… et je ne le sens pas, c'est tout.

— Hyper argumentée, ta réponse, chérie. Seb n'est peut-être pas le plus travailleur, mais enfin, ce n'est pas grave, il est sympa, non ?

Jérôme approuve : il n'a pas beaucoup de points communs avec celui-ci, mais il le trouve d'agréable compagnie.

— Tu m'étonnes que tu le défendes ! C'est ton complice ! lance Sybil, à présent bien réveillée, à Alex. Bon, moi, je vais nager.

Elle se lève et se dirige vers la piscine.

— Tu as raison, ça va te faire du bien ! crie Alex. Regarde bien autour du bassin, c'est pas exclu que tu y retrouves ta bonne humeur !

Jérôme le réprimande gentiment : il ne rate jamais une occasion de taquiner Sybil. La pauvre, mérite-t-elle vraiment pareil traitement ? « Elle adore ça, au fond », se justifie Alex. Elle sait comment il est... et elle se préfère victime de ses piques que de son indifférence.

*

La journée s'annonce plus calme que celle de la veille. Apaisée, et moins « le clan des femmes versus le clan des hommes ». Tout revient à la normale : on se mélange. Claire et Jérôme sont partis faire un tour à pied jusque dans le bourg de Labastide-de-Virac ; Vincent, Sybil et Alex jouent au tarot sur la terrasse ; Caroline et Sébastien, les derniers levés, ont entrepris une baignade matinale ; Valentine et Émilie sont étendues sur des chaises longues près de la piscine, l'une lisant, l'autre sur son téléphone. Elle a appelé Alix et Zoé. Comme tous les matins. Rien que d'entendre leurs voix lui a fait monter les larmes aux yeux. Comme tous les matins. Ce lendemain de soirée, de toute façon, est amer. Elle a le blues, envie de rentrer. À quoi bon rester là encore huit jours ? La reconquête de Vincent vire au fiasco. Une incompréhension très nette s'est installée entre eux. Elle a, peut-être, la silhouette de Valentine. Peut-être pas... Leur couple lui apparaît malade, et au lieu de lui prodiguer les soins nécessaires, ils le traitent par le silence et la négligence.

Et puis, hier, elle a fait n'importe quoi. Elle est tombée dans le paquet de chips, et elle a dû absorber trois mille calories d'alcool… En plus d'un vague mal de tête, elle a repris un kilo, c'est sûr : elle n'a pas osé poser les pieds sur sa balance, mais elle a regonflé d'un coup… Après tous ces efforts et toutes ces privations, elle a craqué. Elle pourrait se sentir nulle… mais, au fond, elle ne regrette rien : elle a *kiffé* ce moment, comme dit Jules, le fils de Claire (Alix est bien trop jeune pour parler ainsi, Dieu merci).

Valentine est toute fraîche, son visage paraît reposé, son cerveau suffisamment en état pour absorber des pavés intellectuels. Chapeau bas.

Émilie perçoit des éclats de voix et de rire venus de la terrasse. Elle n'avait pas envie de jouer, elle n'a envie de rien, ni de parler ni de se forcer à être la-gentille-Émilie-de-d'habitude… Sous ses yeux, qui commencent étrangement à s'habituer, Caroline et Sébastien se livrent à un ballet aquatique en forme de parade amoureuse. Elle constate cela avec recul, à présent, presque avec indifférence. On verra (si on le voit) ce que ça donnera dans vingt-trois ans…

Rien de tel, pour se vider la tête et penser à autre chose, que de surfer sur Internet…

*

Claire et Jérôme s'affairent dans la cuisine et prennent très au sérieux la préparation du gratin de courgettes qui doit accompagner le rôti qui dore au four.

— Je peux emprunter votre voiture ?

La demande d'Émilie qui a surgi auprès d'eux les surprend. Dans ses yeux, une supplication muette.

— Je voudrais aller faire un tour…

— Toute seule ? demande Claire.

— Oui…

La supplication grandit. Claire connaît trop bien son amie pour ne pas savoir que, quelles qu'en soient les raisons, Émilie ressent un besoin impérieux de prendre le large. La présence de Jérôme empêche le dialogue, mais il suffit d'un échange de regards pour se comprendre. Claire part à la recherche de ses clefs, ce qui lui prend un temps certain à naviguer plusieurs fois entre sa chambre et le salon, puis accompagne son amie jusqu'au parking, l'occasion d'en savoir plus, peut-être.

— Tu vas où ?

— Je te le dirai plus tard… Je rentrerai en fin d'aprèm.

— Tu es certaine de ne pas vouloir manger avant ?

Elle l'est. Surtout après les excès de la veille.

24

Ils sont donc huit à table pour le déjeuner. La place d'Émilie restée vacante suscite des interrogations muettes. Vincent n'a pas compris quand Claire lui a annoncé qu'elle serait absente, pour le reste de la journée apparemment. Sans préciser où elle allait ! Il regarde par moments sa chaise, toujours incrédule. Elle est partie comme ça. Il l'a vue près de la piscine, puis entrer dans la maison et, un quart d'heure après, elle avait disparu. Sans le prévenir, sans égard pour lui. Depuis le réveil, elle lui a à peine parlé. Elle n'est pas du genre à bouder, pourtant. Elle a peut-être honte de son attitude de la veille au soir, d'avoir perdu le contrôle en public. Stratégie d'évitement ? Simple besoin de prendre l'air ? Il ne sait quoi en penser. Lui n'a pas eu honte d'elle, en tout cas. Il a même trouvé cela bien, qu'elle se lâche un peu. Même s'il craint que tout cela (la cuite, la fuite…) soit sa faute à lui, tout en ignorant totalement pourquoi. Il a tenté de l'appeler, mais elle n'a pas répondu. Inutile de s'inquiéter, et ce n'est pas son genre : il en saura plus ce soir. Autant prendre son mal en patience.

*

Après le déjeuner, le groupe, ou ce qu'il en reste, entame une partie de Perudo. Les enchères montent, le bluff couve, les rires ponctuent le jeu. Vincent est à la droite de Valentine. Il joue avant elle. À chaque tour, il surenchérit sur l'annonce de Sybil, à sa droite. À chaque tour, il se tourne vers Valentine avec un sourire énigmatique (le sourire du potentiel bluffeur) ; à chaque tour, elle le regarde droit dans les yeux, elle le sonde, et il aime ce moment où il peut, ou il a le droit de fixer ses deux billes couleur lagon, pendant qu'elle hésite entre surenchérir et dire « dudo ». Il a bluffé, ou pas, elle perd un dé, ou bien c'est lui. Ils rient, qu'ils perdent ou qu'ils gagnent. C'est souvent entre eux deux que la manche se joue. Surtout quand ils finissent en duel. Les yeux dans les yeux, un peu de comédie, jeu de bluff ou de séduction… La frontière est mince. Ce petit jeu dans le jeu n'échappe à personne. Encore moins à Sybil, qui se demande si Vincent aurait joué ainsi en présence d'Émilie. Les absents n'ont-ils pas toujours tort ?

*

La suite de l'après-midi leur réserve des surprises,

ou plutôt une confirmation… Valentine, qui lit toujours, accepte de jouer au ping-pong avec Vincent. Vincent, qui ne lit et ne lira sans doute jamais, s'intéresse aux romans que lit Valentine. Sur le bord de la piscine, il l'écoute avec attention parler des derniers livres qu'elle a lus, de ses coups de cœur qu'elle inscrira sur des petits papiers accrochés aux couvertures par un trombone, de ceux qu'elle conseillera évidemment. Elle explique avec enthousiasme et chaleur que tel ou tel livre est une magnifique surprise, qu'elle ne s'attendait pas à trouver une telle plume dans un autre, qu'elle « s'est pris une claque » avec ce dernier, là. Il l'écoute, moins pour ce qu'elle dit que pour ce qu'elle est, ce qu'elle dégage. Elle respire le naturel, il est sous le charme. Avec la chaleur, ses cheveux viennent se coller sur son front. Il trouve cela très sexy. Elle transpire, et la sueur perle sur son buste jusqu'à couler entre ses seins. C'est plus que sexy, c'est excitant. Il s'imagine un instant avec elle sous une douche tropicale. Elle ruissellerait sous ses yeux, sous ses mains, sous sa bouche…

Cet après-midi, c'est comme s'ils avaient lié leurs deux solitudes et qu'ils s'étaient créé un cocon invisible. Vincent se laisse faire par le trouble qu'il éprouve sans l'analyser, dans une espèce d'inconscience, dans une forme d'irresponsabilité… Sans penser à mal. Juste pour le plaisir des yeux. Valentine, sans doute plus lucide et dénuée de naïveté, ne peut ignorer l'effet qu'elle produit sur lui involontairement. Elle n'en profite pas, fait semblant de ne rien voir, reste naturelle, maintenant une distance polie pour qu'il ne se fasse aucune illusion, mais qu'elle n'ait surtout jamais l'occasion de le remettre à sa place. Elle serait trop gênée vis-à-vis d'Émilie, dont elle trouve l'absence étrange (cependant moins étrange que le comportement, pour le moins inhabituel, de son mari pendant ce temps-là).

Un peu plus loin, Jérôme passe de la crème solaire sur le dos de sa femme, le visage tourné vers eux. Ils assistent à la scène « Raconte-moi ta magnifique vie de libraire-lectrice en maillot de bain » avec plus ou moins de bonheur.

— Tu la trouves comment, Valentine ? demande Claire.

— Elle est chouette, dit-il simplement, sentant chez sa femme l'envie qu'il valide a posteriori l'idée qu'elle a eue de l'inviter.

— Ce n'est pas ce que je te demandais. Elle est plaisante à regarder, non ?

— Certainement, mais elle ne me fait ni chaud ni froid, si c'est le sens de ta question. C'est une belle plante, elle est sympa, mais rien de plus.

— Elle n'a pas l'air de déplaire à Vincent…

— En effet, et il semble profiter de l'absence d'Émy… Ce qui est assez moyen, je trouve. Je lui en toucherai deux mots si j'en ai l'occasion.

— Ça me gêne, pour elle, oui… Surtout qu'elle est plutôt fragile en ce moment.

Jérôme relève le mot. Claire s'explique en quelques termes, sans en dire trop. Si elle aime raconter l'essentiel à son mari, elle ne livre jamais les confidences de ses amies en détail.

— Je suis à peu près certain que Vincent ne voit pas où est le mal.

*

En fin d'après-midi, après un tournoi de Mölkky en « couples », Claire, Sybil et Caroline se retrouvent pour siroter une orangeade sur la terrasse, loin des autres oreilles. Hasard ou pas, elles ont des choses à se dire. L'absence d'Émilie et de toute nouvelle d'elle les laisse perplexes. Elles échangent des hypothèses sur le lieu et le contenu de sa sortie en solitaire. Est-elle partie loin ? A-t-elle profité de son escapade pour effectuer une visite, faire des achats ? Émilie n'a pas vraiment de passion dans la vie, elle aspire avant tout à une existence tranquille… *morne*, pourrait-on penser. On peut donc difficilement se dire qu'elle est partie visiter un musée ou un zoo… Claire aurait pu aller au cinéma ou se faire dorloter dans un établissement de soins thermaux, Caroline se promener, Sybil faire du saut à l'élastique ou en parachute, mais Émilie ! Il est 18 heures, et elle ne devrait plus tarder, si l'on se fie à ce qu'elle a dit à Claire avant de partir. Cette dernière tente un appel, en vain. Une vague inquiétude les enveloppe. Pourvu qu'elle n'ait pas eu d'accident. Pourvu qu'elle ne soit pas tombée sur un déséquilibré. Pourvu qu'il ne lui soit rien arrivé.

— Vincent n'a pas l'air plus inquiet que ça…

constate Caroline, le regard tourné vers la piscine, imitée par les autres.

— Il me surprend vachement, lance Sybil. Pas son genre de se comporter ainsi, si ?

— Il ne fait rien de mal, en soi… nuance Claire. C'est juste que le moment choisi est trop révélateur pour ne rien révéler. Enfin, vous m'avez comprise.

— C'est gênant quand même, vis-à-vis d'Émy. Déjà qu'elle ne va pas très bien. Vous croyez qu'il faut qu'on lui en parle ? demande Caroline.

— Le mieux est d'attendre pour voir comment tout cela évolue après son retour. Je ne serai tranquille que lorsqu'elle sera revenue. C'était bizarre, sa façon de partir, ce matin… Sans rien nous dire, à nous, ses amies !

— À votre avis, on commence à s'inquiéter vraiment à quelle heure ?

Sybil est sérieuse. Pour autant, elle ne perd pas le nord et propose rapidement que les filles se fassent un point ce soir. Ordre du jour : grève, emploi du temps d'Émy, suite des vacances… En revanche, elles ne pourront pas évoquer le cas « Vincent », en raison de la double présence d'Émilie et de Valentine.

— Moi, je voudrais bien vous parler de quelque chose aussi ! s'écrie soudain Caroline.

25

« Je suis allée me promener. » C'est tout ce qu'Émilie a répondu à son mari à son retour, aux alentours de 19 heures. Elle est revenue comme une fleur, plus épanouie qu'au réveil. Aucune envie d'en dire plus, visiblement. Il ne comprend pas : elle semble lui faire la tête depuis deux jours, mais il n'en a toujours pas vraiment saisi la raison. Il ne la lui demande pas pour autant… Par maladresse (quels mots employer ?), par délicatesse (il ne voudrait pas qu'elle se sente acculée), par peur aussi (il n'a peut-être pas envie ou pas la force de savoir ce qu'elle lui reproche)…

Sybil a embarqué les quatre filles dans sa voiture. Elle a réservé une table dans un bistrot de pays, à Labeaume, « village de caractère ». Avant même que le véhicule soit immobilisé sur le parking en bas du village, près de l'Ardèche, elles sont cueillies par la beauté du site. Des maisons, toutes dans la même pierre beige de la région, sont perchées au-dessus de falaises impressionnantes, ou bien posées sur des blocs de rochers. C'est beau et saisissant à la fois.

Comme une impression de vertige vu d'en bas. Les filles arpentent les ruelles étroites et pleines de charme du village, et elles se retrouvent sur une place ornée de marronniers reliés par des guirlandes à fanions jaunes et violets. Juste après, le pont « submersible » traverse la rivière. Avec la sécheresse de cet été, il est bien loin d'être submergé ! Elles passent sur l'autre rive, pour mieux admirer l'ensemble. Certes, elles ont découvert, deux jours plus tôt, les gorges de l'Ardèche et ses falaises, mais pour autant, en dépit de certaines similitudes, le paysage creuse ses différences. Le soleil projette une jolie lumière rasante sur la roche et le village. Le ciel est encore d'un bleu immaculé, mais tend à blanchir. Elles immortalisent la scène en prenant des photos avec leurs téléphones. Claire en envoie une directement à Jérôme en lui souhaitant encore une bonne soirée. Elles entreprennent ensuite de faire un selfie de groupe. Pas facile de se caser à cinq dans le cadre, mais Sybil dégote dans son sac une perche spécialement prévue à cet effet. Elles s'amusent à prendre des poses originales, à faire des grimaces ou à faire la tête… comme si ces vacances étaient totalement ratées. Valentine, qui s'est fait prier pour venir car elle accusait la fatigue et avait dit : « Vous serez mieux toutes les quatre », est finalement heureuse d'avoir accompagné le groupe. Elle en a même oublié l'intérêt un peu gênant de Vincent pour elle. Ce qu'elle ignore, c'est que si Sybil a autant insisté pour qu'elle vienne, c'est qu'elle craignait de laisser le champ libre au mari d'Émilie, qui en aurait peut-être d'autant plus profité en l'absence des amies de sa femme. Sybil est parvenue à la convaincre en y mettant l'enthousiasme qu'on lui connaît, et surtout en lui promettant un dîner de « produits locaux » qui a su parler à sa gourmandise…

Une table pour cinq les attend sur la terrasse du *Bec Figue*, sur la charmante petite place pavée de l'église. Triangle dépourvu d'arbres et bordé de maisons en pierre dont les sommets débouchent sur des ruelles, elle est interdite aux voitures. C'est un lieu pittoresque, surplombé par une église étonnante, dont le clocher carré repose sur deux énormes piliers. La terrasse accueillante du *Bec Figue* occupe une bonne partie de la place. On a tout de suite envie de s'y asseoir. Elles s'installent, heureuses de ces nouveaux moments de complicité féminine. La guerre avec les hommes n'a pas eu lieu, la grève est déjà finie, la situation, apaisée. Leur soirée n'a pas été organisée *contre* eux, mais pour elles. Elles ont besoin de se retrouver de nouveau, pour ce qui sera sans doute leur dernière soirée sans hommes : les confidences nécessitent l'isolement, et la situation d'Émilie, peut-être, l'éloignement de Vincent. D'ailleurs, pour l'instant, elle n'a encore rien dit de sa petite escapade.

Elles commandent un apéritif et deux planches mixtes fromage-charcuterie.

— Alors ? ? ? demande enfin Sybil.

Tous les regards se tournent vers Émilie. Celle-ci

prend un air mystérieux, mais c'est plutôt parce qu'elle ignore par où commencer.

— Je suis allée à Avignon.

Les yeux s'arrondissent. Il y a bien une heure et demie de route. Pour elle qui n'aime pas conduire… Quelle drôle d'idée !

— Je suis allée voir quelqu'un, poursuit Émilie, ménageant son effet.

— Genre ? Un psy ? Un marabout ? demande Sybil, dont la perplexité le dispute à la curiosité.

Caroline pouffe de rire, Claire attend la suite avec impatience.

— N'importe quoi ! Pourquoi voudrais-tu que je voie un psy ou un sorcier ? Je n'en suis pas encore là. Je suis allée retrouver un homme.

— Mais non ?

Ses trois amies sont abasourdies ; même Valentine la connaît déjà assez pour savoir que c'est un événement, pour ne pas dire une révolution. Le marabout les aurait moins étonnées !

— Tu te souviens d'Éric ? demande Émilie à Claire.

Celle-ci acquiesce, attendant la suite avec une curiosité grandissante teintée de stupeur. L'autre continue pour que chacune comprenne ce que seule Claire savait, pour avoir déjà entendu parler de cette histoire.

— Éric a été mon petit ami avant Vincent. C'était mon premier amour. On était des ados. Ç'a été une jolie histoire, mais il a déménagé, et je ne l'ai jamais revu. On s'est écrit au début, et puis… la vie, quoi. On a vraiment perdu le contact quand je suis tombée amoureuse de Vincent.

— OK. Et comment en êtes-vous arrivés à vous revoir aujourd'hui ? demande Caroline.

— Il m'a retrouvée il y a quelques semaines, sur Facebook. Classique, il paraît. On a un peu discuté, c'était sympa. Il habite en Alsace. Il est divorcé, père de deux garçons. Sa mère vit à Avignon, et il m'a dit qu'il y serait cet été. On s'est rendu compte que nos dates de vacances coïncidaient. Il m'a proposé qu'on se revoie, juste comme ça, dans un message, il y a trois semaines, je crois. J'étais gênée. Je ne voulais pas *faire ça* à Vincent. Même si boire un verre avec un vieil ami n'est pas honteux. Bref.

— Et ce matin, tu t'es levée en te disant : « J'y vais » ? demande Claire, encore sous le choc.

— C'est presque ça. Vous savez quels espoirs je nourrissais en venant ici… Vous n'ignorez pas comme je suis déçue. Vincent et moi, c'est compliqué, en ce moment. J'essaie, mais pas lui, et il est…

Elle ne peut pas ajouter « attiré par Valentine », mais tout le monde l'a compris, même l'intéressée qui, pourtant coupable de rien, baisse la tête légèrement.

— Je crois que j'entame ma crise de la quarantaine, les filles. Je bous… J'en ai assez d'être la mère parfaite. Le résultat, c'est que je ne me résume qu'à ça à ses yeux… Et dans ceux d'Éric, j'ai vu autre chose. Il ne s'est absolument rien passé ! se récrie-t-elle. Mais… j'ai senti… quelque chose. C'est comme si tout à coup je percevais ma capacité de plaire à un homme, comme si je pouvais redevenir une femme, vous voyez ? J'aimerais, j'aimerais tant, j'aurais tant aimé lire cela dans le regard de Vincent. Mais il n'y a rien. Avec tous les efforts que j'ai faits… Hier, je me suis presque trouvée jolie, et vous m'avez toutes complimentée… Et lui, qu'a-t-il fait ? Qu'a-t-il dit ? Rien ! Ah si : deux heures après, il a touché mes cheveux. Il devait y avoir un message subliminal, mais j'en ai assez de devoir décoder ses gestes parce qu'il n'emploie pas les mots. Il n'a même pas été foutu de me dire quelque chose de gentil… Éric, lui, il m'en a fait, des compliments, de jolis compliments. Pas trop, juste ce qu'il faut. Il s'est intéressé à moi, il m'a regardée, vraiment regardée. Il ne m'a pas draguée, ou je ne sais quoi. Il n'y a pas eu de jeu de séduction…

— Il y en a toujours un peu dans ce genre de situation, non ? la coupe Sybil, qui ne peut pas s'empêcher de parler en spécialiste.

— Bon, peut-être un peu… Mais c'était subtil. Il s'est comporté comme un gentleman, respectueux. Nous avons passé un super moment. C'est sans doute idiot, mais ça m'a fait du bien.

— Alors, c'est l'essentiel, conclut Claire.

— Et maintenant ? demande Caroline. Vous allez vous revoir ?

— Ce n'est pas prévu. C'était juste pour reprendre contact.

— Tu crois à ce que tu dis ? demande Sybil, suspicieuse.

— Bien sûr. Que veux-tu qu'il arrive, à présent ? Il habite à l'autre bout de la France ! On s'est quittés bons amis. Ce sera certainement plus sympa de se retrouver à l'écrit, mais ça n'ira pas plus loin.

Le sourire est serein, mais Sybil n'en a pas fini :

— Et vous avez parlé de quoi ?

— De nos vies, évidemment. Il m'a expliqué pourquoi ça s'était fini avec sa femme…

— Et tu lui as dit que c'était compliqué de ton côté ? demande Sybil.

— J'ai laissé entendre que tout n'était pas rose, mais je ne suis pas entrée dans les détails.

— En gros, tu as laissé une porte ouverte par laquelle il risque de s'engouffrer… Tu paries qu'il revient à la charge très vite ?

Émilie ne parie pas. Les autres non plus. Sybil et ses certitudes…

26

Après s'être abîmées dans la contemplation de leurs assiettes – estouffade de bœuf, pied de cochon, andouillette ou caillette pour les quatre amatrices de viande, purée maison et crème d'olives pour Caroline –, elles attaquent leurs plats avec une gourmandise qui se traduit par un quintette de couverts au diapason. Pour le dessert, elles ont toutes déjà commandé la spécialité : le cèpe ardéchois (glace vanille, crème de marrons et meringue en forme de champignon). Les couleurs comblent leurs pupilles, les saveurs leurs papilles, avec ce qu'il faut de fondant et de croustillant. C'est une fête des sens. La cuisine du bistrot, entre tradition et modernité, les ravit. L'ambiance aussi. La lumière chaude, les petits lampions, les conversations animées autour d'elles, l'homme à l'accordéon diatonique qui joue du Tiersen devant l'église… Tout est parfait.

— Tu n'avais pas quelque chose à nous dire, au fait ?

C'est le signal qu'attendait Caroline, qui repose sagement sa fourchette. Elle sourit, reconnaissante que Claire, au moins, n'ait pas oublié. Non qu'elle aime attirer toute l'attention sur elle, mais elle a une grande nouvelle à partager avec elles.

— Seb m'a proposé qu'on s'installe ensemble ! s'écrie-t-elle avec émotion.

Les réactions sont variées, mais bruyantes. Enthousiastes, donc. Même Sybil se réjouit et applaudit. Par cette décision, Seb est remonté dans son estime : s'il est prêt à partager le quotidien de Caro, c'est forcément bon signe, finalement, peut-être l'a-t-elle mal jugé ? Seule Valentine reste impassible, continuant de déguster son pied de cochon comme si de rien n'était. Par chance, on peut attribuer son indifférence au fait qu'elle n'est pas liée à Caroline comme les autres.

— Ça devient sérieux, dis donc ! s'exclame Claire.

— Il est mordu… Et toi, pareil, hein ? demande Sybil.

— Oui, c'est super. J'en suis toute retournée. Il m'en a parlé ce matin, quand on était au lit… C'est tout frais.

— Parce que vous vous parlez, au lit, aussi ? plaisante Sybil, façon Alex.

— Et tu lui as répondu quoi ? demande Émilie avec sérieux.

— Oui, évidemment…

Le grand sourire de Caroline se mue peu à peu en un drôle de rictus.

— Depuis, j'ai un peu réfléchi… Et j'avoue que tout cela ne serait pas sans stress. Évidemment, je serais ravie de vivre avec lui… On a tellement de mal à rester loin l'un de l'autre ! C'est une torture de ne pas pouvoir le voir tous les jours, et je rêverais de dormir chaque nuit à ses côtés… Mais bon… Je ne sais pas si je suis prête à partager le quotidien avec lui, dans le sens où il est un peu bordélique et…

— Paresseux ? la coupe Sybil. C'est sûr que sur la question de la répartition des tâches ménagères, tu es mal barrée !

— Certes… convient Caroline. Mais ce n'est pas le sujet principal de mes questionnements. Dans la vraie vie, nous avons chacun des enfants. Marin et Lola l'aiment bien, je ne me fais pas vraiment de souci pour ça… Et comme j'ai parfois du mal avec eux (vous savez que l'autorité n'est pas mon fort), je me dis que ça ne pourrait leur faire que du bien, une présence masculine à la maison, vous voyez ? Même si je ne suis pas sûre qu'il soit un modèle d'autorité non plus…

Claire hoche la tête. Sybil rebondit :

— Ni un modèle tout court. C'est important, l'exemple qu'on donne aux enfants. Tu n'as pas peur que Marin et Lola donnent un peu de fil à retordre à leur beau-père ? Pour peu qu'il les réprimande parce qu'ils sont trop agités, ils auront vite fait de lui balancer un truc du genre : « De toute façon, t'es pas mon père »… Je suis abonnée à cette phrase, version : « T'es pas ma mère. » Crois-moi, s'occuper des enfants de l'autre, ce n'est pas si facile… et vouloir se mêler de leur éducation, c'est pire.

Chacune sait bien, hormis Valentine, que Sybil éprouve de grandes difficultés avec les deux enfants d'Alexandre, qu'il a en garde alternée. Heureusement, ils ont une semaine sur deux pour souffler…

— On sait que tu galères avec Léa et Côme, Sybil… Mais ça ne veut pas dire qu'il en sera de même pour Sébastien, tempère Claire. Et sa fille à lui, elle est comment ?

— Charlotte ? Elle a quinze ans… Il l'a en garde alternée aussi. De ce que je perçois quand il me parle de sa relation avec elle, ils m'ont plutôt l'air d'être dans un rapport copain-copine… J'avoue que ça me fait peur. Je ne suis pas un modèle d'autorité, mais je ne pourrais pas être la copine ou la grande sœur de mes enfants. Question de principe. J'espère que j'arriverai à trouver ma place avec elle, et que j'arriverai à me faire respecter… Je l'ai rencontrée il y a deux semaines… C'est une ado, une vraie ! Elle a trois ans de plus que Marin et… elle n'a pas l'air facile. Elle est juste passée quémander de l'argent auprès de son père, et elle est partie dès qu'elle a obtenu son billet (c'est-à-dire au bout de deux minutes). Elle m'a à peine dit bonjour… Alors, vous voyez, imaginer vivre avec elle, même une semaine sur deux…

— Ne m'en parle pas, soupire Sybil. Je connais trop ça. Léa a quatorze ans, maintenant, et a bien entamé sa crise d'ado.

— Si j'ai bien compris, Sybil, tu n'as pas d'enfants à toi, c'est bien ça ? demande Valentine.

— Mon Dieu, non ! Quelle piètre mère j'aurais fait !

Face à l'air étonné de Valentine, Sybil se sent obligée de développer :

— Je ne suis pas très « enfant »... Ç'a toujours été... Attention, je les aime bien, hein... d'assez loin. C'est compliqué, l'éducation, tout ça... Bref, je n'en voulais pas.

Elle omet d'ajouter deux vérités que les autres connaissent bien : elle se sait trop égoïste pour s'occuper de quelqu'un d'autre qu'elle-même... et, surtout, elle aurait très mal vécu une grossesse et les déformations qu'elle engendre... peur doublée d'une phobie de l'accouchement (comme de tout ce qui touche au médical). Pour toutes ces raisons non négligeables, devenir mère ne pouvait pas être au programme de son existence. Elle en avait même perdu le premier homme de sa vie qui, en dépit de ses sentiments pour elle, l'avait quittée pour trouver une femme avec laquelle il pourrait fonder une famille. Sybil avait eu beaucoup de mal à s'en remettre. Elle l'aimait profondément. Mais elle savait intimement que la maternité n'était pas pour elle, que l'instinct ne lui tomberait pas du ciel, qu'elle ne s'épanouirait pas dans le rôle de maman. Au moins, elle avait été lucide. Et elle avait su, à ce moment-là, qu'il lui faudrait trouver un homme qui aurait déjà des enfants, ou bien qui n'en voudrait pas non plus (l'idéal pour elle, tout à fait entre nous).

— Alors tu fais comment avec les enfants d'Alex ?

— Je compose... J'essaie de ne pas trop me mêler de leurs histoires, mais... je n'y arrive pas. C'est plus fort que moi ! Surtout qu'il est beaucoup trop papa poule cool avec eux...

Elle laisse échapper un rire teinté d'une tristesse qui ne lui ressemble pas avant de poursuivre :

— L'ambiance n'est pas toujours drôle à la maison. D'ailleurs, c'est de notoriété publique que cela se répercute sur ma relation avec Alex... Les tensions avec les enfants engendrent des tensions dans le couple, c'est ainsi...

— Merci de me rassurer ! ironise Caroline, qui en réalité n'est pas sans connaître cette équation complexe.

— Chaque couple, chaque famille sont uniques... Les problèmes des uns ne sont pas ceux des autres, tente de nuancer Claire.

— Certes, mais bon, quand même : la famille recomposée, c'est super joli sur le papier, continue Sybil. La version idyllique de la chose est digne d'un spot publicitaire... En vrai, c'est nettement moins facile. Vous allez dire que j'exagère, que je projette mes propres ratés sur Caro, mais je suis la seule à connaître et vivre cette situation, donc, malgré tout, la plus à même d'en parler. Mes copines qui sont mamans et dans la même situation déchantent aussi : au fond, on a toujours tendance à défendre ses propres enfants, à leur trouver des excuses, à être plus patient qu'avec ceux de l'autre. Et vous savez pourquoi ? Elles me l'ont dit : parce qu'elles aiment, logiquement, leurs enfants de façon inconditionnelle. Et pareil pour le deuxième homme de leur vie avec les siens… Donc ça ne marche pas sans conflits. CQFD. Vous avez le droit de me trouver négative, mais vous me connaissez, je suis cash : je me devais de le dire. Caro est mon amie, et c'est justement pour ça que je me dois de l'avertir des difficultés qui l'attendent.

Caroline semble acquiescer.

— Malgré tout, tu n'as pas refusé de vivre avec Alex !

— Bien sûr, oui… J'ai pris le risque, il en valait la peine… Je me leurrais sans doute aussi : j'avais l'illusion que je saurais faire et que tout se passerait bien.

— Et tu regrettes ? demande Valentine.

Sybil sourit. Oh que non… Malgré tout, elle l'aime, sa vie avec Alex, et elle n'y renoncerait pour rien au monde.

— Mais surtout les semaines sans ses enfants ! conclut-elle en riant.

— Le jeu en vaut la chandelle, donc… C'est bien ce que je pensais, laisse échapper Caroline.

— Évidemment ! renchérit Claire.

— Parce que… tu es sûre de lui, de vous ? demande Valentine, qui réprime difficilement son envie de lui ouvrir les yeux sur son prince charmant. Ça fait assez longtemps que vous êtes ensemble ? Tu es certaine de ses sentiments et des tiens ?

L'intéressée la regarde avec étonnement.

— Tu dis ça parce que tu ne fais plus confiance aux hommes ? que tu es désabusée ? C'est toi qui nous l'as dit, en début de semaine… Pourquoi attendre, puisqu'on s'aime ? Oui, je suis sûre de lui. Il est sincère, j'en suis certaine. Il ne pourrait pas jouer l'amoureux aussi bien ! Je suis tellement bien, avec lui. Il me rend si heureuse !

— Et c'est proportionnel à son talent au pieu ? demande Sybil.

Elles s'esclaffent comme des gamines… même si elles ont, à n'en pas douter, les soucis de leur âge.

27

— Il est 3 heures…

Vincent a levé les yeux pour la vingtième fois vers l'horloge en fer forgé.

— T'inquiète…

Alex tente de le rassurer. Ils ne sont plus que tous les deux et enchaînent les parties de billard, que ce dernier gagne à peu près toutes tant son adversaire manque de concentration. Jérôme est parti se coucher. Sébastien aussi, mais avec Caroline, qu'il est allé chercher. Cette soirée en boîte de nuit entre filles ne lui disait rien qui vaille. Il n'avait aucune envie de savoir Caroline sur la piste de danse, offerte aux regards masculins. Elle n'en avait pas plus envie que ça, donc il l'a récupérée à moto avant qu'elle n'entre dans la discothèque avec les filles. De ce qu'il a compris et dit aux autres, c'était une idée d'Émilie. Ils auraient tous parié sur Sybil. Tiens donc… Cela n'a pas rassuré Vincent. Après une journée d'absence, sa femme préfère aller en boîte de nuit plutôt que de rentrer. Elle le fuit, plus de doute possible. Une façon de plus de lui faire passer un message… Mais lequel ?

— Elles sont toutes les quatre. Que veux-tu qu'il leur arrive ? Elles ne vont plus tarder, maintenant. D'ailleurs, on devrait peut-être arrêter de les attendre et aller se coucher. Elles vont croire qu'on s'est inquiétés ou qu'on les flique…

— Tu as raison, soupire Vincent. Mais quand tu vois comment elles se sont lâchées hier soir… Imagine qu'elles en aient fait autant ! J'espère que Sybil n'a pas trop bu, vu qu'elle conduit.

— T'inquiète pas, monsieur le directeur d'auto-école, elle connaît sa leçon. Au pire, elle leur aura laissé le volant. Elle aime faire la fête, d'accord, mais elle n'est pas complètement irresponsable pour autant !

— La seule qui ne boit pas est déjà rentrée, je te rappelle.

Alex hausse les épaules, confiant malgré tout, et s'avance vers l'escalier. Il tombe de fatigue.

*

La nuit a été courte. Vincent s'est levé groggy. Bien sûr, il n'a pas réussi à s'endormir avant l'arrivée de sa femme. L'inquiétude qui le taraudait a supplanté le plaisir d'avoir partagé des moments complices avec la charmante Valentine. Ah, s'il n'était pas marié… Parfois il se dit cela. Juste pour se l'imaginer ou se l'entendre dire, car il n'est pas homme à tromper sa femme. Il se rappelle trop bien la souffrance de son père quand il a découvert que sa femme, sa mère donc, le trompait. Il l'a vu pleurer plusieurs fois, à cette époque, alors que son père était un roc, d'une sévérité paraissant sans âme. Il s'est alors dit, en substance, que si son père, indestructible pourtant, éprouvait une telle douleur qu'elle le rendait friable, alors il n'y avait sans doute pas pire que cela : être trompé. Il s'était juré qu'il ne serait jamais infidèle. D'ailleurs, jusqu'à présent, et malgré une vie sexuelle plutôt terne ces dernières années, il n'avait jamais eu à faire face à la moindre tentation. Il paraît que c'est humain, que cela arrive à tous les couples, que l'essentiel est de savoir quoi en faire, de choisir… Valentine est d'agréable compagnie et particulièrement belle ; elle le trouble, c'est vrai, comme personne auparavant… Mais ça ne va pas plus loin. Comme le dit parfois Alex : « Ce n'est pas parce que tu es au régime qu'il ne faut pas regarder le menu. » Alex n'a pourtant pas toujours été un modèle de fidélité, il était plutôt du genre à s'offrir le buffet à volonté… jusqu'à Sybil. Vincent a goûté au plaisir des yeux, hier ; bon, il a peut-être même un peu fantasmé sur Valentine (sa poitrine est tellement parfaite), mais il n'a rien fait de répréhensible. Quant à savoir s'il aurait résisté dans l'hypothèse où la jolie libraire se serait montrée entreprenante, il ne prendrait pas forcément le risque d'en mettre sa main à couper…

Vincent est parti courir seul, pour évacuer le trop-plein de son esprit… ou le trop peu de sommeil. Il repense à l'arrivée d'Émilie dans leur chambre, puis dans leur lit. Il faisait semblant de dormir. Il a guetté un mot de sa part ou un geste. Mais, non : rien. Elle a remué, longtemps, et il a attendu qu'elle cesse de s'agiter. Peut-être espérait-elle le réveiller ? Elle a cédé au sommeil avant lui. Il a donc très peu dormi et l'a laissée au lit.

Maintenant, il réfléchit. Il faut qu'il sache où elle est allée, ce qu'elle a fait, ce qu'elle lui reproche… Tant pis s'il s'y prend mal, il doit savoir, il veut comprendre. Mais pourquoi est-ce si difficile pour lui de lui parler normalement, naturellement ? Ce n'était pas comme ça avant. Alors que leur est-il arrivé ? C'est comme si le fil qui le reliait à sa femme était prêt à rompre et que cela empirait de jour en jour… Il est complètement perdu.

*

Claire est la première à l'accueillir quand il revient essoufflé, transpirant, frustré d'une mauvaise performance qui ne lui ressemble pas. Heureux hasard. De toutes les filles, c'est elle qu'il préfère, dont il se sent le plus proche, la seule à laquelle il pourrait se confier. Cela fait douze ans qu'ils sont voisins, qu'ils se côtoient, que leurs enfants fréquentent la même école, qu'ils s'investissent dans l'association de parents d'élèves, qu'ils se voient presque tous les jours, qu'ils dînent régulièrement tous les quatre avec leurs enfants… Claire sait écouter. Elle est bienveillante et de bon conseil. Mesurée comme Émilie, mais plus passionnée. C'est elle aussi qui l'a rassuré, pour le passage anticipé d'Alix en 6e. Il était plus sûr du professionnalisme de Claire que de l'objectivité d'Émilie.

— Vous vous êtes bien amusées, hier soir ?

Elle lui sourit, lui résume la soirée succinctement. Il paraît soulagé. Le lui aurait-elle vraiment dit si Émilie avait mal agi ?

— Et tu sais où elle a passé la journée d'hier ?

— Ce n'est pas à moi de te le dire, Vincent… chuchote-t-elle avec un sourire compatissant.

Il comprend. Pour autant, il ne trouve pas la réponse et l'attitude de Claire rassurantes.

*

Il allait se faufiler sans bruit dans leur chambre pour y prendre une douche sans la réveiller quand il la découvre debout, dans une robe a priori nouvelle. Elle est face au miroir et se maquille. Cela aussi, c'est assez nouveau. D'habitude elle se contente de mascara, mais là, elle applique une ombre sur ses paupières. Il voudrait lui dire qu'elle est belle comme elle est, qu'elle n'a pas besoin d'en faire plus, mais il n'ose pas… comme si sa bouche était engourdie. Il marche sur des œufs. Il s'impatiente, voudrait lui parler, savoir, mais ne parvient pas à se lancer, la peur de mal s'y prendre le paralyse. Au fond, a-t-il vraiment envie de savoir ? Elle pourrait le surprendre… le malmener, peut-être ? Pourquoi change-t-elle, tout à coup ? Il lui dit bonjour. Un bon début… Elle lui répond sur un drôle de ton.

— Il y a un souci ? lui demande-t-il.

— Pourquoi me poses-tu cette question ? fait-elle en appliquant du rouge à lèvres, toujours face au miroir.

— Émy, ne me prends pas pour un idiot… Tu me fais la tête, ça se voit. Tu me parles à peine, tu t'en vas sans rien me dire… Où étais-tu, hier ?

— Je devais ? Tu t'es inquiété ?

— À quoi joues-tu ?

Elle se tourne enfin vers lui.

— J'en ai assez de me conformer au gentil petit rôle que la vie semble avoir choisi pour moi. Et j'en ai marre de faire partie des meubles. Tu ne me regardes même plus… Je n'ai plus droit aux compliments, aux « Je t'aime », à ton intérêt… et ton soutien, n'en parlons pas… Tu n'as même plus de mots pour moi.

Il est estomaqué. C'était donc cela… une simple histoire de mots. Elle poursuit :

— Je suis devenue transparente ! Valentine, ah ça, Valentine, tu la vois bien !

— Que vient faire Valentine là-dedans ?

Il joue la dignité outragée, l'incompréhension. Quelqu'un lui aurait rapporté sa complicité avec elle ?

— Ne me prends pas pour une idiote non plus… crache-t-elle, méprisante.

Émilie déballe tout : l'arrivée de Valentine, la façon

dont il la regarde, le soudain réveil de sa libido en berne qui n'a rien d'une coïncidence (elle n'est pas complètement stupide), ses efforts à elle pour lui plaire, son humiliation face à son indifférence, le fait qu'elle se sent uniquement mère à ses yeux… Elle n'évoque même pas son grand plan de reconquête, sa déception d'autant plus vive, la peine immense et humiliée qu'elle ressent : avouer sa déconfiture, son échec, sa vulnérabilité, ce serait pire. Il encaisse sans rien dire, ou du bout des lèvres, abasourdi par la véhémence de ses propos, puis, toujours en proie à la volonté de savoir, il réitère sa question :

— Tu étais où, hier ?

— Tu as raison, c'est le plus important, raille-t-elle avec une once d'amertume dans la voix. Je suis allée voir Éric. Éric Forville, précise-t-elle devant son air perplexe.

Il s'assoit sur le lit, sous le coup de l'émotion et de l'incompréhension.

— C'est quoi, cette histoire ? Tu déconnes ? D'où il sort ? Il habite dans le coin ?

Les mots sortent tout seuls, cette fois, bien que moins nombreux que les questions qui affluent dans sa tête.

— Il m'a recontactée il n'y a pas très longtemps, et il a proposé qu'on se voie. Au début, je ne voulais pas… pour toi. Mais puisque tu flirtes avec Valentine…

— Moi, je flirte avec Valentine ? Tu plaisantes ?

— Apparemment, je ne t'ai pas manqué tant que

ça, hier après-midi… Tu veux jouer à ça ? Je peux aussi, tu vois ! Je ne suis PAS ACQUISE ! jette-t-elle avec un index autoritaire.

— Ça veut dire quoi, exactement ?

— T'inquiète pas, il ne s'est rien passé.

Il y a une ironie amère dans sa voix. Il faut protéger l'orgueil du mâle.

— Et il ne se passera rien. Mais, par pitié, fais quelque chose pour que je n'aie pas l'impression d'être un meuble qui crève !

Elle quitte la chambre en claquant la porte. Vincent reste sonné sur le lit, incapable de bouger.

Lui qui voulait savoir, il a été servi.

Et maintenant ?

28

À table, l'ambiance au déjeuner est pour le moins étrange. Vincent et Émilie ne s'adressent pas la parole, s'ignorent, chacun emmuré dans ses pensées et ses rancœurs. Elle mange à peine, même la salade allégée que lui a concoctée Caroline qui, depuis la gaffe du premier soir, est devenue experte en la matière.

— Concombre, cœurs de palmier, tomates, thon, et une sauce légère au yaourt 0 %, a annoncé celle-ci fièrement.

Émilie l'a gratifiée d'un pauvre sourire chiffonné, en remerciement.

— Eh, les amis, vous vous rendez compte que ça fait déjà une semaine qu'on est ici ! s'exclame Alex de l'air de celui qui n'en revient pas.

Chacun y va de sa remarque. Déjà !/Mais non ?/ Ça a passé vite/Il faut qu'on en profite. Émilie a l'impression que cette semaine loin de ses filles a été interminable. Elle n'ajoute pas qu'elle appréhende beaucoup la seconde moitié de leurs vacances et qu'elle ne serait pas contre le fait de rentrer plus tôt, que ça la tente, même, de plus en plus.

— Bon, depuis le temps qu'on en parle, ce serait bien de partir à la découverte des alentours, dit Alex. On n'a même pas vu le village ! À part la descente de l'Ardèche et le marché de Vallon, on n'est pas beaucoup sortis d'ici.

— Surtout vous, les mecs, sourit Sybil, heureuse que son homme se décide enfin à bouger.

— Je commence à étouffer, de rester là, avoue Alex.

Sébastien s'étonne. Étouffer ? Ici, dans cet immense jardin luxuriant ?

— Je suis un vrai citadin, explique Alex. Je vis dans un appartement en ville…

— *Nous* vivons, corrige Sybil.

— Oui, nous vivons. Moi, j'aime la ville, le bruit, la pollution, la foule… Ici, c'est sympa, ça détend, ça repose… Mais trop de repos tue le repos, je commence à avoir des fourmis dans les jambes, il faut que je bouge.

— C'est pour ça que je l'aime ! s'extasie Sybil.

Jérôme propose, pour ceux qui veulent, une petite randonnée « toute cool » au départ de Labastide. Il l'a repérée sur une application qui intègre des cartes IGN. Parfait pour se dégourdir les jambes en douceur et se décrasser : le chemin sera tranquille, avec un faible dénivelé. Les plus motivés, pour varier les plaisirs, pourraient enchaîner avec la visite du château des Roure, au village, qui abrite une magnanerie.

— Une quoi ? demande Sybil.

— Un élevage de vers à soie, répond Claire. C'est typique dans la région.

Jérôme, le féru de petites bêtes et d'histoire, fait partie des volontaires, tout comme Claire, qui partage sa passion et met un point d'honneur à rendre cette matière attrayante pour ses élèves. Elle passe beaucoup de temps à lire (ou à écouter son mari) pour découvrir des anecdotes historiques et insolites qu'elle pourra leur raconter afin de rendre ses cours plus vivants. En vacances et partout où elle passe, elle ne manque jamais de prendre des photos qui serviront à illustrer ses cours. Châteaux, églises, détails architecturaux, curiosités géographiques, animaux… tout est matière pour l'enseignement. Captiver ses élèves et éveiller leur curiosité fait partie de ses objectifs. Quand certains lui disent : « Avant, je n'aimais pas l'histoire, mais maintenant j'adore ça », elle jubile intérieurement.

Entre hésitations et encouragements, le petit groupe décide qu'il rejoindra tout à l'heure, au complet, la mairie du village, d'où part le chemin balisé qui les mènera jusqu'au bois de Saleyron. « Il y aura une petite surprise au bout », a assuré Jérôme. Émilie n'a pas voulu faire « sa rabat-joie » et a décidé de ne pas râler. Aujourd'hui, elle a trop de colère et de fierté pour être faible. Elle marchera, comme les autres.

— Au moins, sans les enfants, on n'entendra pas ronchonner ! plaisante Caroline. Personne ne nous demandera : « On arrive bientôt ? », « C'est bientôt finiiii ? »

Ils rient de sa parfaite imitation d'un enfant qui traîne les pieds.

— Et puis, pour ma part, je n'aurai pas toujours à vérifier que mes petits intrépides suivent bien, que je n'en ai pas perdu un et qu'ils ne vont pas se faire mal en sautant de rocher en rocher ou tomber dans un ravin ! ajoute-t-elle, soulagée.

— Ce qui est terrible, c'est qu'on s'inquiète toujours pour nos enfants, même et surtout quand on ne les a pas sous les yeux, dit Claire. Regarde, ce week-end, Jules quitte la maison de mes parents pour deux jours de camping avec ses copains… Inutile de te dire que je ne suis pas tranquille et que je vais surveiller mon portable tous les quarts d'heure ! Ça a seize ans, mais ça se croit majeur… en tout cas, pour tout ce qui est transgressif, nocif ou illicite…

Jérôme pose une main sur sa cuisse pour la rassurer. Jules teste leurs limites et prend quelques risques, c'est de son âge, mais il a la tête sur les épaules et ne mettra pas sa vie en danger.

Les enfants occupent la suite du repas. Petits enfants, petits soucis, grands enfants, grands tourments (Valentine)/Mes filles sont tellement prudentes et raisonnables (Émilie)/À neuf ans, c'est déjà la préadolescence… J'imagine ce que ça va donner quand Côme sera ado (Alex)/On est hyper complices avec ma fille, c'est super (Sébastien)/C'est important d'accompagner les jeunes sans briser leur élan, mais sans les laisser faire n'importe quoi (Jérôme). Un débat sur l'éducation s'invite forcément dans les échanges. Les points de vue divergent, comme chaque fois que le thème est abordé, on s'envoie quelques piques, on répond avec emportement… Comme quoi, ils ont beau être les grands absents du séjour, les enfants sont omniprésents…

Durant ce repas, Caroline a tout à coup pris conscience d'un drôle de manège entre Sébastien et Valentine. Une impression diffuse s'est emparée d'elle : leur manière de se comporter, de s'ignorer si totalement est étrange et troublante. Ils se regardent à peine et jamais dans les yeux, ne rebondissent jamais sur une intervention de l'autre dans les conversations, ne se parlent jamais, s'évitent… Il y a anguille sous roche. Se pourrait-il qu'ils se connaissent ? Dans ce cas, pourquoi faire croire l'inverse ? Une vague angoisse étreint la gorge de Caroline. Elle doit en avoir le cœur net.

*

Ils ont laissé la mairie sur leur gauche, pour emprunter un sentier qui traverse des champs cultivés. Ils s'éloignent peu à peu du village médiéval de Labastide et de son château provençal (pierre claire et tuiles, qui changent du granit et de l'ardoise des châteaux bretons) qu'un immense trébuchet paraît protéger. La tentation était trop grande pour le prof d'histoire-géo : dès qu'il l'a vu, Jérôme s'est lancé dans un cours sur l'utilisation de cet « engin de guerre redoutable d'efficacité pour l'époque ». Il ne manque pas non plus de rappeler que le département du Gard se trouve à quelques mètres et qu'ils sont, de fait, à l'extrême sud de l'Ardèche. Les oliviers qui courent sur la colline sont là pour le dire : ils sont déjà en Provence. Comme l'attestent aussi la garrigue dans les gorges ou les champs de lavande aperçus plus tôt dans la semaine. Jérôme est plus ou moins écouté, il a l'habitude. Alex le taquine : un prof en vacances, c'est marrant, jusqu'à une certaine limite.

— Tu la connais d'avant, Val ?

Sébastien ouvre de grands yeux. S'il joue l'innocent, Caroline doit reconnaître qu'il le fait plutôt bien.

— Pourquoi tu me demandes ça ? Tu vois bien qu'on ne se connaît pas ! On ne se parle pas…

Elle se garde de lui répondre : « Justement… c'est louche, à force. » Caroline se demande si elle n'ira pas sonder Valentine de la même façon, rien que pour tester sa réaction. D'un autre côté, elle préférerait peut-être ne pas le savoir… Que risquerait-elle d'apprendre qu'ils cherchent à lui cacher ?

La marche se poursuit tranquillement. Le chemin monte légèrement, puis rétrécit. Les chênes du bois, verts ou blancs, apportent une ombre salutaire en cette chaude après-midi. Le temps est lourd, les nuages au loin s'amoncellent. La météo a annoncé de l'orage en fin de journée, promesse d'un rafraîchissement bienvenu, croient-ils. Lorsqu'ils passent près d'une citerne, Jérôme annonce la proximité de « la surprise », à quelques centaines de mètres de là. Au bout de dix minutes, le chemin se dégage sur la droite, dévoilant en contrebas les gorges de l'Ardèche que quelques arbres s'obstinent à vouloir cacher, pour la forme. Un panonceau informe de la position du point de vue exact : de là, on peut voir…

— Tu parles ! C'est ça, ta surprise ? Mais on l'a déjà vu, ce truc ! On était en bas ! C'était horrible, d'ailleurs. Merci de raviver ce souvenir affreux, gémit Émilie, qui n'aura pas tenu très longtemps sans râler…

On peut voir la fameuse arche du pont d'Arc, d'en haut et de côté… et de loin. Alex éclate de rire : en effet, quelle valeur ajoutée à cette balade ! Claire et Valentine rassurent Jérôme : très sympa, ce petit coin. Vraiment, elles n'auraient pas cru que le village de Labastide se trouvait si près des gorges ! Et lui d'expliquer que la commune vient jusque-là, et que la rivière en contrebas fait office de frontière avec Vallon-Pont-d'Arc. Alex fait une nouvelle fois mine de s'intéresser.

Le petit groupe continue sa progression : ils attaquent la seconde moitié de la promenade. Après de longues minutes à l'observer du coin de l'œil, et jamais loin d'elle, Vincent ose enfin s'adresser directement à sa femme pour s'enquérir de sa forme (elle marche avec tant d'allant !). Il se fait rabrouer. Très injustement. Il a tenté un pas vers elle, il a voulu renouer le dialogue et elle ne veut pas de sa sollicitude sincère ? Très bien, il a compris : c'est l'heure de la guerre froide. Elle veut jouer à ce petit jeu très con ? Grand bien lui fasse. L'air de rien, il trouve le moyen de se rapprocher de Valentine. Attiser sa jalousie, c'est petit… mais elle l'a bien cherché.

29

Revenu à la mairie du village, leur point de départ, le groupe se scinde en deux : ceux qui veulent visiter le château des Roure et ceux qui préfèrent rentrer. Alex, Vincent, Sébastien et Caroline appartiennent à cette deuxième catégorie. Émilie aurait volontiers échappé à la double visite, mais elle veut surtout échapper à son mari… Elle opte donc pour suivre « les motivés », et se laisse guider jusqu'à l'entrée du château, après un regard plus consterné que perplexe de son mari qui semblait signifier : « Tu es décidément prête à tout pour me fuir. »

Durant le retour à pied, la conversation part de la politique et du bilan de la première année de Macron au pouvoir pour en arriver à la vie professionnelle, en passant par la question des charges qui pèsent sur les entreprises. Alex y va de ses connaissances (à la banque, il travaille beaucoup avec des artisans, des commerçants, des gérants…), Sébastien de son expérience personnelle en tant qu'électricien : sa boîte se porte bien, mais il ne compte pas ses heures, et c'est vrai que c'est difficile d'embaucher, mais il a quand même trois salariés. Caroline se sent peu concernée par le sujet « entreprise », mais beaucoup par les questions du budget de l'État et de la place accordée à l'hôpital public et aux soignants. Les conditions de travail et de soins se dégradent tellement ! Quant à Vincent, il glisse, l'air de rien, qu'il commence à s'ennuyer dans son train-train professionnel. Il a commencé comme moniteur dans une auto-école, il dirige la sienne depuis sept ans à présent, mais il a fait le tour de la question. À quarante et un ans, il a largement le temps de prendre un nouveau virage… Mais pour aller où ?

— Tu devrais faire un bilan de compétences, lui conseille Alex. C'est ce qu'a fait Sybil. Elle pourra t'en parler. C'est très intéressant, surtout quand on ne sait vraiment pas vers quoi se tourner. Ils dressent ton portrait pro, évaluent ta ou tes dominantes (travailler avec l'humain, dehors ou dans un bureau, seul ou en équipe, faire appel à ta créativité ou pas)…

— Oui, je sais ce qu'est un bilan de compétences, Alex. J'y ai déjà pensé, à vrai dire. Je vais y réfléchir… Il faut que ça mûrisse.

— En tout cas, si tu as besoin d'un financement, on peut en parler… ça ne t'obligera pas à vivre avec moi.

Il rit tout seul de sa boutade, sous les sourires entendus des trois autres.

Du côté du château, on discute moins. On se cultive. Après la visite, le groupe se dirige vers la magnanerie. Bientôt la sériciculture n'a plus de secret pour eux : de l'œuf au papillon sans oublier le gros « ver » qui dévore toute espèce de mûrier, les cinq compères vont d'observation en étonnement… parfois en dégoût : l'apparence des chenilles est loin de plaire à Claire et Émilie ! Sybil reste, pour une fois, sans voix devant le spectacle des petites bêtes à l'œuvre qui tissent sans le savoir de la soie véritable. Elle sortira la dernière de la boutique de souvenirs.

Dans le plus grand secret, elle a choisi cinq très beaux foulards de couleurs différentes, un pour chacune de ses compagnes de séjour, et un pour elle.

*

Alors que le soleil a perdu la partie qui se jouait dans le ciel, ils sont à présent tous rentrés à la bastide.

— On mange dedors ? demande Claire, qui éclate de rire à ses propres bêtises. Je veux dire dedans ou dehors ? Avec le risque d'orage…

Les nuages s'épaississent en effet, devenant de plus en plus massifs, de plus en plus sombres, virant à l'anthracite. Après étude du ciel menaçant, le groupe s'accorde à préférer la solution la plus sûre. C'est la première fois du séjour qu'ils vont tester la table de la salle à manger. Il fait lourd, même à l'intérieur. Ils ont ouvert les fenêtres pour faire entrer un peu d'air, en vain. Les corps comme les esprits paraissent s'engourdir dans une moiteur amollissante. Claire monte prendre une douche. La main sur la poignée de la porte de sa chambre, elle se fige en entendant des éclats de voix que l'on cherche à étouffer au dernier étage. Étrange… La curiosité l'emporte, elle gravit quelques marches.

— Tu as forcément dit quelque chose ! rugit une voix d'homme que Claire reconnaît sans peine. Pourquoi aurait-elle des soupçons, alors ? Elle n'en a pas eu jusque-là, et tout à coup… mystère, elle me demande ça. Étonnant, non ?

— Elle est peut-être moins naïve que tu l'imagines, répond Valentine. Je n'ai rien dit ! Ça ne t'est pas venu à l'idée qu'à force de nous voir nous éviter elle a fini par trouver ça bizarre ? Tu ne m'adresses jamais la parole ! Tu fais comme si je n'étais pas là ! Évidemment, c'est louche… Lâche-moi, tu me fais mal !

— J'arrête, mais fais gaffe, siffle Sébastien d'une voix mauvaise.

C'est la conclusion. Claire rebrousse chemin et retourne, atterrée, dans sa chambre. Son cœur bat la chamade. Sébastien et Valentine se connaissent ! Ainsi sa première impression était-elle juste… Elle rédige un SMS tremblotant à l'attention de Jérôme : *Rejoins-moi vite dans la chambre.*

Ayant cru à une invitation plus réjouissante, dans les minutes qui suivent il débarque en ouvrant la porte d'une façon théâtrale, la chemise déjà ouverte, l'attitude exagérément lascive. Claire est assise sur le lit, aussi inerte qu'une poupée de cire. Habillée, et crispée. Il s'est trompé, visiblement.

Encore sous le choc de la teneur et du ton (surtout du ton) des paroles de Sébastien, elle lui relate ce qu'elle a entendu. Il l'écoute attentivement, les yeux remplis d'étonnement. Sa perplexité devient gravité.

— Qu'est-ce que je dois faire, selon toi ? En parler à Caroline ?

— Tu sais juste qu'ils font semblant de ne pas se connaître… Il faudrait en apprendre plus avant d'alerter Caroline… et surtout se demander si on doit vraiment le faire.

— Oui, tu as raison, on ne peut pas prendre cette décision à la légère. Je vais aller voir Val. En plus, m'est avis qu'elle doit se sentir horriblement mal. Il cache bien son jeu !

Jérôme acquiesce et lui dit qu'il reste dans la chambre afin qu'ils s'y retrouvent dès qu'elle en aura appris davantage.

*

Claire a retrouvé Valentine dans le petit salon, sous les toits. Certainement encore sous le choc, et n'ayant sans doute aucune envie de redescendre, elle faisait semblant de lire dans l'un des canapés. C'est seulement la deuxième fois que Claire monte à l'« étage de Valentine ». Trois petits canapés jaunes ont été disposés en U autour d'une grande table basse. Plusieurs poufs colorés ferment l'espace, un peu comme des fleurs plantées là, sur un grand tapis vert. Au fond de la pièce se trouve une immense bibliothèque murale remplie de livres, d'albums et de bandes dessinées, ainsi que deux vieux bureaux d'écolier. Des jeux de société débordent d'une commode, et semblent attendre des enfants qui ne viendront pas.

— Val…

Elle lève la tête. Personne ne monte jusqu'ici, d'habitude.

— Désolée, mais… j'ai… j'ai entendu ce que je n'aurais pas dû entendre… commence Claire, gênée.

Valentine pose son livre. Claire a des questions à lui poser, elle aimerait des réponses franches. Pour savoir. Pour elle. Pour Caroline…

Oui, elle connaît Sébastien. Depuis un peu plus de six semaines. Il était inscrit sur un site de rencontres et soi-disant célibataire, comme elle. Ils ont discuté quelques jours, sympathisé. Il a souhaité la rencontrer « pour de vrai ». Il ne lui a pas fait croire à l'amour, mais il paraissait *intéressé*. Ils ont dîné ensemble dans un restaurant du centre de Nantes, un soir de semaine, et elle a passé la nuit chez lui. Oui, elle a fait ça. Ce n'était pas du tout son genre d'avoir des aventures sans lendemain, avant. Non qu'elle juge ceux qui en sont adeptes, mais elle, elle n'est pas comme ça, normalement. Elle l'avoue sans honte : elle a vécu un moment dépressif qui s'est traduit par de drôles d'actions, des essais… des ratages complets, souvent liés au fait qu'elle avait beaucoup de mal à rester seule chez elle le soir. Tout cela ne lui ressemblait pas et ça n'a pas duré longtemps. Elle est revenue à son état normal à présent, consulte « de loin » les sites de rencontres, voudrait bien quelque chose d'un peu sérieux... Mais il lui semble que la plupart des hommes n'y sont pas pour les mêmes raisons qu'elle. Voilà.

— Je peux te dire que lorsque j'ai compris que Caroline était avec lui depuis longtemps, j'ai eu mal pour elle... J'ai eu envie de l'étrangler, l'autre. Et hier, quand elle nous a annoncé la « bonne nouvelle », j'ai cru que j'allais vomir. Quel salaud !

Claire confirme et réfléchit.

— Tu crois que c'était exceptionnel ? demande-t-elle avec un vague espoir.

— Oh que non ! Il est toujours sur des sites. Régulièrement connecté, en plus.

— Alors, je ne sais pas comment, mais il va falloir mettre Caro au courant. On ne peut pas la laisser entre les mains de ce connard. Il t'a fait mal, en plus ?

— C'est sûr qu'il ne rigole pas... Mais il m'a juste serré le poignet, ne t'inquiète pas.

— Juste ? C'est déjà trop. S'il croit s'en tirer ainsi, par l'intimidation... Maintenant, on est deux à être au courant. Bientôt trois, car je vais en parler dès maintenant à Jérôme... si tu es d'accord.

Valentine acquiesce avec gravité.

— Tu n'es plus la seule à porter ce fardeau, conclut Claire.

Elle se lève, les dents serrées, pour aller retrouver Jérôme en vue du débriefing prévu. Elle sent la rage monter en elle. Caro ne mérite pas ça… ni Valentine, ni aucune femme dans l'absolu. Elle n'est pas violente, mais elle mettrait volontiers une gifle à ce mec. Caro s'en chargera sûrement…

30

Ils trinquent, mais seuls Sybil, Alex et Caroline paraissent joyeux et détendus autour de la table. Les autres hésitent entre crispation, bouderie, suspicion et nausée. Des regards glissent, se croisent ou s'évitent. Claire fixe Sébastien. Les yeux de Jérôme naviguent de l'un à l'autre. Valentine garde le plus souvent la tête baissée. Émilie et Vincent poursuivent leur guerre muette chacun à un bout de la table.

— Chaude ambiance, ce soir ! raille Alex.

— C'est vrai, ça… Qu'est-ce que vous avez, tous ? demande Sybil, qui subodore un problème dont elle n'aurait pas été informée.

Pas de réponse. L'atmosphère est au diapason du temps : lourde, pesante, chargée en électricité. Alex et Sybil tentent de l'alléger en proposant un jeu après le dîner. Pourquoi pas… Après tout, que pourraient-ils faire d'autre ? Il commence à pleuvoir, et rien de tel qu'un jeu pour détendre l'atmosphère et s'amuser tous ensemble.

Pendant tout le repas, Claire et Jérôme réfléchissent à comment prévenir Caroline, et avec quels mots… Peut-être le mieux est-il d'y aller par étapes, à petits pas ?

Pendant tout le repas, Émilie jette des regards furieux en direction de Vincent et de sa charmante voisine. Elle ne peut s'empêcher d'imaginer qu'ils se font du pied sous la table, fulmine, mais sourit à son téléphone quand elle reçoit un message d'Éric. Il pense à elle. Plus qu'il ne le faudrait. Elle rougit. Ces quelques mots provoquent en elle une vague d'émotion et de chaleur. Mais elle ne répond pas.

Pendant tout le repas, Caroline observe, l'air de rien, l'attitude de Valentine vis-à-vis de son homme… Elle aimerait être sûre qu'il a dit vrai. Malgré le soupçon qui s'est insinué en elle, elle garde confiance et embrasse toujours Sébastien entre les plats ; elle finira son dessert sur ses genoux en pouffant de rire sous ses chatouilles.

Pendant tout le repas, Sybil ignore les tensions qui couvent, et continue de faire le show et la conversation, bien aidée par Alex. Ces vacances entre amis leur font du bien à tous les deux : ils sont loin des soucis du quotidien, détendus. Ils s'entendent mieux qu'à Nantes.

Pendant tout le repas, Sébastien se pose des questions, tout en faisant comme si tout allait bien. « Tout est sous contrôle, mec, t'inquiète », ne cesse-t-il de se répéter. Pourtant, il saisit par touches des regards qui pourraient en dire long. Il croise les yeux de Valentine, dans lesquels il note une certaine assurance. C'est nouveau. Claire n'arrête pas de le regarder, mais ne lui adresse pas la parole. Étrange… Il ne croit pas Valentine assez cinglée pour avoir osé parler. Il a été assez clair. À moins que… Quelqu'un aurait-il surpris leur conversation ? Pour réguler quelques poussées d'adrénaline, il s'oblige à devenir le spectateur d'un drôle de trio. Le petit jeu de Vincent l'amuse beaucoup. Il va se prendre les pieds dans le tapis, sous les yeux de sa femme, qui elle-même ne semble pas en reste : son téléphone lui donne des vapeurs.

Pendant tout le repas, Vincent oscille entre ignorer sa femme et se surprendre à la regarder, malgré lui. Il prend du recul, l'observe comme s'il ne la connaissait pas. Qui est cette femme ? Serait-il séduit s'il la rencontrait maintenant ? Lui plaît-elle toujours ? Elle a l'air d'en douter… Il note qu'elle poursuit son régime, consciencieusement. Il ne l'aurait pas crue capable de tenir aussi longtemps et dans de telles conditions. D'habitude, elle tient une semaine.

Pendant tout le repas, Valentine discute, avec Sybil et Alex, avec les autres, pas Sébastien, mais surtout Vincent. De tout, de rien, du boulot, des enfants, des voyages, de la meilleure recette de bœuf bourguignon. Elle essaie de se détendre, de respirer, de se rassurer (maintenant, elle a des alliés), de ne pas trop s'inquiéter de quand et comment cela va se passer, ni des conséquences. Elle sent, par moments, fugacement, les regards de Caroline et d'Émilie sur elle, et ceux, pleins de soutien, de Claire et de son mari.

Pendant tout le repas, ils sont apparemment attentifs aux autres, mais au fond repliés dans la solitude de leurs questionnements, fébriles en attendant le prochain acte dont ils ne savent rien… avec le pressentiment que rien ne sera plus pareil après cette soirée d'orage.

*

Ils jouent à *Taboo*, le jeu des mots interdits : un mot à faire deviner, cinq expressions à ne surtout pas dire. Ils sont par équipes, les garçons contre les filles et, contrairement au water-polo, l'avantage est aux filles.

La partie enflammée de *Time's Up !*, juste après le repas, a relancé l'ambiance de la soirée : la pacification par le jeu, c'est un concept qui se vérifie en direct. Dès la première manche, les soucis étaient oubliés, les rancœurs mises au placard. Ils ont tellement ri ! Surtout lors des deux dernières manches, quand le mot « bébé » pouvait évoquer aussi bien « bavoir » que « hochet » ou quand, aux mimes, un homme se tenant droit comme un I pouvait autant faire penser à « costume » qu'à « militaire » ou « capitaine ». Alex a montré des capacités de mémorisation très relatives, Sébastien répondait à la place des filles et marquait contre son camp, Sybil rechignait à accorder des points aux garçons… C'était vraiment très drôle. L'ambiance orageuse du repas a muté, et contrairement au ciel qui se déchaîne dehors, entre eux le temps est revenu au beau fixe.

La partie de *Taboo* qui s'est ensuivie a donc commencé sous les meilleurs auspices. Les sourires sont imprimés sur les visages, surtout ceux des filles, qui mènent avec une avance assez confortable. La partie est bientôt finie.

C'est au tour de Claire de jouer. Un mot, ses cinq expressions interdites (faire croire – [ne pas] dire la vérité – dissimuler – cacher – Pinocchio). Le hasard est parfois farceur. Tout va très vite, le sablier en a bientôt terminé pour ce tour, elle ne réfléchit pas (la fatigue lui ôte parfois autant la jugeote que les bons mots), se lance :

— C'est un verbe. C'est ce que fait Sébastien… depuis le début du séjour. Il ne connaît pas, soi-disant, Valentine, mais en fait si. Donc il…

Elle mouline avec la main, dans l'attente de la réponse qui fuse de la bouche de Sybil :

— … ment ? Mentir !

Sybil a prononcé la réponse sans comprendre et sur le fil du rasoir : le temps est écoulé. Le silence de plomb. Les yeux sont ronds de stupeur, ceux de Caroline prêts à lui sortir de la tête et pleins d'interrogation. Valentine est écarlate, Sébastien pâle comme la mort. Apparemment, ce jeu a des vertus insoupçonnées… Le brevet du concept de pacification par le jeu n'est peut-être pas encore au point.

— Qu'est-ce que tu racontes ?

Caroline parvient enfin à articuler une question, puis une deuxième, sur le même ton agressif :

— Et toi, tu peux t'expliquer ?

Sébastien déglutit, tente de sourire pour dédramatiser. Il n'y a rien de grave.

— Rien de grave ? Tu plaisantes ? !

Claire et Jérôme, moins surpris que les autres, guettent avec beaucoup de curiosité la défense de l'intéressé. Valentine aussi, bien que plus concernée, donc mal à l'aise.

— Si vous vous connaissiez avant, pourquoi n'avoir rien dit ? C'est que vous aviez des choses à cacher, enfin toi, en l'occurrence, non ? Non ? ? ?

Caroline est rouge de colère.

— Ma lionne…

— N'essaie pas de m'avoir ! Je te demande d'être clair.

— On s'est croisés, une fois… pour une réparation, chez elle. Son compteur électrique avait un souci. C'est tout.

Valentine reste interdite. Il ne perd rien pour attendre…

— Pourquoi vous avez fait semblant de ne pas vous connaître, alors, s'il n'y avait rien de compromettant ? C'est idiot…

— C'est elle qui m'a fait comprendre que ce serait plus simple… Elle ne m'a pas calculé, dès son arrivée. Peut-être qu'elle n'assume pas… certaines choses.

Valentine plisse les yeux, curieuse de la suite. Que va-t-il inventer pour sa défense ?

— C'est-à-dire ? demande fermement Caroline.

— Tu m'as fait du rentre-dedans, avoue… dit Seb en se tournant vers Valentine. T'es beaucoup moins propre que tu en as l'air… Et vas-y que je te colle, et vas-y que je minaude… On parle souvent du fantasme du plombier, mais je peux vous dire qu'en tant qu'électricien j'en vois des pas mal non plus… Et toi, Valentine, t'en as pas l'air, mais t'es une sacrée chaudasse…

Valentine en perd la voix. Caroline aussi, le temps d'intégrer ces informations toutes fraîches. Vincent a soudainement très chaud (la scène qu'il visualise lui plaît autant qu'elle le dégoûte). Jérôme, choqué de la tentative de retournement de Seb, l'invite à modérer ses propos.

— Franchement, je ne suis pas surprise… intervient Émilie. J'ai quand même l'impression que tu as tout fait pour faire tourner la tête de mon mari.

— N'importe quoi, se défend celui-ci, rouge vif.

— Pardon ? Mais c'est une plaisanterie ? De quoi tu parles ? Je n'ai strictement rien fait. Il ne s'est rien passé avec Vincent… Je ne l'ai pas cherché. J'ai même refusé, quand il m'a proposé de m'appliquer de la crème solaire, l'autre jour…

— Ah oui ? Mais quelle classe, quelle humanité, quelle solidarité féminine ! Je ne suis pas si sûre de ton honnêteté, moi… lâche Émilie. Tout cela est trop beau pour être vrai. La preuve, avec Seb, qui nous révèle qui tu es vraiment.

— Tu te trompes lourdement, Émy, s'interpose

Claire. J'ai surpris tout à l'heure Sébastien qui menaçait Valentine… et apparemment ça n'est pas la première fois.

Caroline ne sait plus où elle habite. Des larmes de rage perlent à ses yeux. Sébastien serait-il un menteur ? Elle ne peut y croire.

— S'il y a quelqu'un de malhonnête ici, ce n'est pas moi ! explose alors Valentine. Je veux que justice me soit rendue ! Tu n'es qu'un connard ! C'est toi qui n'assumes pas ! Tu joues l'amoureux transi avec talent ! Suffisamment pour que Caroline, que j'apprécie beaucoup et pour qui j'ai beaucoup de peine, croie à tes roucoulades ! Et tu lui fais miroiter une jolie vie de famille recomposée ? Mais arrête ! Notre rencontre ne s'est pas passée comme tu l'as dit… Ce n'est pas à moi de tout révéler… Tu voulais que je ne dise rien, eh bien, voilà ! Tu n'as que ce que tu mérites. Caroline, ne te fais pas avoir. Ce mec est une ordure.

Valentine se lève.

— Sur ce, bonne fin de soirée.

Ils restent figés, le temps semble suspendu, comme si un sorcier avait jeté un mauvais sort avec sa baguette au-dessus de la pièce : inertes, empêchés de réagir, englués dans leur stupeur et leurs problèmes, ils restent dans une parfaite immobilité silencieuse. Claire, si elle avait pu bouger, se serait levée pour suivre Valentine, mais, les jambes coupées, elle ne peut que contempler le désastre.

Le jeu est terminé. On ne saura jamais si les filles auraient gagné.

31

Quand Valentine est montée, la veille au soir, plutôt que se livrer bataille et après un long moment d'hébétude partagée, tous sont allés rejoindre leurs chambres refuges, où les couples ont échangé des commentaires, des chuchotements, quelques non-dits… et logiquement, pour l'un d'eux, les cris se sont disputés aux larmes.

La discussion qui s'imposait entre Caroline et Sébastien a viré, sans surprise, au clash intergalactique. Caro n'est pas du genre à faire des vagues, mais elle peut monter dans les tours quand le stress et l'angoisse la submergent, et cela, Sébastien en a fait l'expérience. Cependant, ce n'était rien à côté de ses découvertes à elle. Évidemment, il a refusé de répondre à certaines questions, il a nié… puis il a admis avoir couché avec Valentine, mais AVANT qu'ils soient ensemble. Et c'est pour cette raison, comme il n'en est pas fier, il est désolé, qu'il a préféré lui faire croire qu'il ne la connaissait pas. Il ne voulait pas qu'elle soit inutilement jalouse… Il lui a juré sincérité. Non, il ne joue pas au « faux amoureux », oui, il l'aime « par-dessus tout ». Comment pouvait-elle en douter ? Et non, Valentine ne lui arrive pas à la cheville, question sexe. Rassurée ?

Il n'a pas réussi à la rassurer. Surtout que, dans sa gêne, il y avait pire : un regard fuyant qui disait peut-être qu'il mentait encore. Elle a quitté la chambre dans un état de nervosité extrême, sonnée, pétrie de doutes : s'il lui a menti avec un tel aplomb, de quoi est-il capable, au fond ? Lui a-t-il menti sur d'autres sujets ? Est-il ce pauvre type que dénonce Valentine ? Qui est-il *vraiment* ? Finalement, elle le connaît assez peu. Il y a des zones d'ombre autour de lui, de son emploi du temps, de sa vie… Ils ne se voient pas très souvent, il a donc une vraie marge de manœuvre pour disposer de son temps comme il le souhaite. Naïve, le pensant amoureux et forcément fidèle, elle n'a jamais pensé qu'il puisse éventuellement profiter de son temps sans elle d'une façon malhonnête ou trouble. Pour autant, si elle le croit, il ne l'a pas trompée, alors… Mais peut-elle à présent décemment envisager une vraie vie de couple et de famille avec lui ? Pour quelle part de risques ? Pour quelles certitudes ?

Caroline n'a pas fermé l'œil de la nuit. Elle s'est repassé, en boucle et en accéléré, plusieurs films : la soirée qui s'apparentait à un naufrage, les vacances et toute son histoire avec Sébastien. Flash-back en noir et blanc. Rideau.

Ils s'étaient rencontrés dans un bar. Elle était avec une copine, célibataire elle aussi, et lui avec un copain. Ils avaient réuni leurs duos, et les paires avaient bougé au cours de la soirée. Elle l'avait trouvé charmant, séduisant… séducteur, peut-être ?

Il aimait sortir, il était sûr de lui. Dans l'intimité, cela avait été une révélation. Le feu d'artifice. Inattendu, renversant, addictif. Au goût inestimable de reviens-y. Il l'avait eue par les sens avant les sentiments. Méfiante, elle avait mis du temps à baisser sa garde, à ouvrir son cœur. Les sentiments qu'il éprouvait (ou qu'il prétendait ressentir) et proclamait à tout bout de champ l'ont vite rendue folle de lui. Cela, et l'intensité de leurs ébats. Elle n'avait jamais connu cela avec Brice. Leur liaison était torride. Son corps ne lui répondait plus, il était doté d'une existence, d'une volonté propre, elle le découvrait animal, avide, aérien. Elle était devenue insatiable, ce qui l'amusait beaucoup, lui. Il ne se faisait jamais prier. Quand elle a été sûre que « c'était sérieux », elle s'est autorisée à lui présenter ses enfants. Lola l'avait adopté immédiatement, elle le trouvait « rigolo » (beaucoup plus que papa) ; Marin avait eu besoin de plus de temps et de partager des moments complices avec lui. Un jour décisif, Sébastien se l'était mis dans la poche en lui faisant vivre un Grand Chelem patinoire-McDo-cinéma-bowling… Il lui en avait mis tellement plein les yeux, et il avait été « tellement cool » que l'ado était passé de méfiant à conquis. Caroline couvait de doux espoirs de fonder un jour une famille tous ensemble.

Et voilà… Hier, il lui a parlé de son désir de vivre avec elle, avec eux, et aujourd'hui… Patatras. Le château de cartes s'est effondré.

Elle pleure toutes les larmes de son corps.

Que reste-t-il de leur histoire ?

*

Elle a fini par s'endormir. Sur le canapé, près du billard, là où elle a échoué au milieu de la nuit. Quand elle se lève, Sébastien est déjà parti. À moto, pour une destination inconnue. Elle monte vérifier : il a laissé ses affaires. Il va revenir. Il n'est tout de même pas très courageux… À moins qu'il ne soit inconscient : il lui a laissé le champ libre. Elle a toute latitude pour aller trouver Valentine et la questionner. La croit-il convaincue par ses dires au point de ne pas chercher à les vérifier auprès de celle-ci ? La croit-il si naïve ? Quelle considération a-t-il pour elle, finalement ? A-t-il joué, depuis le début ?

Un instant, elle se surprend à rêver qu'il est parti pour mieux revenir, avec une surprise pour elle. Le charme de ce songe disparaît vite, dévoré par le besoin impérieux qu'elle éprouve d'interroger Valentine. Non qu'elle lui voue une amitié inconditionnelle et une confiance totale, mais enfin une chose est sûre : elle seule sait, elle seule détient la clef du mystère Sébastien. Elle n'en démordra pas, dût-elle souffrir ensuite : elle veut connaître la vérité.

*

Valentine se baigne. Entre deux chapitres, une envie de se rafraîchir. Elle aperçoit Caroline qui vient vers elle. Sans étonnement, mais non sans crainte. Va-t-elle se faire agresser verbalement ? Elle a beaucoup réfléchi, imaginé ce qu'avait pu être la conversation entre les deux « amoureux ». Elle se demande bien ce qu'il lui a dit, quelle ligne de défense il a choisie en privé, s'il a continué à la descendre, elle, la faisant encore passer pour la fautive, une femme malsaine et moche à l'intérieur, inversant les rôles de manière abjecte. Elle a su se défendre, mais qui l'a vraiment crue, hier soir, hormis Claire et Jérôme ? Sûrement pas Émilie. Elle se souviendra longtemps de cette soirée… Des frissons la parcourent.

Caroline est là. Elle plante ses yeux dans les siens. C'est sans doute une invitation muette à sortir de la piscine. Valentine se dirige vers le bord et d'un bond sort de l'eau, féline. Elle va chercher sa serviette, parce que, malgré la chaleur, elle a la chair de poule, puis elle revient vers Caroline, qui n'a encore dit mot. Elle ne doit pas savoir par où commencer, alors c'est Valentine qui rompt le silence :

— Si tu as des questions, j'ai des réponses. Peut-être pas celles que tu aimerais entendre, mais…

— Je ne sais plus quoi croire, ou qui. Je veux savoir la vérité. Raconte-moi comment tu l'as connu…

Alors, Valentine lui raconte : comment ils se sont rencontrés virtuellement, ce qu'il lui a dit de sa situation (célibataire, une ado en garde alternée), comment il a proposé qu'ils se voient pour un dîner «et plus si affinités», cette soirée qui a fini en nuit passée ensemble…

— Il ne m'a jamais dit qu'il était sur un site… Il m'a affirmé au contraire ne croire qu'aux rencontres de la vraie vie.

Valentine sourit intérieurement : Caroline lui semble être une grande idéaliste à la foi candide.

— Et c'était quand ? demande Caroline, déçue, alors qu'elle ignore encore le pire.

Valentine plonge ses yeux dans les siens, la sonde comme pour évaluer sa capacité à faire face au coup qui risque de la faire défaillir.

— C'était… Il était déjà avec toi.

Caroline s'effondre, se laisse choir sur une chaise longue à proximité, se tient la tête…

— Il m'a dit qu'il était célibataire, je te le répète. Mercredi, quand j'ai su que vous étiez ensemble depuis six mois, je te jure, j'étais dégoûtée… J'ai eu envie de te le dire, mais je me suis retenue… Je ne pouvais pas…

La voix de Valentine se brise. Sa sincérité ne fait aucun doute.

— C'était quand ? répète Caroline, les dents serrées.

— Fin juin.

Cela sonne comme un aveu honteux. Caroline reçoit le coup, sans réagir tout de suite. Son cerveau se livre sans doute à des hypothèses, à des calculs, à des recoupements…

— Pendant qu'il m'inondait d'amour, il était sur un site de rencontres… Je ne comprends pas.

Caroline se relève, peine à trouver son équilibre.

Valentine hésite, mais il faut qu'elle sache tout…

— Il y a autre chose…

Caroline se tourne vers elle, les yeux suppliants, criant à la fois : « Ne m'achève pas ! » et : « Je suis prête. »

— Il y est encore.

— Quoi ? bredouille Caroline, sonnée comme un boxeur qui chancelle entre les salves de coups.

— Sur les sites de rencontres… J'ai des preuves, si tu ne me crois pas.

C'est le coup de grâce. Caroline s'écroule, vaincue par K.O. Son bourreau n'est pourtant pas en face d'elle.

Elle plante son regard fiévreux dans celui de Valentine qu'elle ne saura pas remercier pour son honnêteté. Puis elle se dirige vers la maison, titubante, à pas lents et mal assurés.

Valentine respire. Libérée. Elle a tout dit… Que va-t-il se passer maintenant ?

32

L'hébétude a laissé place à une sourde colère. Caroline contient la rage qui voudrait déborder.

Elle a passé le reste de la matinée et le déjeuner dans sa chambre. À table, ceux qui restaient ont évoqué la soirée de la veille. « C'est complètement parti en vrille », a résumé Alex avec un sourire amusé. « Ce n'est vraiment pas drôle », a assené Claire. Si tous savent que Valentine a procédé à des révélations auprès de Caroline ce matin, ils ignorent cependant l'ampleur de la vérité. Ils ne peuvent que supposer… Claire a offert une épaule et une oreille compréhensives à son amie avant qu'elle monte se réfugier dans sa chambre, mais c'était trop tôt : Caroline, secouée de tremblements et de sanglots, a été incapable de parler.

Conscients qu'ils vivaient au cœur d'une poudrière, les hommes ont préféré laisser les filles entre elles, et Valentine à sa lecture. Ils se doutaient que Caroline risquerait d'avoir envie de se confier à ses amies les plus proches… et mieux valait lui laisser le champ libre, façon pour eux de lui montrer leur soutien. Ils se sont dit que c'était le moment idéal de tenter la via ferrata de l'extrême, du côté des gorges du Chassezac. Sans Sébastien, mais tant pis. Personne n'avait de ses nouvelles… ou bien Caroline, peut-être ? Personne n'ira le lui demander !

Caroline renifle, le nez dans son mouchoir, sous les yeux pleins d'amitié et de compassion de Sybil, Claire et Émilie.

— C'est vraiment un salaud, gémit-elle.

Les autres acquiescent, dans l'attente d'en savoir plus. Caroline ne se fait pas prier pour raconter ce qu'elle a appris de la bouche de Valentine. Durant le récit, la consternation et l'écœurement se lisent sur leurs visages.

— Je n'en reviens pas, avoue Émilie. Quand je le revois, avec ses grandes manifestations d'amour pour toi… Franchement, c'était même gênant.

— C'est clair, il en faisait des caisses ! s'exclame Sybil. Remarque, c'était pratique : comme ça, il avait toujours mieux à faire que nous aider…

— Tu ne l'as jamais trop apprécié… Je me trompe ? lui demande Caroline, déçue mais lucide.

Sybil en convient. Elle aurait du mal à nier. Peut-être une forme d'intuition ?

— Cela dit, je ne lui souhaitais pas de mal, et encore moins à toi. Tu avais l'air tellement heureuse avec lui…

Caroline pleure de plus belle.

— Je n'arrive pas à croire que tout cela soit vrai. J'ai l'impression de vivre un cauchemar et que je vais me réveiller… Mais c'est vrai, n'est-ce pas ? Tout ce que je croyais vrai était faux… C'était du toc. Vous vous rendez compte, les filles, qu'il est encore sur des sites ? Et même sur une appli géolocalisée. Si ça se trouve, il s'est trouvé un bon coup à quelques kilomètres d'ici !

Émilie pose une main sur son épaule en signe de compassion. Même si sa confiance en Vincent est quelque peu altérée, elle le connaît assez pour savoir qu'il est à dix mille lieues de pouvoir se comporter comme un tel goujat. Qu'a-t-elle objectivement à lui reprocher, sur ce terrain ? Quelques regards et trois sourires. Bon… Il y a manifestement plus grave.

— Les mecs… tous des salauds, soupire Sybil.

La phrase étonne ses amies. C'est exagéré ; il ne faut pas les mettre tous dans le même sac. Cependant, il faut avouer que ce genre d'histoire est fréquent… et douloureux. Claire nuance : il y a aussi des femmes infidèles, et peut-être plus qu'on ne le croit. Certes. La conversation s'élargit donc sur ce vaste sujet. Est-ce génétique ? pathologique ? normal ? Est-ce que les hommes ont des « besoins » plus importants que les femmes ? Est-ce qu'ils ont du mal à se contenter d'une seule femme dans leur vie ? Est-ce que certains ne sont pas ravis d'avoir bobonne à la maison et une maîtresse pas farouche, plus jeune, plus fraîche, pour les sauteries ? Plus sérieusement, est-ce que les humains sont vraiment faits pour la monogamie ou bien est-ce que c'est la religion qui a « importé » une morale bien-pensante qui fustige les relations extra-conjugales ? Est-ce qu'on peut aimer deux personnes à la fois ? Est-ce qu'on peut aimer la même personne toute sa vie ? Est-ce qu'on peut toujours aimer faire l'amour avec elle, pendant des dizaines d'années ? Est-ce qu'embrasser, ou penser à quelqu'un d'autre, c'est tromper ? Est-ce qu'il faut avouer ou taire ? Est-ce que c'est mieux de savoir ou d'ignorer ? Est-ce qu'on peut encore faire confiance à l'autre à l'heure des smartphones ? Est-ce qu'on peut pardonner ? Vaste sujet, en effet.

— Je ne lui pardonnerai jamais. Il m'a trahie, en long, en large et en travers, maugrée Caroline en serrant les poings.

— Moi, j'ai parfois eu des doutes… Après tout, il a trompé sa femme avec moi et avec d'autres avant moi, concède Sybil… Mais je préfère ne pas le savoir. Vraiment. Je préfère vivre avec lui, quitte à peut-être le partager, que le perdre. Au moins, il est avec moi. C'est mon homme.

C'est un festival de réactions autour de la petite table : les trois autres filles n'imaginent pas du tout pouvoir accepter un tel « compromis ».

— Ne pas savoir permet de ne pas souffrir. Pour l'instant, ça me convient. De toute façon, je défie chacune d'entre vous (à part Caro) de savoir comment elle réagirait, si…

— C'est vrai, approuve Claire : comme dans

beaucoup de situations, on ne peut pas savoir comment on réagirait tant qu'on n'y est pas confronté. On peut être surpris… Bref, c'est facile de juger a priori. C'est comme les grandes leçons sur l'éducation données par ceux qui n'ont pas encore d'enfants. C'est drôle comme le discours change, après… On fait ce qu'on peut, comme on peut, avec ce qu'on a !

Elle a réussi à faire décrocher un sourire à Caroline, dont les principes éducatifs initiaux ont très vite volé en éclats.

*

Les hommes sont revenus fourbus mais fiers de leur aventure dans les gorges. Ils ont vaincu les falaises, le vide et le vertige.

Une fois n'est pas coutume, tout le monde met la main à la pâte pour la préparation du dîner.

— J'espère que l'ambiance sera meilleure qu'hier… dit Sybil.

— Vu la situation, si Sébastien revient, ça risque fort de tourner au vinaigre, non ? demande Émilie en lavant *sa* salade.

— Même avant le jeu, l'atmosphère était étrange, hier. Je ne sais pas si c'est l'orage, mais on se regardait quasiment en chien de fusil.

Sybil éclate de rire.

— Ta langue a encore fourché ! Cela dit, joli lapsus révélateur !

Le grondement d'un moteur s'amplifie puis s'arrête. La moto de Sébastien. Les regards se posent furtivement sur Caroline. Que va-t-il se passer ? Elle pourrait aller au-devant de lui, pour éviter une scène en public. Elle ne bouge pas, optant vraisemblablement pour un combat dans une arène remplie de spectateurs. Elle veut des témoins.

Sébastien arrive, silencieux dans le silence qui l'accueille. Caroline s'est levée si brusquement que sa chaise bascule en arrière, elle s'avance ou plutôt se jette sur lui. Le gifle, très fort, en criant « salaud ». S'ensuit une série fort à propos d'insultes choisies, de tapes diverses. Jérôme finit par s'interposer, non que Caroline ferait bien mal au costaud Sébastien, mais bon…

— Bébé… Je suis désolé, pardonne-moi.

— Je ne suis pas ton BÉBÉ ! hurle-t-elle.

— Pardonne-moi, je t'en prie… Je t'aime… gémit-il, les mains jointes.

— Tu m'aimes ?

Elle éclate d'un rire mauvais.

— Tu m'aimes, mais tu t'es foutu de ma gueule ! Depuis le début ! Tu m'aimes, mais tu m'as trompée ! Avec Valentine ! Et peut-être d'autres, peut-être plein d'autres !

— C'était un accident… Ça ne se reproduira plus, je te le promets.

— Un accident ? Et les sites des rencontres que tu fréquentes toujours, ce sont des accidents aussi ? Pauvre type, tu me fais pitié… J'enrage de m'être fait avoir par un connard de mec comme toi ! T'es qu'un menteur, un vil salaud, une ordure… Même plus crédible… Va jouer ton rôle d'amoureux ailleurs.

— Je t'en prie…

— Dégage. Je veux que tu dégages, maintenant ! D'ici, de mon groupe d'amis et de ma vie ! Je ne veux plus JAMAIS te revoir. T'as compris ?

Caroline est hystérique, mais tous savent à présent pourquoi. Ils font bloc.

— Je ne vais pas rentrer à Nantes ce soir… Il va faire nuit, tu imagines, à moto…

— Mais je m'en fous. Tu peux même rater un virage, connard ! Tu prends tes affaires, tes cliques et tes claques, et tu te barres. Tu rentres, ou tu te trouves une chambre d'hôtel ou celle d'une nana accueillante sur Tinder, mais tu te casses d'ici !

33

Ce lundi matin, le ciel est gris et lourd. Pour une fois, les cigales se taisent. De fines gouttes de pluie tombent çà et là. Caroline est allongée sur une chaise longue, les yeux rivés sur les petits ronds dans l'eau. Elle préfère être seule. Pour faire le point. Elle s'est écartée du groupe, comme un animal blessé.

Elle n'a presque pas dormi, seule dans ce grand lit vide. Elle a réfléchi toute la nuit, a rejoué, encore, le film de son histoire avec Sébastien, pour arriver toujours à cette question : comment a-t-elle pu se méprendre à ce point ? Était-il si fort que cela ou a-t-elle été vraiment naïve, pour ne pas dire idiote ? Elle a compris, en tout cas, quel genre d'homme il est : un menteur, volage, qui veut juste profiter de la vie (donc des femmes), qui a un besoin compulsif de baiser… et est prêt à tout pour cela. Il lui avait dit, au début de leur relation, qu'il n'était pas « du genre à s'attacher », qu'il avait une peur bleue d'être seul, mais qu'il ne cherchait pas « une » femme. Et puis… finalement il est tombé amoureux. Il en a été surpris. Au point de prendre leur histoire au sérieux, au point de lui dire « Je t'aime », au point d'être content de rencontrer ses enfants, au point de lui proposer de vivre avec elle… Elle y a cru. Il était convaincant. Très fort, oui. Elle éprouve par moments la rage de celle qui s'est fait berner. Elle se demande s'il l'a trompée tout du long, plutôt au début ou plutôt à la fin.

Il a rassemblé ses affaires en quelques minutes. Caroline s'est réfugiée dans la chambre de Claire, pour être certaine de ne plus le croiser. Il a dit au revoir aux autres, excepté à Valentine. Il n'a pas cherché à trouver Caroline pour s'excuser encore une fois, elle avait dû être assez claire. Et il est parti, dans l'indifférence quasi générale. Il ne manquerait à personne.

Sauf à elle, peut-être. La rage n'empêche pas une certaine nostalgie. De tous leurs moments partagés, il reste des images, des sensations, des souvenirs qui auraient pu être beaux, mais qui sont devenus sales, moches, vulgaires… mais toujours présents. Elle ne pourra pas les oublier, ne plus penser à lui… Quand il s'éloignera de son esprit, ce sera pour mieux y revenir, au hasard d'une expression, d'un parfum, d'une chanson. Elle voudrait pouvoir barricader son cerveau pour l'empêcher d'y retourner, poser une alarme, des scellés. Pour que tout ce qui a trait à lui tombe dans l'oubli, le néant.

*

Les autres sont à l'intérieur. Ils sont convenus, vu le temps, d'aller visiter dans l'après-midi l'une des nombreuses grottes de la région, la plus proche et l'une des plus intéressantes, aux dires de Jérôme. En attendant, chacun vaque à ses occupations.

Alex, Sybil, Jérôme et Vincent jouent au billard. Claire et Émilie cuisinent en discutant des enfants et de la rentrée qui va venir vite. Valentine s'est exilée tout en haut, pour lire en silence, et peut-être aussi parce qu'elle ne se sent pas très à l'aise avec la situation. Pourtant, qu'y peut-elle ?

Une petite sonnerie retentit dans la cave. C'est le portable d'Alex. *Appelle-moi vite, c'est urgent.* Son cœur de père fait un bond dans sa poitrine. Il n'aime pas ce genre de message, ce n'est jamais bon signe. Il connaît Léa…

— Je vous laisse, j'ai un coup de fil à passer, annonce-t-il à sa coéquipière et à ses adversaires.

— Ça ne peut pas attendre ? demande Sybil, interloquée et prête à s'agacer. On est en pleine partie…

— Non, ça ne peut pas attendre.

— …

— C'est Léa, explique-t-il comme pour se justifier.

— Alors si c'est Léa… ironise Sybil en levant les yeux au ciel.

Une fois de plus…

*

Quand Alex est revenu, ils ont repris la partie comme si de rien n'était. Sybil a naturellement voulu connaître la raison de l'appel urgent, à quoi il a répondu : « Je t'expliquerai après ».

Elle a eu beaucoup de mal à se concentrer sur la suite de la partie. L'attente lui était inconfortable. D'ailleurs, elle a très mal joué, et ils ont perdu.

Alex l'a emmenée dans leur chambre, histoire de s'isoler, signe que l'heure était grave. Sybil a pensé :

« Pourvu qu'elle ne veuille pas nous rejoindre, ça gâcherait la fin des vacances. » Ce ne serait pas la première fois : Léa est régulièrement en conflit avec sa mère.

— Qu'est-ce qu'il y a ? demande Sybil sitôt la porte refermée.

— Je te la fais courte : Léa ne veut plus vivre avec sa mère.

— Mais elle ne vit déjà avec elle qu'une semaine sur deux !

— C'est trop. Elles n'y arrivent plus, toutes les deux. C'est le conflit permanent. Léa n'en peut plus. Elle était en larmes…

— Et toi, évidemment, tu n'aimes pas quand elle pleure… Mais elle pleure presque tous les jours, Léa. Même chez nous !

— C'est l'âge. Elle est en pleine crise d'ado…

— J'avais remarqué, dit Sybil d'une voix cinglante.

— Elle est fragile… Elle passe en troisième, c'est sérieux. Je ne peux pas la laisser foutre en l'air son année !

— Ce qui veut dire ? Ce serait pour quand ?

— Pour la rentrée… De toute façon, je la récupère dimanche avec Côme et on les a jusqu'à la fin des vacances.

— Tu es en train de me dire que nous vivons nos derniers jours, nos dernières heures de tranquillité, de vie de couple ? Que nous n'aurons plus nos semaines rien qu'à deux ? C'était nos bulles d'oxygène…

— Parle pour toi ! Il nous restera les week-ends…

— Un week-end sur deux ! corrige-t-elle, énervée. Je te le dis tout de suite : je ne suis pas d'accord avec ça.

Alex ne semble pas étonné. Mais lui laissera-t-il le choix ?

— C'est tout ce que tu trouves à dire ? lui demande-t-il sévèrement. Ma fille va mal, elle a besoin de moi, et…

— Parce que tu crois que ça se passera mieux chez nous ? Mais tu sais très bien qu'entre elle et moi, c'est compliqué aussi !

« Ça, c'est sûr », pense Alex.

« Finalement, j'aurais préféré qu'elle nous rejoigne pour la fin des vacances », se dit Sybil.

34

Après un déjeuner en demi-teinte plutôt maussade, ils se sont répartis dans les deux voitures pour se rendre à l'aven d'Orgnac, avec plus ou moins d'enthousiasme chez les filles. Valentine a hésité à lâcher son livre, Sybil boude et se tait (ce qui, en soi, permet aussi le repos des autres), Claire craint la visite à cause de ses tendances claustrophobes, Émilie traîne les pieds (il va encore falloir marcher). Avec Vincent, ils se reparlent, mais ne se disent rien. Bonjour. Passe-moi le sel. Tu veux faire quoi, aujourd'hui ?

Ils se sont garés sur un immense parking et se sont dirigés vers le hall d'accueil, impressionnés par la majesté des bâtiments de ce « Grand Site de France ». Ils ont de la chance : une visite guidée est programmée dans quelques petites minutes. Il ne faudra pas quitter l'endroit sans visiter la Cité de la Préhistoire qui côtoie la grotte, de l'autre côté du jardin méditerranéen.

Rapidement, un guide les prend en charge et les

entraîne dans une grande salle. Ils n'imaginaient pas une entrée de grotte aussi aménagée ! Un film leur explique comment les gorges de l'Ardèche, la grotte et ses concrétions se sont formées, par les changements climatiques et la magie de la géologie. Voilà pourquoi il y a tant de grottes dans le coin ! Le guide leur montre un schéma en coupe de la cavité qui court sur plusieurs kilomètres sous leurs pieds. La visite ne concerne qu'une seule partie. Le reste n'est accessible qu'aux spéléologues, voire ne l'est pas du tout. Émilie est soulagée : ce ne sera pas trop long. Mais le guide dévoile le nombre de marches qu'ils vont devoir descendre pour arriver à la salle la plus profonde, à cent vingt et un mètres sous terre. Claire prend de profondes inspirations pour rester calme. Imaginer se rendre aussi loin sous la terre lui est inconfortable. Jérôme la rassure, lui masse les épaules. Tout ira bien. Émilie a entendu ce qu'elle voulait savoir : il y a sept cents marches à descendre… donc autant à remonter ! Le guide la taquine avant de la rassurer : il y a un ascenseur pour revenir au niveau du sol. Elle pousse un *ouf* de soulagement, et elle n'est pas la seule.

Le groupe entame la descente par un large tunnel creusé dans la roche qui les conduit tranquillement à la première salle.

— On se croirait dans le souterrain d'un château ! s'exclame Jérôme, qui s'est placé tout près du guide pour pouvoir lui poser plein de questions.

Ils parviennent dans la première salle, où un puits

de lumière fait entrer les rayons du soleil qui révèlent les mousses, lichens et autres murs végétaux évoluant dans cet écosystème. C'est l'entrée naturelle de la grotte qui ne peut s'effectuer que par une échelle (un mannequin habillé en spéléologue sert d'exemple).

Activé par le guide à mesure de leur progression, l'éclairage révèle petit à petit les concrétions, véritables monuments de la nature. Stalactites et stalagmites, draperies, cônes et « piles d'assiettes », plus ou moins blancs, gris, ocre ou rouges, souvent brillants, composent un paysage de génie, façonné au fil de millions d'années. Le spectacle est fantastique et dure encore : de simples gouttes d'eau s'écrasant, sous la torche du guide, sur une stalagmite en un feu d'artifice aquatique prouvent à tous que l'œuvre est en cours, et pour encore très longtemps. Claire est émue, elle ne pense plus du tout à ses tendances claustrophobes. Sybil mitraille : elle a pris les concrétions en photo sous toutes les coutures et se réjouit de recueillir bientôt plein de *likes* sur son profil Insta. Caroline profite de la pénombre pour pleurer en cachette. Émilie a glissé à cause de l'humidité au sol, elle s'est retrouvée par terre, mais elle n'a rien dit, même pas un *aïe*… Jérôme pose encore des questions au guide, il veut être certain d'avoir bien tout compris. La géologie, c'est complexe, même pour l'historien qu'il est.

*

Les hommes, devenus très minoritaires, jouent à la pétanque.

C'est la fin de l'après-midi. Après la visite de la grotte, le groupe est allé boire un verre au bar-restaurant du site, pour échanger ses impressions ; puis ils ont visité le musée, la Cité de la Préhistoire. Jérôme était dans son élément. Même si elle n'est pas au programme du lycée, il a toujours été passionné par cette période. Depuis tout petit ! Ce sont les dinosaures et les hommes des cavernes qui lui ont fait aimer cette discipline. Il a passé la visite à expliciter les panneaux explicatifs... Il y avait déjà beaucoup à lire, pourtant ! Alex l'a taquiné gentiment. En réalité, il avait hâte que cela se termine. Des pierres, des dizaines de silex taillés pareil, des morceaux d'os et de vases, des maquettes, des animaux naturalisés... Au bout d'un moment, il n'en pouvait plus. Alors Jérôme qui en rajoutait... c'était le pompon. Alex n'est pas fan de tous ces trucs-là. Il préfère l'époque contemporaine, la géopolitique actuelle. Là-dessus, il est intarissable. Son sujet fétiche ? Donald Trump et les Américains. Il ne se lasse pas de décortiquer les (mé)faits, gestes et paroles du « plus grand idiot que des humains aient porté démocratiquement aussi haut ».

Cependant, lors de cette partie de pétanque, Alex souhaite parler d'autre chose que de la dangerosité mondiale de Trump : Sybil, beaucoup moins va-t'en-guerre, mais non moins horripilante. Aussi va-t-il profiter de ce premier « moment entre mecs » depuis sa discussion avec elle pour informer ses amis des derniers éléments.

— Léa veut vivre avec nous à partir de la rentrée. Vous savez comme c'est compliqué avec sa mère. Donc, je vous laisse deviner ce qui coince…

— Sybil n'est pas ravie, j'imagine, avance Jérôme.

— C'est le moins qu'on puisse dire. Elle ne veut pas en entendre parler. Et moi, je fais comment ? Je suis tiraillé entre ma fille et ma copine… J'ai le cul entre deux chaises, comme dirait l'autre. Eh bien, je peux vous dire que ce n'est pas confortable. Déjà, ma position n'est pas facile. Les semaines où les enfants sont là, vous le savez bien, c'est tendu, c'est électrique. Sybil relève tout ce qu'ils font (de mal), elle tente de faire de l'autorité, elle se prend des revers… Après, elle m'accuse de ne pas la défendre… Je sais bien que sa position n'est pas simple, mais je ne peux pas me mettre tout le temps Léa à dos pour lui faire plaisir ! Donc, en effet, c'est déjà compliqué… Les semaines à deux, c'est plus cool. L'atmosphère est plus légère, et encore… Vous connaissez Sybil, même sans enfants, elle a le don d'être agaçante. Je l'avoue, j'aime moins ses défauts. Au début, je les trouvais presque mignons. Ça faisait partie de son charme. Mais bon, elle est égoïste, dirigiste, capricieuse… En même temps, elle est adorable et généreuse, et je l'aime, évidemment, ça ne s'explique pas. Mais bon… On est souvent en conflit. Je sais ce que ça peut donner, alors imaginer vivre ça à temps plein…

— En effet, ça promet ! admet Jérôme.

— Il faut que je trouve une solution, un entre-deux…

— Vous êtes déjà dans l'entre-deux, avec la garde alternée…

Vincent ne comprend pas.

— Il y a forcément une solution pour accueillir ma fille à temps plein ou presque et sauver mon couple.

— Je te souhaite de la trouver, dit Jérôme, légèrement perplexe. Et toi, Vincent, comment ça va avec Émilie ? Ça a l'air d'aller mieux…

— Ah ? Alors ça n'en a que l'air. Je dirais plutôt que la situation est précaire, et que tout peut se barrer en cacahuète assez vite… Et vous avez vu comment elle me provoque ? Elle est toujours sur son tél…

— C'est vrai qu'elle n'est pas comme à son habitude, admet Jérôme.

— Paraît que c'est ma faute, jette Vincent avec ironie, en même temps que sa boule.

Celle-ci a pris la place de celle d'Alex, pour venir se coller au cochonnet. Celui-ci proteste haut et fort, et balance un faux proverbe :

— Heureux au jeu…

Il s'esclaffe, mais les deux autres ne se joignent pas à lui pour rire de la situation.

35

Hasard ou pas, entre la pétanque et l'apéro, Claire et Jérôme se retrouvent dans leur chambre.

— Tu es très belle, murmure Jérôme en attirant Claire à lui.

Elle voulait se changer pour la soirée et a enfilé une combinaison en lin blanc ; il est monté chercher un pull. Elle rit sous ses baisers. Il l'allonge sur le lit, par surprise. Ils prennent le temps de se regarder, échangent quelques caresses.

Avant de rejoindre le reste du groupe, ils ne peuvent s'empêcher d'évoquer le fait du jour, qui met cette fois à mal le couple d'Alex et Sybil. À bien y réfléchir, ils se trouvent être le seul couple épargné. Jérôme tente une boutade sur le microclimat ardéchois qui ne serait pas profitable aux Nantais, mais Claire ne goûte qu'assez peu son humour. Elle se fait du souci.

— Que veux-tu qu'il nous arrive ? Notre amour

est solide comme un roc. Ça fait vingt ans que nous vivons une histoire sans nuages…

— Presque, le corrige-t-elle en hochant la tête.

— La crise de la quarantaine ne passera pas par nous (de toute façon, nous avons passé l'âge), je te le promets, dit-il en finissant par un baiser.

*

Jérôme a rejoint les deux autres près du barbecue. Claire, Caroline et Émilie achèvent les préparatifs du repas en attaquant l'apéro. Il n'y a plus que Caroline qui boive du Pacific : Émilie s'est convertie sans peine au rosé-pamplemousse. Elle semble tendue, au bord de craquer. Se sert rapidement un deuxième verre, puis demande :

— Elle n'est pas là, Valentine ?

Non, elle lit près de la piscine.

— Je la trouve particulièrement mal à l'aise depuis hier. Étrange, non, pour quelqu'un qui n'a rien à se reprocher…

— Je ne sais pas ce que tu sous-entends, là, mais je suis bien placée pour savoir que ce n'est pas elle qui était à l'origine du problème, répond Caroline d'une voix neutre.

— Ça dépend de quel problème tu parles, ironise Émilie, parce qu'elle est à l'origine du mien.

— Explique-toi, car je ne suis pas certaine de bien comprendre… propose Claire.

— C'est très simple : si elle n'avait pas été là, tout irait bien avec Vincent.

— Tu crois vraiment à ce que tu dis ? demande Caroline, interloquée.

Et de lui rappeler que son couple ne se porte pas bien depuis des mois ou des années, que si elle avait décidé de reconquérir son mari pendant ce séjour, ce n'était pas pour rien…

— Oui, mais c'est raté. Et la faute à qui ?

— Valentine n'y peut pas grand-chose, dit Claire. Elle aurait pu en profiter… elle n'en a rien fait. Tu la juges mal, mais c'est une belle personne.

— On n'aura pas eu le temps de s'en rendre compte, alors, c'est dommage. Moi, ce que je constate, c'est que les vacances ne sont pas pareilles cette année, et que tu n'y es pas complètement pour rien.

— Pardon ?

L'accusée en a les bras qui tombent.

— C'est toi qui la connaissais, c'est toi qui l'as invitée…

— Avec votre accord ! lui rappelle Claire.

— Certes, admet Émilie. Mais on ne pouvait pas savoir qu'elle était jolie et chouette ! On ne pouvait pas savoir que tout le groupe serait déséquilibré par sa faute ! C'est toi qui as introduit la louve dans la bergerie !

Claire s'assoit, abasourdie. Elle veut bien entendre la souffrance de son amie, mais pas sa mauvaise foi. Caroline se pose en témoin silencieux. Émilie poursuit, les larmes aux yeux :

— Tu nous avais vendu une fille qui allait mal, qui avait besoin de voir du monde… à qui ça ferait du bien… Tu parles ! Elle est fraîche comme la rosée et à peu près aussi déprimée que je suis mince et sportive.

— Je comprends ton point de vue, Émy. Mais ce n'est pas Valentine qui est en cause. Elle agit peut-être comme un révélateur auprès de vous, mais…

— Ah ça, oui, elle a bien révélé qu'il fantasme sur elle, puisque c'est depuis qu'il la connaît qu'il veut de nouveau faire l'amour avec moi !

Caroline et Claire se regardent sans bien comprendre.

— Je n'en peux plus de l'avoir sous le nez, de la savoir dans le jardin ou dans la maison… avec Vincent aux aguets…

— Tu n'exagères pas un peu ? demande Claire.

— Elle est un danger pour mon couple, et je voudrais qu'elle s'en aille. Comment voulez-vous que je retrouve Vincent dans ces conditions ! En plus, demain…

— Tu veux sérieusement qu'elle s'en aille ? demande Claire d'un air ahuri.

Émilie acquiesce avec gravité. Elle semble perdue. Au fond d'elle, en pensant au lendemain, elle couve un espoir teinté d'amertume. Mais elle ne veut pas en parler. Elle a trop peur d'une humiliation publique.

— J'avoue que je suis assez d'accord avec Émy : si Valentine n'avait pas été là, je serais toujours avec Sébastien, heureuse et amoureuse…

— C'est une plaisanterie ? Vous vous êtes mises

d'accord pour rivaliser de mauvaise foi, toutes les deux ?

— C'est bizarre, mais c'est vrai.

— Alors tu es comme Sybil, tu aurais préféré ne pas savoir ? Tu aurais vraiment préféré ignorer quel genre d'homme il était ? Tu aurais préféré t'installer avec lui, mener une vie de famille avec un homme qui t'aurait trompée à tout-va ?... Jusqu'à ce que tu découvres, un jour, le pot aux roses ? Ça aurait été mieux ? Vraiment ? Mais tu aurais perdu ton temps, avec lui ! Il ne t'aurait pas rendue heureuse ! Tu y aurais laissé des plumes, bien plus que là, maintenant, crois-moi…

C'est très rare que Claire s'emporte. Cela n'est même jamais arrivé depuis qu'elles sont amies, si bien que Sybil ne tarde pas à faire son entrée dans la cuisine, alertée par le volume sonore.

— Mais qu'est-ce qui se passe, ici ?

— Il se passe que j'en ai marre d'en prendre plein la tronche, ce soir ! Je n'y suis pour rien si Vincent est attiré par une femme (si ça n'avait pas été celle-ci, ça en aurait été une autre), si Sébastien a trompé Caroline… Ce n'est pas parce que j'ai proposé d'inviter Valentine que je suis responsable ! D'ailleurs, elle non plus n'est responsable de rien ! Vous délirez complètement. Arrêtez de vous plaindre… Émilie, si tu veux récupérer Vincent, bouge-toi ! Fais quelque chose… Et toi, Caro, c'est normal que tu souffres, je sais bien que ça n'est pas drôle d'être trompée, mais…

— En même temps, ça ne t'est jamais arrivé, à toi, alors c'est facile…

— Qu'est-ce que tu en sais ?

L'agressivité dans la voix de Claire et son demi-aveu laissent ses trois amies pantoises. Jamais elle n'avait évoqué un quelconque problème de ce type. Mais pourquoi le leur aurait-elle caché, puisqu'elles se disent tout ?

Sybil reste pour une fois sans voix, ce qui dénote sa sidération. Claire jette au sol le torchon avec lequel elle essuyait la vaisselle et prend la direction des escaliers, sous le regard incrédule de ses amies. Pour qu'elle soit sortie de ses gonds ainsi alors que la mesure et le sang-froid font d'elle un modèle, c'est qu'elle a atteint un degré d'exaspération inégalé.

— Je n'ai rien compris, avoue Sybil en s'asseyant à la table.

Caroline et Émilie ne tiennent pas à l'éclairer. La première attrape son spray de vinaigre blanc et part en quête de quelque surface à désinfecter. La seconde quitte la cuisine d'un pas mal assuré.

— Sympa, conclut Sybil. Moi, je vais aller voir Valentine. Elle sera peut-être plus causante, elle.

36

Cette dixième journée est peut-être le jour de trop, et pourtant ce n'est pas le dernier… Il faut se rendre à l'évidence : ces vacances sans enfants sont loin d'être aussi réussies que prévu. Deux semaines, c'était apparemment trop.

Résultat : après une journée un peu maussade qui a semblé interminable à certaines, la soirée de ce lundi ne s'annonce pas meilleure. Si l'on résume la situation, on peut dire que personne ne va vraiment bien, soit pour des raisons personnelles, soit par ricochet. Sybil ne digère pas l'affront d'Alex qui veut lui imposer sa fille dans *sa* vie ; Caroline prend tout juste conscience de la fin pour le moins glauque de son histoire ; Vincent se rend vraiment compte que son couple est entré en zone de turbulences, mais ne sait pas quelle attitude adopter avec Émilie, hésitant entre celle qu'elle pourrait souhaiter (sans être sûr de rien, parce que sa femme lui apparaît soudainement tout en complexité) et celle dont il se sent capable, de par ses compétences assez limitées en matière de communication orale et non verbale ; Alex reste calme mais intérieurement il bout, surtout après une journée à supporter Sybil qui fait la tête ; Claire est déçue de l'attitude de deux de ses amies qu'elle trouve injustes ; Valentine ne sait plus où se mettre et comment se comporter ; Émilie oscille entre aigreur et profonde tristesse ; seul Jérôme pourrait s'estimer heureux, mais c'est sans compter la déception qu'il lit dans les yeux de sa femme et qui le peine.

— C'est moi, ou ça tourne au désastre, ces vacances ?

Alex essaie de plaisanter. Il faudrait un sursaut, que tous se ressaisissent.

— J'espère que je ne suis pas à l'origine de ce fiasco… lance Valentine, dans l'attente d'être rassurée.

— Bien sûr que non ! lui répond Sybil, la seule qui n'était pas présente lors de la discussion « Valentine ».

Claire baisse la tête. Elle a bien compris que celle-ci n'est plus la bienvenue. Comment le lui faire comprendre sans être trop indélicate ? Est-ce que c'est à elle de lui demander de partir, puisque c'est elle qui l'a invitée ? Elle en parlera avec Jérôme ce soir.

— Ça dépend pour qui, ne peut s'empêcher de lancer Émilie, vindicative.

La pique atteint sa cible. Vincent se sent visé aussi.

— Ah, je vois. Surtout, j'imagine que ce qui s'est passé avec Sébastien et les événements d'hier n'ont rien arrangé… Il aurait fallu que je me taise, c'est ça ?

— On ne pensait pas perdre un membre de notre équipage dans le courant du séjour, mais bon, il faut bien quelques rebondissements… Sans les enfants, ça risquait d'être trop calme, de toute façon, plaisante Alex.

— C'est sûr qu'avec Léa, on aurait eu droit à quelques petites crises bien sympas aussi, ricane Sybil.

— Tu vois la paille dans son œil, mais pas la poutre que tu as dans le tien ! accuse Alexandre, moqueur.

— C'est-à-dire ? Vas-y, explique, on est entre nous, de toute façon…

— J'aurais bien voulu te voir à quatorze ans, Sybil, ou plutôt non ! Je suis sûr que Léa ne t'arrive pas à la cheville. Tu es plus égocentrique et capricieuse qu'elle, sauf que tu as trente-neuf ans ! Tu arrives à agacer tout le monde, ici… Mais te rends-tu compte à quel point tu peux être insupportable ?

Règlement de comptes de couple en direct, au moment le plus fort de l'audimat quotidien. Sybil est bouche bée, mais prépare son attaque.

— Alex, Sybil, arrêtez… Si vous avez du linge sale à laver, allez dans votre chambre. On n'a pas envie d'assister à ça.

On approuve la sagesse de Jérôme. La tension baisse d'un cran. Pendant quelques secondes, il n'y a rien à déclarer hormis des regards assassins de part et d'autre : chacun se penche sur le contenu de son assiette.

Émilie réclame des chips. Tous les regards convergent vers elle. « Pas de salade ? », semblent-ils dire. Vincent lui tend un paquet (comme quoi, il l'accompagne dans tous ses délires alimentaires), duquel elle sort trois grosses poignées de pétales gras et salés. Elle prend quatre merguez d'un coup, avec beaucoup de sauce, se ressert un énième verre de vin. Elle noie ses contrariétés dans la nourriture et la boisson, et cela n'échappe à personne. Elle a tenu dix jours, si l'on excepte la soirée « spéciale » du jeudi. C'est déjà bien. Mais là, elle craque en direct, et elle s'en fiche royalement.

— De toute façon, mince ou grosse, qu'est-ce que ça change ? Il s'en fout…

— Émy…

Le ton et le regard de Vincent la supplient d'arrêter avant qu'elle n'aille plus et trop loin… Vincent n'aime déjà pas les conflits en privé, alors un règlement de comptes en public, très peu pour lui.

— Mais c'est vrai, quoi. Je me suis mise au régime, je me suis fait faire une nouvelle coupe, avec une nouvelle couleur, j'essaie de me faire jolie, de prendre plus soin de moi… J'ai même acheté de la lingerie fine pour t'émoustiller !

La gêne s'installe un peu plus autour de la table.

— Mais ça ne sert à rien, se lamente Émilie. Je suis toujours transparente, comme un meuble en Plexiglas ! Parce que tu ne vois qu'elle, là, la Valentine, qu'était soi-disant déprimée, à qui on a ouvert les bras et qui nous plante un couteau dans le dos…

— Ça suffit, j'ai compris.

Valentine se lève, Vincent la retient par le bras pour l'inciter à se rasseoir et tente de la rassurer :

— Tu n'as rien à te reprocher. Émy, arrête de boire, tu dis n'importe quoi. Tu es saoule.

— Et alors ? La vérité sort de la bouche des soûlots ! Et si ça la blesse, c'est que c'est vrai ! Elle s'est tapé Sébastien, et je suis sûre qu'il s'est passé quelque chose entre vous. Faites gaffe, Claire et Sybil, elle en veut à vos hommes… Enfin, surtout toi, Sybil… Parce que Claire, c'est son amie, même que c'est grâce à elle qu'elle est là. On peut remercier Claire pour la bonne idée qu'elle a eue !

Alex, sur un geste de Vincent, s'empare du verre de vin d'Émilie.

— Rends-moi ça, Alex ! Rends-moi ça, je te dis ! s'écrie-t-elle en tapant du poing sur la table, au point que celle-ci sursaute.

Elle arrache son verre de la main d'Alex, en renversant la moitié au passage. Il y en a partout, y compris dans l'assiette de Caroline, qui ne se permet pas de s'en plaindre. Émilie réclame la bouteille de rouge, Vincent défend que qui que ce soit la serve.

— T'es pas mon père, d'abord… Je fais ce que je veux. Je suis peut-être qu'une mère pour toi, mais toi, t'es pas mon père.

— Émy, ça suffit !

Vincent s'est levé, il s'approche d'elle, lui intime de le suivre. Elle le défie d'abord du regard (un regard plutôt vitreux à tendance bovine), puis semble obtempérer.

— Oh, Vincent, mon chéri, tu veux me prendre dans un petit coin ? Mais sans penser à Valentine, hein ? Parce que ça, c'est pas bien… le sermonne-t-elle, l'index levé.

Elle lui effleure la joue d'un air qu'elle voudrait mystérieux et lui chuchote très fort :

— Tu sais quoi ? J'ai pas de culotte. Tu veux voir ?

Faisant mine de relever sa jupe, elle rit, prête à s'écrouler. Il la récupère et l'emmène dans la cuisine en la soutenant, sous les regards ahuris de la petite assemblée.

Le silence pèse lourd autour de la table. Il n'y a plus de sourire dans leurs yeux. Même Alex a la mine grave.

— Je crois que je vais partir demain, annonce Valentine.

— Oh mais non… tente Jérôme. Pourquoi tu ferais cela ?

— C'est mieux.

Caroline approuve. Le groupe a peut-être besoin de se retrouver seul pour soigner ses plaies. Le couple de Vincent et d'Émilie, en tout cas, c'est certain.

— Tu ne dis rien ? demande Valentine à Claire.

— Je suis désolée de t'avoir amenée ici… désolée de tout.

Valentine sourit tristement et se lève.

— Tu pourras m'emmener à la gare, demain matin ?

37

La nuit a été difficile.

Valentine l'a passée à se demander ce qu'elle faisait là, pourquoi elle avait accepté la proposition de Claire, comment son séjour, après un début prometteur, se terminait… mal, et plus tôt que prévu… Elle a commencé à faire ses valises avant de se coucher, dès qu'elle est montée. Besoin de s'occuper les mains, même tremblantes. Elle ne sait si c'est la rage ou la déception qui domine son esprit. Toujours est-il que, sans se poser en victime, elle se trouve injustement mise en cause. Qu'y peut-elle si elle a rencontré Sébastien ? Qu'y peut-elle si Vincent s'est intéressé à elle, d'assez loin, et très chastement ? Quand elle repense à Émilie et à ses excès de bouche et de paroles au dîner, elle éprouve au fond une certaine empathie. C'est une femme qui souffre. Elle a été une femme qui souffre. Autrement, mais c'est le genre de point commun qui aurait pu les rapprocher malgré elles. Apparemment, elle et Vincent se trouvent dans une impasse, avant tout causée par une suite de malentendus, de non-dits, donc d'incompréhensions. Il n'y a pas de mode d'emploi du dialogue dans le couple. De ce qu'elle a compris, Vincent en aurait eu besoin. Pour autant, il n'est pas en faute. Et elle non plus. Quel dommage que sa femme se fasse des idées fausses…

Sybil a ruminé une bonne partie de la nuit et s'est levée tôt, pour un footing qu'elle espère salvateur. Le sujet « Léa » l'encombre. Alors, vraiment, la vie à deux, c'est fini ? Elle n'arrive pas à se résoudre à cette idée. Elle l'a redit à Alex avant de se coucher. Il a répondu qu'il y avait bien plus grave et que ce n'était pas le moment de se disputer, qu'il voulait dormir.

Claire a passé une nuit triste. Triste de voir à quel point ces vacances tournaient mal, triste de s'être disputée avec ses amies, de s'être vue mise en cause alors qu'elle se sent innocente, et triste pour Valentine qui ne mérite pas de devoir partir, et qui semble s'y résoudre d'elle-même. Claire peut comprendre les problèmes de cœur de Caroline et d'Émilie, mais elles les trouvent égocentriques et injustes. Elles se trompent de cible : Valentine n'est pas le problème, elle n'est qu'un symptôme révélateur.

Vincent a passé une partie de la nuit à subir les gémissements et autres désagréments liés à la jolie gueule de bois de sa femme. La première de toute sa vie… Il en fallait une, peut-être. Le moment aurait pu être mieux choisi, cependant. Quand Émilie a enfin eu fini de gesticuler et s'est mise à ronfler, ce qu'il a trouvé à la fois drôle et émouvant, il a pu repenser à la folle soirée tout juste passée… au sketch, pas drôle, de sa femme qu'il reconnaît de moins en moins… à la pauvre Valentine, qui lui faisait de la peine, qu'il aurait voulu mieux défendre… au fait qu'elle allait partir plus tôt que prévu, ce qu'il trouvait dommage. C'était peut-être mieux ainsi, cependant… Pour Émilie, donc pour eux… s'ils parvenaient à se sortir de l'ornière où ils étaient coincés.

Caroline n'a dormi que trois heures, peuplées de rêves qui s'apparentaient à des cauchemars. Elle a rêvé que Sébastien revenait, qu'elle lui pardonnait, puis qu'elle le découvrait au lit avec Valentine, et qu'ils riaient tous les deux du tour qu'ils lui avaient joué. Elle s'est réveillée en sursaut et elle a pensé à lui, encore, et à elle, Valentine. Va-t-elle vraiment partir ? Pour Caroline, peu importe : il aurait fallu qu'elle ne soit jamais venue, le mal était fait. Reste Émilie. Vincent est-il vraiment sous son charme, comme elle le dit ? Quand elle était mariée, une fois, il lui est arrivé de ressentir un début de quelque chose pour un autre que son mari. C'était un collègue de travail, à l'hôpital. Un infirmier, comme elle. Il lui avait laissé entrevoir une réciprocité. Elle avait lutté contre cette attirance, il avait respecté son choix, malgré sa déception et la certitude qu'ils auraient pu vivre une « jolie histoire ». Il avait un jour changé de service, elle ne le croisait plus quotidiennement. C'était mieux ainsi. Petit à petit, il était sorti de son esprit. Il s'y était réinvité de temps en temps. Quand elle s'était séparée de

Brice, par exemple, elle s'était demandé ce qu'il devenait… Mais elle n'avait pas cherché à le retrouver. Cela lui fait penser à Émilie et à la réapparition soudaine de son amour de jeunesse. Elle leur a dit qu'ils en resteraient là, mais depuis elle est de plus en plus souvent sur son téléphone, auquel elle sourit bêtement. Sans honte, sans culpabilité vis-à-vis de Vincent… Pour se venger de lui ? De quoi, au juste ? Elle ne comprend pas la logique de son amie, ses contradictions : elle veut se rapprocher de son mari mais flirte avec un autre… Drôle de méthode, cela n'a vraiment aucun sens !

Jérôme, une fois de plus, s'est inquiété pour Claire. Il a vu sa déception, sa tristesse, même. Il n'aime pas la savoir mal. Il sait comme l'amitié qu'elle a pour Sybil, Émilie et Caroline est immense et sincère, et qu'elle vit donc très mal les accusations remplies de mauvaise foi de certaines. Cela leur passera… Les histoires de filles, cela commence dès la maternelle. Claire le lui avait dit, un jour. Dès la moyenne section (voire encore plus tôt), certaines petites filles se chicanent. T'es plus ma copine/Elle a dit que j'étais moche/Elles ne veulent pas jouer avec moi… Ça grandit en élémentaire, ça s'amplifie au collège… ça s'aplanit au lycée… ou pas (il en sait quelque chose). C'est la première fois qu'une vraie dispute éclate au sein du quatuor. La surprise vient surtout d'Émilie, pourtant pas du genre à faire des histoires, et plutôt coulante habituellement. Mais celle-ci n'est visiblement pas dans son état normal… Et hier soir, ses mots ont dû dépasser sa pensée.

Ce matin, elle aura sans doute récupéré sa lucidité. Peut-être même que tout va s'arranger avec Valentine. Lui y croit en tout cas.

Émilie a passé le début de la nuit à errer entre le lit et les toilettes, tout à la satisfaction des exigences spasmodiques de son estomac, qui n'a pas tardé à lui indiquer qu'elle l'avait vraiment trop malmené… surtout après avoir si peu mangé ces dernières semaines. Une fois couchée pour de bon, elle a laissé son esprit, tout aussi malade, vagabonder dans des vapeurs moroses. Elle s'en veut de s'être emportée et ridiculisée devant tout le monde, mais elle n'en démord pas : tout est la faute de Valentine. Qu'elle parte, bon débarras ! Elle n'aurait pas supporté sa présence ce jour anniversaire. Sa place n'est pas ici. Émilie tente d'imaginer la journée… Vingt ans de mariage, normalement, ça se fête. Mais la joie joue aux abonnés absents… Et se mettre la tête à l'envers la veille n'a peut-être pas été l'idée du siècle. Au final, elle a passé une nuit quasi blanche.

Seul Alex a dormi comme un bienheureux.

38

— Je peux te parler ?

Émilie se trouve à la porte de leur chambre, avec un air piteux. Claire se tourne vers Jérôme, qui s'éclipse sans un mot, mais non sans un petit geste de tendresse à l'égard de sa femme.

— Je suis désolée pour hier soir… commence Émilie.

— Je sais.

Claire s'assoit sur son lit, son amie prend place sur le fauteuil en face.

— J'ai… J'ai déconné, je crois.

— On peut dire ça comme ça. Oui, tu as fait fort…

Émilie baisse la tête, croise et triture ses doigts nerveusement.

— J'ai trop bu, s'accuse-t-elle.

— Ça, c'est sûr… Mais ça n'excuse pas tout. Ça t'a bien arrangée d'être saoule… pour justifier ton emportement. Dès le début de la soirée, tu étais énervée. Rappelle-toi, dans la cuisine… Qu'est-ce qui se passe, Émy ? Ça va loin, quand même… Je veux bien croire que Valentine n'était pas dans tes plans de vacances, mais là… Ton aversion ou ta fixation dépassent l'entendement, le mien en tout cas. Et, ça n'engage que moi, mais je pense sincèrement que tu te trompes de cible. Le vrai problème est ailleurs, tu le sais. Et il ne date pas d'hier, tu le sais aussi et ça te rend injuste…

La bouche d'Émilie se tord, annonçant l'arrivée des sanglots.

— Oui… Je mettais tellement d'espoirs dans ce séjour que je suis atterrée de constater cet échec… Surtout un jour comme aujourd'hui.

Claire la regarde sans comprendre.

— Ça fait vingt ans…

— Ah, mais oui ! s'exclame Claire.

Elles ne se connaissaient pas, à l'époque du mariage d'Émilie. Celle-ci n'avait que vingt ans, et Claire guère plus. Mais à force d'en avoir entendu parler, d'avoir vu films et photos de ce grand jour, à les connaître si bien tous les deux, Claire a parfois l'impression d'avoir été présente ce jour-là. Leurs souvenirs sont en partie devenus les siens.

— Mon couple va vraiment mal, Claire… C'est particulièrement cruel d'en convenir aujourd'hui… avec l'ombre de Valentine… Je sais ce que tu penses, et tu en as le droit. Mais je n'y arrive plus, là… J'ai envie de rentrer. C'est elle ou moi, mais je n'ai pas envie de passer une journée de plus dans ces conditions.

— Je peux comprendre, mais…

— Oui, je sais, ça ne changera pas grand-chose… Je n'ai rien prévu pour notre anniversaire, j'espérais que Vincent y penserait, qu'il m'aurait réservé une surprise, même toute petite… J'avais envie qu'il me gâte, qu'il me montre qu'il m'aime encore… Maintenant, tout est gâché, il n'y a ni joie ni esprit de fête… Ces vingt ans sonnent plutôt le glas de notre amour.

Elle sanglote de plus belle. Claire se lève, s'accroupit en face d'elle, passe doucement la main dans ses cheveux.

— Je suis sûre qu'il t'aime encore. Il est perdu… c'est tout.

— Je crois plutôt qu'il doute.

— Ce n'est pas toi qui doutes ? demande Claire d'une voix douce.

Émilie fixe Claire quelques secondes, pour réfléchir.

— Qu'est-ce que tu veux dire ?

— Tu vois arriver tes quarante ans d'un mauvais œil, tu remets tout à coup en question votre mode de fonctionnement, le caractère de Vincent (qui n'a pas changé), tu ne sembles pas si indifférente que ça à ton ex… Je pose simplement la question : le trouble que tu dis voir chez Vincent n'est-il pas le miroir du tien, qui te sert à y fondre ta propre culpabilité ?

Émilie reste interdite, touchée plus qu'elle ne le voudrait par la justesse des mots de Claire.

— Tu prends tout ça aussi mal parce que tu n'es pas bien dans ta peau. Je suis certaine que tu l'aurais vécu différemment, sinon. Tu as pris cette histoire avec Valentine trop au sérieux, parce que ça te renvoie à l'image négative que tu as de toi depuis quelques années… C'est tout.

— N'importe quoi ! C'est trop facile. Et ça ne change rien au fait qu'elle lui fait de l'effet. J'en ai eu la preuve !

— Laisse tomber, Émy… Tu n'es pas en état de prendre du recul. Tu voulais qu'elle parte ? Réjouis-toi : elle finit de préparer ses valises.

— Tu m'en veux ?

— Je comprends ta souffrance, je cautionne moins tes exigences et ta manière de te comporter avec elle.

— Ce n'est pas moi qui lui ai dit de partir.

Claire ne peut retenir un rire jaune.

— Pas de ça entre nous, Émy, c'est tout comme ! Avait-elle le choix, après ton laïus aviné ? Écoute, c'est comme ça. Merci d'être venue pour tes « excuses », mais il est 9 h 25 et je dois accompagner mon amie à la gare.

Claire sort de sa chambre, laissant Émilie honteuse et abattue.

39

Elles ont quitté la bastide depuis quelques minutes, mais seul le bruit du moteur se fait entendre. Un silence lourd pèse entre elles, que Claire s'oblige à rompre :

— Je suis désolée, vraiment. Ça n'aurait pas dû se passer comme cela.

— Je sais… J'ai bien vu votre accueil. Vous formez un chouette groupe, plein d'entités variées, étonnantes, voire détonantes… mais il y a quelque chose de très fort entre vous, les filles. Les gars sont très sympas aussi. Ç'a été une belle découverte. Je n'étais jamais partie comme ça… C'est une bonne idée. Même s'il faut bien s'entendre : on ne peut clairement pas partir ainsi avec n'importe qui. Il faut beaucoup d'acceptation et de tolérance.

— Et encore, il n'y avait pas les enfants… Mais cela mis à part, je te trouve trop gentille de dresser ce bilan après un tel désastre… Je ne comprends pas comment cela a pu déraper et virer au drame…

— Tu exagères un peu.

— Tu trouves ? Hier soir, on se serait cru dans un de ces films, tu sais, où tout part en vrille pendant le dîner…

Valentine ne peut s'empêcher de sourire. Il y a du vrai.

— C'est malheureux quand même. On n'a jamais vécu cela. Il y a déjà eu des embrouilles, mais rapidement résolues. Là, c'est un concours de circonstances, j'imagine… Les planètes devaient être mal alignées. Mauvais timing et malheureux hasard. Et puis Sébastien… C'est lui, si on y regarde de près, qui a foutu la merde. S'il n'avait pas été là…

— Ou moi…

— Tu n'as rien à te reprocher. C'est pour cela que je suis malade que tu sois forcée de partir.

— C'est moi qui pars… Personne ne m'y a obligée. Je ne me sentais plus à ma place, de toute façon. Autant, au début, je me suis vite sentie intégrée, autant à partir de l'affaire Sébastien…

— Oui. Mais bon… Il est parti, donc…

— Tu sais bien que j'étais de trop… Au moins pour quelqu'un.

— Oui… C'est malheureux, mais tu as raison. Pourtant, elle n'est pas comme cela, d'habitude… Elle est à bout. Elle se met trop de pression, elle avait trop d'attentes… Et elle ne va pas très bien en ce moment.

Je n'aurais jamais cru que leur couple allait mal avant ce séjour, mais là…

— Et ma présence n'a sans doute rien arrangé…

— Peut-être… mais c'est dans sa tête. Il va lui falloir un peu de temps pour s'en rendre compte ou l'admettre. C'est comme ça.

— Vincent est un homme bien. J'espère qu'elle en a conscience. Tu lui diras qu'elle a de la chance…

Valentine repense au moment où elle leur a dit au revoir. Ils l'ont raccompagnée jusqu'au parking. Tous, même Émilie. Celle-ci n'en menait pas large, mais elle avait tenu à être présente. « Sans rancune », auraient-elles pu se dire. Valentine a su lire sur le visage de la femme de Vincent qu'elle était désolée, dépassée par des forces obscures et contradictoires. Elle a vu dans ses yeux à lui qu'il l'était aussi… et qu'il était déçu qu'elle s'en aille… Peut-être qu'un jour elle pourra réintégrer le groupe ? Quand tout se sera apaisé, que chacun aura retrouvé ses esprits et une certaine maîtrise de soi et de sa vie… Avant qu'elle monte dans la voiture, Sybil a glissé dans ses mains un paquet-cadeau en papier kraft rouge. « Tu l'ouvriras plus tard », a-t-elle chuchoté. Valentine est encore touchée de ce geste. Sybil a été une vraie découverte, cette semaine. Énergique, indocile, capricieuse, mais tellement attachante ! Une fille à part… qui gagne à être connue.

*

Pendant que Claire raccompagnait Valentine à la

gare, Alex a emmené Sybil faire un tour « rien que tous les deux ». Elle a aimé son entrée en matière, son envie de faire la paix, de ne pas vouloir que le conflit dure plus longtemps. Elle a aimé qu'ils s'éloignent du groupe pour cette discussion qu'il voulait avoir avec elle. Elle a aimé se dire qu'il était revenu à la raison, qu'il ne plierait pas face à sa fille ou à son ex, qu'elle gardait son statut « prioritaire » à ses yeux et dans son cœur. Elle l'a donc suivi, et s'est laissé porter jusqu'à la petite ville de Barjac, non loin de la maison.

Ils se sont attablés à la terrasse d'un café, dans une étroite ruelle pavée et ombragée. Il a pris un expresso, elle un chocolat viennois, avec de la chantilly qui déborde et qu'elle déguste avec volupté.

— On n'est pas bien, là ? demande-t-il avec contentement.

Elle approuve en découvrant une amande recouverte de chocolat dans un petit pochon. Elle aime tellement ce craquant qu'elle n'attend pas l'accord d'Alex pour lui prendre le sien. Il ne s'en offusque pas, habitué qu'il est, et concentré sur ce qu'il s'apprête à lui dire de bien plus important.

— Tu as des nouvelles de Léa ? lui demande-t-elle finalement, d'un ton plutôt détaché (le ton de celle qui croit avoir remporté la bataille).

— Quelques-unes. Rien de neuf… Toujours en conflit avec sa mère. Elles ne s'entendent sur rien, de toute façon. Sabrina me l'a confirmé de son côté : elle n'en peut plus non plus. Elles ont trouvé une solution : Léa va passer quelques jours chez sa cousine.

— Mais ça va s'arranger, après, hein ? De toute façon, pas le choix…

— Qu'entends-tu par là ?

Interloqué, il ne semble pas détenir les mêmes données qu'elle. À moins que ce ne soit l'inverse.

— Ça va bien s'arranger… comme toujours. Elles vont trouver une solution pour le bien de leur cohabitation, cette fois.

— Sybil, je sais que tu n'es pas d'accord avec cette idée, mais je te rappelle que Léa doit venir vivre avec nous à la rentrée…

— Je confirme : je ne suis pas d'accord avec cette *idée* qui m'a tout l'air d'être une *décision* (elle appuie sur les mots et mime des guillemets en l'air) pour laquelle je n'ai pas été consultée. Tu m'as mise devant le fait accompli. Tu sais que je déteste ça !

— Dès lors que ce n'est pas toi qui es à l'origine d'une *idée* ou d'une *décision*, tu la détestes toujours…

Sybil croise les bras et boude. Il en rit. Parfois on dirait vraiment une gamine. Peut-être qu'elle aurait été plus mûre (il ose l'espérer) si elle avait eu des enfants…

— Je croyais que tu m'avais fait venir ici parce que tu avais une bonne nouvelle ou que tu voulais qu'on se réconcilie…

— Je t'ai fait venir ici pour qu'on discute… avec l'espoir que tu ne feras pas de scandale avec des inconnus autour de toi…

Il la taquine, mais il approche du but. Elle se tend,

ne trouve pas cela très drôle… Que va-t-il lui annoncer ?

— J'ai trouvé la solution.

— La solution ? La seule solution au problème, c'est de conserver la garde alternée !

— Sybil… ça arrangerait ton problème, pas celui de Léa, ni le mien. Et même la garde alternée, c'est compliqué. Tu l'as dit toi-même ! D'ailleurs, je ne peux que t'approuver sur ce sujet : Léa et toi… toi et les enfants, surtout, c'est compliqué… Tu le sais bien, et tu sais, je sais, comme c'est tendu à la maison quand ils sont là… Tu sais aussi que ça me pèse beaucoup, que j'ai du mal à le supporter, que je me sens souvent pris entre deux feux… Je t'aime, mais ce sont mes enfants.

— Je ne comprends pas… Viens-en au fait.

Ses grands yeux bleu clair le regardent avec appréhension, elle est suspendue à ses lèvres.

— Il faut se rendre à l'évidence : nous ne pouvons plus vivre ensemble.

Elle a ouvert la bouche de stupéfaction, et son regard devient acéré.

— Ta solution, c'est la séparation ? C'est ça que tu veux ? Qu'on se sépare ? Mais quel culot, m'annoncer ça, comme ça, ici !

Des larmes de rage lui montent aux yeux. Il lui prend la main.

— Mais non, je ne veux pas qu'on se sépare. Qu'est-ce que tu vas chercher ? Tu ne m'as pas écouté… Je pense, en revanche, à un compromis : chacun chez soi. Il me semble qu'il n'y a que des avantages…

— Des avantages ? Pour qui ? Tu te moques de moi ?

Le ton est monté, le public de la terrasse est aux premières loges. Alex l'enjoint à se calmer, à respirer… à prendre le temps d'y réfléchir. Il sait qu'elle ne voyait pas les choses comme cela mais il lui liste les fameux avantages, selon lui, à cette solution… Elle ne l'écoute pas. Son esprit fourmille, bourdonne. C'est la sidération. Alors, vraiment, elle est insupportable au point qu'il préfère vivre avec sa fille (insupportable aussi, dans un genre différent) plutôt qu'avec elle ?

Cette proposition, c'est une claque. Elle ravale par fierté les larmes qui se pressent au bord de ses yeux.

Oui, elle est humiliée. Tellement humiliée qu'elle ne se voit même pas en parler avec ses amies…

40

Il ne faut pas longtemps à Claire, de retour de la gare, pour percevoir dans le salon une atmosphère que l'on pourrait qualifier de « morne ». Émilie, la tête dans les mains, regarde dans le vague, Sybil arbore un visage fermé et Caroline est visiblement lancée dans un monologue durable sur l'air de « ma vie est fichue ».

— J'étais heureuse, avec lui, et puis... badaboum... En quelques heures, tout s'est effondré.

— Imagine, si vous vous étiez installés ensemble, tout ce qu'il aurait fallu défaire... tente Claire pour l'apaiser.

— Ce n'est pas parce qu'on ne vivait pas ensemble que nous n'étions pas un couple... Nous avions construit quelque chose !

Sybil grimace à ces mots. À leur retour de Barjac, Caroline, Émilie et Jérôme ont bien perçu son courroux et son absence totale d'envie d'en parler.

Elle est partie heureuse au bras d'Alex, elle est revenue cinq mètres devant lui, plus tendue que jamais, tirant frénétiquement sur sa cigarette qui ne lui avait rien fait. Ses trois amies n'essaient pas de savoir ce qui s'est passé, elles préfèrent la laisser venir, choisir son moment. Néanmoins, Sybil étant plutôt du genre spontané, à exploser quand quelque chose ne lui va pas, son silence inhabituel en dit long, déjà. C'est grave.

— Je n'ai pas dit que vous n'étiez pas un couple, Caro. Mais tout de même : c'est plus facile de se séparer quand on n'a pas mis en commun les affaires que quand on n'a plus qu'un appartement, un frigo, une machine à laver… Et plus facile aussi quand on n'a pas connu le quotidien… avec les enfants, en plus. Non ?

— Je sais bien. Mais qu'est-ce que je vais devenir ? Je vais revenir à Nantes, retrouver Marin et Lola, repartir à l'hôpital, me prendre la tête avec Brice pour tout et rien, galérer avec les devoirs, et le traintrain quotidien… Je n'aurai plus les coups de fil, les petites attentions, les câlins… et ce seul bonheur de se dire : « J'ai quelqu'un dans ma vie que j'aime et qui m'aime. »

Émilie l'écoute avec attention. Elle n'ose pas ajouter, parce qu'elle se sent privilégiée malgré tout : « On peut être en couple et se sentir seule. »

— Et puis, franchement, continue Caroline, comment je pourrais y croire encore ? Vu la claque que je viens de me prendre, hein ? À tomber sur des Sébastien (il doit en exister bien d'autres), comment je pourrais faire confiance à quelqu'un ? J'en viens à rejoindre Valentine : les hommes bien sont tous pris. Il reste les autres… Je vais finir toute seule.

Elle se met à pleurer. Ses trois amies se rapprochent et la prennent dans leurs bras en murmurant des « Mais non… ».

— Tu trouveras quelqu'un de bien, j'en suis sûre, affirme Claire.

— Tu crois ? Vraiment ? sanglote Caroline.

Claire lui lance un sourire rassurant et convaincu. Elles se rassoient sur leur fauteuil.

— Qu'est-ce qu'on va faire pour le reste de la journée ?

Sybil revient à son état normal.

— Il y a un marché nocturne ce soir, dit Claire.

— Mais en attendant ?

— Je ne vous propose pas de fêter avec nous nos vingt ans de mariage… glisse Émilie, amère.

— C'est aujourd'hui ? demandent simultanément Caroline et Sybil.

Émilie acquiesce tristement.

— Ce sont les noces de quoi ? s'enquiert Claire.

— Porcelaine ! s'écrie avec ironie Émilie. Un truc qui casse facilement… Je crois que ça veut tout dire.

— Vous n'en êtes pas là, quand même…

— Oui, enfin… Je n'ai jamais connu un anniversaire de mariage aussi déprimant. Ah si, peut-être il y a sept ans… quand il a perdu sa grand-mère. Mais bon… Là, c'est NOUS qui n'allons pas bien. Qu'est-ce qu'on a à fêter, sincèrement ? Le fait qu'on n'arrive plus à se parler ? Le fait qu'on a les yeux qui regardent ailleurs ? J'hésite. En plus, c'est sûr que je ne nous ai pas facilité la tâche, avec mon comportement d'hier soir et ma cuite de la nuit… Il y a plus glamour, j'en conviens.

Sybil pouffe de rire.

— Et… il ne t'a rien proposé ? demande Caroline d'une voix douce.

— Non. Évidemment… Quand je me suis levée, il m'a demandé si ça allait mieux et si j'étais fière de moi… Cela résume bien le point où on en est : soit on s'ignore, soit on se fait des reproches et on se dispute…

— Au moins vous vous parlez… un peu.

— Euh, oui, trois pour cent de la journée… Ça ne fait pas lourd. Alors autant vous dire que cet anniversaire de mariage est mal barré… Et en plus je ne suis pas certaine qu'il y ait pensé ! J'essaie de tenir le coup, les filles, mais au fond je suis désespérée.

— Nous voilà bien… conclut Sybil. Ça va, Claire ? Parce que tu sembles être la seule pour qui tout va bien. Heureusement que tu es là pour augmenter la note globale !

— Moi, ça va… Même si je suis déçue que Valentine ait été obligée de partir. Je trouve ça moche… comme vos accusations d'hier. Je vous le dis comme je le pense.

Sybil fronce les sourcils. Les accusations de qui ?

— J'ai dû rater un truc…

*

— Ça fait bizarre quand même, de se retrouver à sept… commence Alex en contemplant les deux chaises vides.

On commente sans ferveur, par respect pour ceux qui peinent à se remettre du départ de l'un ou de l'autre.

— Je n'en peux plus de cette chaleur, soupire Caroline. Je retournerais bien dans la grotte… Douze degrés, c'était confort !

Ils rient, plaisantent sur le sauna dans lequel personne n'est allé s'aventurer, discutent de ce qu'ils pourraient faire dans l'après-midi. La légèreté semble avoir pris place à leur table pour le déjeuner. Invitée surprise. Disons que certains s'efforcent de faire comme si tout allait bien. Seule Émilie n'y arrive pas. Elle ne mange rien, pas pour revenir à son régime, mais parce qu'elle ne peut rien avaler. La tristesse forme une boule dans sa gorge. Elle ne parvient pas à se résigner à passer ce jour *de fête* comme n'importe quel autre jour. Elle lutte contre les larmes qui voudraient assaillir ses yeux. Elle sent sur elle le regard de Vincent, mais l'évite pour ne pas avoir à l'interroger. Elle s'emmure, se barricade. Finit par quitter la table, sans une explication. Ils croient d'abord qu'elle va chercher les glaces, mais au bout de cinq minutes elle ne reparaît toujours pas. Les yeux se tournent vers Vincent. Personne n'a à lui dire ce qu'il pourrait ou devrait faire, ou lui rappeler quel jour on est aujourd'hui… C'est à lui de le savoir. Il hausse les épaules. Claire et Jérôme se regardent et se comprennent. Le couple s'enlise sous leurs yeux, et c'est difficile d'assister à cela. Surtout sans pouvoir intervenir.

Pour détourner l'attention, Jérôme propose la visite d'un château. « Encore un ? », lui reproche Sybil. Oui, mais il avance des arguments solides : expo de peinture à l'intérieur (Sybil adore l'art contemporain), possibilité de découvrir au retour un autre joli village, et super spot de baignade dans l'Ardèche.

— Vous n'allez pas me dire que cette perspective ne vous tente pas, par cette canicule ?

On valide la proposition. Vincent se lève.

41

Il trouve sa femme allongée sur leur lit, les yeux fermés. Elle ne dort pas, il le sait, alors il se décide à lui parler :

— Je sais quel jour on est. Je suppose que tu te poses la question, alors je te le dis. On est le 14 août. Et je sais ce qu'il y a derrière cette date.

Elle ne bouge pas, attend. Il se résout donc à s'adresser à un corps inanimé. Mais est-ce vraiment plus facile ?

— Figure-toi qu'il y a encore quelques mois j'avais imaginé faire une fête, avec notre famille, nos amis… Pour une obscure raison, j'ai abandonné cette idée. Peut-être aussi parce que cette date tombait pendant notre séjour ici. Avant ces vacances, je me suis dit : « Pas grave, on passera une journée *off*, en amoureux… Un petit restaurant gastronomique, un joli moment… » Mais… Je ne sais pas ce qu'il s'est passé. Je suppose que l'envie est retombée.

Émilie se redresse pour mieux lui faire face.

— Moi je sais ce qu'il s'est passé. Il s'est passé *Valentine.* Je te le confirme : elle n'était pas prévue au programme. Tu n'avais pas prévu de craquer pour une autre… Alors, évidemment, je suis devenue secondaire dans ton esprit ! Et notre anniversaire de mariage a été relégué au rien !

— Tu dis n'importe quoi. Il faut que tu arrêtes, avec Valentine… Elle est partie, de toute façon.

— Et ça va ? Tu t'en remets ?

— Ok. Tu sais quoi ? On va s'arrêter là… Inutile de discuter avec toi, tu es fermée, aigrie, bornée, tout ce que tu veux…

Il quitte la chambre sans lui laisser le temps de répondre. Elle se retrouve bête. Seule comme dans son cœur. Son couple était son refuge. Qu'est-elle sans lui ? Elle se fait l'effet d'être une tortue sans carapace, un bernard-l'hermite sans coquillage. Nue, fragile, sans repères. Triste effet pour un triste jour. Des larmes amères qu'elle ne retient plus dévalent ses joues.

Elle pleure longtemps, jusqu'à ce qu'elle devienne sèche, vide. Et contre toute attente, le sommeil vient la cueillir et lui faire oublier, pour quelques heures, la vacuité de sa vie de couple.

*

Ils sont partis en direction de Vogüé, laissant Caroline à la bastide pour qu'Émilie ne soit pas seule à son réveil. Il n'a pas fallu la supplier : elle n'est pas très château, et elle n'avait de toute façon pas envie de bouger. Il fait trop chaud. Elle passera l'après-midi dans la piscine.

Ils ont garé la voiture avant l'entrée du village, au pied de hautes falaises, et se sont aventurés dans les ruelles. À chaque panneau explicatif, Jérôme s'est arrêté, extasié. Le petit groupe suivait leur guide avec bonne humeur, sans omettre de le taquiner, bien sûr. Cela occupait particulièrement Alex, qui ne pouvait se permettre d'en faire autant avec Sybil, puisqu'elle continuait à lui faire ostensiblement la tête et à l'ignorer totalement. Ils se sont arrêtés au bord de la rivière, près des restes d'un ancien moulin, et ont observé les hommes et les femmes travaillant, en plein soleil, à sa restauration. Plein sud, la chaleur était intense, suffocante, insupportable, et ils ont rapidement gagné ensuite la cour du château au bout d'une allée de marronniers. Carré, flanqué de tours rondes, ce château provençal les a rapidement séduits. Une architecture tellement différente de celui des ducs de Nantes !

Du cachot au sous-sol jusqu'aux étages réhabilités, en passant par une cuisine digne d'une prison médiévale (triste et sombre, sans ouverture) et par une toute petite chapelle au vitrail moderne, les cinq amis se promènent dans l'histoire de la famille de Vogüé. Jérôme passe un temps indécent à lire les panneaux, à regarder les tableaux et les photos des (nombreux) descendants du premier marquis. « Tu as vu, elle a eu treize enfants ! Et celle-ci quatorze ! » Sybil n'en revient pas… Elle qui n'aurait pas aimé en porter un seul. Et quand elle pense aux conditions de l'enfantement à l'époque, quel courage ! Quelle horreur !

Plusieurs salles présentent une exposition d'artistes contemporains. Quand l'intérêt de Sybil va croissant, Alex éclate de rire :

— Ça, de l'art ? Mais un enfant de maternelle peut faire pareil ! Tu me le confirmes, Claire ? Quand même…

Et Claire d'admettre que certaines œuvres sont potentiellement réalisables par de jeunes enfants. Cependant, il faut bien saisir l'idée et le concept derrière ces créations.

— Oui, c'est le concept qui fait tout ! renchérit Sybil, à qui Alex lance :

— Je sais, carré blanc sur fond blanc, il fallait le trouver… Et c'est de l'art. Dis, Jérôme, si je fais un carré vert sur fond vert, tu crois que je peux devenir riche ?

Le jardin suspendu, carré de verdure parfaitement entretenu d'où la vue sur les toits du village et l'Ardèche a suscité des commentaires enthousiastes, a pour sa part fait l'unanimité.

Après la visite du château, ils montent au-dessus, afin de rejoindre une petite chapelle aperçue d'en bas. De là, ils découvrent une belle vue sur les lieux qu'ils viennent de quitter.

— Il a quand même fière allure, ce château ! s'exclame Jérôme, hermétique aux moqueries.

Un panonceau indique une carrière, et leur curiosité les mène un peu plus haut, à la découverte d'un espace très intéressant. Là encore, des panneaux permettent de comprendre ce qu'ils voient, les techniques de la taille de cette « pierre bleue », son utilisation, les conditions de travail et la vie des ouvriers, photos anciennes à l'appui.

Ils finissent par redescendre et regagner la voiture. Il faisait tellement chaud, dans la carrière de pierres, qu'ils ne rêvent plus que de se baigner dans la rivière.

*

À mesure que la voiture s'approche de Labastide-de-Virac, les craintes de Vincent s'amplifient. Comment va-t-il trouver Émilie ? Il a apprécié cette parenthèse avec les autres, tentant à chaque instant de vivre le moment présent avec eux sans se laisser parasiter par des pensées encombrantes. Mais là…

Le petit groupe trouve les deux filles dans la piscine, allongées sur des matelas gonflables. Elles sortent de l'eau et leur réclament un compte-rendu de leur après-midi de tourisme. Vincent regarde sa femme. Il n'aime pas la voir comme cela. Hormis aux heures sombres de l'avant et pendant PMA, il ne l'a que très rarement vue aussi triste. Pas à cause de lui, du moins. Il voudrait bien aller vers elle, la prendre dans ses bras, la rassurer. Mais il n'y arrive pas…

Jérôme et Claire proposent à l'ensemble du groupe

de se faire une soirée à l'extérieur : puisqu'il y a un marché nocturne (producteurs et créateurs) à Vallon-Pont-d'Arc, ils pourraient y aller et en profiter pour y dîner. L'idée plaît.

Finalement, la soirée aura peut-être un petit goût de fête ?

42

Elle enlève son collier et contemple son reflet dans le miroir. Il lui renvoie un semblant de sourire, et pourtant ce qu'elle voit, c'est avant tout une femme qui se transforme. Peut-être qu'elle se fait peur, au fond. Elle sourit surtout de ce présent qu'il lui a fait. Un gage d'amour ? Un joli objet pour marquer ce jour et se relancer pour vingt nouvelles années ? Elle regarde le bijou, l'effleure, le caresse. Repense à la surprise qu'elle a éprouvée quand il le lui a offert, plus tôt dans la soirée. Il avait dû, de loin, la voir s'approcher de l'étal de ce créateur, s'intéresser à ces objets qui plaisent tant aux femmes. Ce n'est pas dans ses habitudes, de lui offrir des bijoux. En tout et pour tout, deux bagues, trois paires de boucles d'oreilles et un pendentif avec une chaîne en or. Assez peu, donc, en vingt-trois ans. Pas de quoi remplir une page de *bullet journal*, avec pour titre « Liste des bijoux que Vincent m'a offerts », avec la date, le lieu et les circonstances. Il a dû la laisser filer devant, avec Caroline, et en profiter pour acheter ce collier. Très belle pièce, très bon choix. Peut-être, si elle était tout à fait honnête, aurait-elle préféré une bague. Pour le symbole. Pour leur anniversaire de mariage, qu'il lui montre qu'il la « rechoisissait ». Il ne l'a pas fait, et c'est sans doute significatif. L'imaginer à genoux, lui redemandant sa main, c'était encore plus délirant comme fantasme… Vu le contexte, un collier, c'est déjà bien. Il a fait un effort, il a voulu honorer le souvenir de leur mariage, il a mis un peu de fête dans leur journée. Elle ne lui a pas sauté au cou. Elle lui a simplement dit merci et l'a embrassé très sobrement, ce qui en soi est un micro-événement car leurs lèvres ne se sont pas touchées depuis plusieurs jours. Au fond d'elle, il y a toujours un mélange de honte, de rancœur et de tristesse, d'amour contrarié… de doute.

Au restaurant, après, ils étaient côte à côte (une nouveauté aussi, au regard des jours précédents). Mais à aucun moment ils ne se sont vraiment regardés ou touchés. Le malaise reste palpable. Autour de la table, heureusement, l'atmosphère était plutôt joyeuse, surtout grâce à Claire et Jérôme, dont l'harmonie lui faisait autant de bien que de mal à voir. Trop d'amour pour un seul couple… Son amie a beaucoup de chance. Elle n'a pas compris l'espèce d'allusion de Claire hier soir… Comme si Jérôme avait pu la tromper, elle ! Comme s'ils pourraient s'aimer autant si cela avait été le cas…

Le peu de sérénité d'Émilie résidait dans ce collier.

Elle voulait le voir comme une preuve d'amour, preuve d'amour visible et qui n'a pas échappé à ses amies. Caroline l'a trouvé magnifique, Sybil, *chiquissime*, et Claire l'a gratifiée d'un clin d'œil complice qui signifiait : « Alors, tu vois ! »

Le temps de ce dîner au restaurant, tout a été mis entre parenthèses, les conflits, les tensions, les rancœurs. Évaporés. Comme disparus, relégués au rayon de ce qu'il convient d'oublier pour au moins quelques heures.

Émilie pose le collier sur le marbre de la salle de bains. Elle a le trac. Vincent est au lit. L'attend-il ? Elle aimerait tant. Ce n'est pas tellement qu'elle a envie de lui. Ce serait plus « pour rendre hommage à leur nuit de noces ». C'est idiot, mais elle aurait aimé (comme elle s'en fait presque un devoir chaque année) qu'ils fassent l'amour cette nuit. Drôle d'idée, vu le contexte… Mais qui sait ? Peut-être que ce serait l'occasion de renouer…

Elle éteint la lumière et s'approche du lit dans la pénombre, s'y glisse. Attend une réaction, qui tarde à venir. Elle lui demande s'il dort. Non… Alors, elle se tourne vers lui, qui lui tourne le dos, et se blottit contre le corps de son mari, son refuge, sa maison. Elle ne sait pas quoi dire, alors elle se contente de petits baisers qu'elle dépose sur son dos.

— Bonne nuit, Émy.

Les petits baisers s'interrompent, les intentions sont suspendues. Fin de non-recevoir. « Bonne nuit » ?

C'est tout ce qu'il a trouvé à dire, alors qu'elle tentait, au moins, de renouer le contact ?

Apparemment, il n'était capable de ne lui offrir qu'un collier. Un objet en métal froid, mais pas de mots ou de gestes de réconfort. Peut-être qu'il a pensé que ce bijou ferait office de devoir conjugal en ce jour anniversaire.

Elle se détache de lui, se met sur le dos, regardant, sans le voir, le plafond… Elle se sent humiliée, niée dans son état de femme. Il ne la désire plus.

Sur la page *mood* de son journal, elle pourra utiliser la pire couleur…

Dans sa tête, une image passe en boucle : un vase en porcelaine qui s'écrase sur le sol. Des débris… voilà donc ce qu'il reste de leur amour, au bout de vingt ans de mariage ?

*

Il n'avait pas envie de se forcer, trouvait ridicule de faire l'amour parce qu'il le *fallait* ce jour-là. Déjà, les autres années, il avait remarqué qu'elle s'en faisait elle-même une sorte d'obligation, une extension du devoir conjugal à l'ancienne… Mais, hier soir, les conditions n'étaient pas réunies. Même si cela allait un peu moins mal entre eux… Il n'a jamais été un adepte des réconciliations sur l'oreiller, part du principe que cela ne résout rien.

Elle a aimé son cadeau, sa surprise. Mais elle était gênée. Et lui aussi. Entre eux, les plus simples paroles et les plus petits gestes sont devenus difficiles, réfléchis, pesés. Et elle aurait voulu qu'ils fassent l'amour ? Mais il n'aurait pas pu. Le désir s'est envolé avec le reste. « Avec Valentine », dirait-elle dans son obsession. Même si Émilie n'a pas cent pour cent tort à ce sujet, elle n'a rien compris. Ou, du moins, pas l'essentiel.

43

— Plus que trois jours… se lamente Caroline en buvant une gorgée de son thé du matin. Je n'ai pas envie de rentrer.

— Tu n'es pas contente de retrouver Marin et Lola ? lui demande Claire avec étonnement.

— Si… bien sûr. Mais je vais retrouver aussi les soucis… Retour au boulot, horaires de dingue, rentrée à préparer, enfants à gérer, disputes à supporter… Fini la tranquillité, tu vois ? Là, on profite, on est bien… Je crois que je vais aller profiter des bulles, d'ailleurs.

En effet, les vacances sont une divine parenthèse. Surtout ici. Sybil a eu le nez fin. Elle est partie courir avec Vincent. Elle en avait *particulièrement* besoin.

— Ça va, Émy ? demande Claire, avec une once d'inquiétude.

— J'ai envie de rentrer, moi. Même si ça ne résoudra rien… Je sais bien que les problèmes vont me suivre à Nantes, mais au moins je saurai pourquoi je suis mère et pourquoi je vis.

— Je croyais que ça allait mieux… tente Claire.

— Parce qu'il m'a offert un collier ? ricane Émilie, amère. Il a surtout voulu se racheter… ou « marquer le coup ». Mais rien n'a changé. Je dirais même que c'est pire… Il n'a pas voulu de moi, hier soir. Je me demande sincèrement s'il m'aime encore. Si ça se trouve, Valentine lui manque.

— Je suis sûre que non.

— Écoute, Claire, tes grandes idées, ta positive attitude, des fois tu pourrais te les garder, assène Émilie sans ménagement.

— Pardon ?

— Je sais bien que tu veux me rassurer en disant ça… ou peut-être que tu y crois vraiment. Mais ce que tu penses n'est pas la *vérité* ! Tu ne sais pas ce qui se passe dans mon couple. Quoi que j'en dise, bien que j'en parle régulièrement, vous ne saurez jamais ce qui s'y passe vraiment…

— Comme dans tous les couples, rétorque Caroline. Ça vaut pour tout le monde, ce que tu dis.

— Voilà, fait Émilie en tendant la main, paume vers le haut, pour appuyer ses dires. Si je vous dis que ça va mal, ça va mal ! Et, bizarrement, le départ de Valentine n'a rien arrangé.

Claire quitte la table du petit déjeuner. Elle en a assez entendu. C'est sa fête ou quoi… ?

*

— Tu n'as qu'à aller la retrouver…

Vincent vient de sortir de la douche, il ruisselle encore, et se fait attaquer. Émilie a surgi dans leur salle de bains, le regard courroucé. Elle semble prête à en découdre.

— De qui tu parles ?

— Tu le sais très bien, ne te moque pas de moi, articule-t-elle en serrant les dents. Va la rejoindre à Nantes, tu en meurs d'envie…

— Tu délires, Émy. Tu te fais du mal…

— TU me fais du mal ! Et tu fais semblant de ne pas t'en rendre compte… Regarde, hier soir… Tu m'as rejetée…

— Quel grand mot… Émy, tu m'inquiètes. Tu n'es pas dans ton état normal…

— Mais tu sais pourquoi ? Parce que tu me mets hors de moi ! Et c'est quoi, mon « état normal », d'après toi ? Ah, je sais ! Mon état normal, c'est quand j'étais une bonne petite femme, bien gentille, bien à l'écoute, une bonne maman, disponible, sérieuse et tendre, et qui fait bien la cuisine, et qui supporte sa charge mentale avec le sourire, une bonne poire, un peu trop gentille, et si parfaite que quand un grain de sable vient se coller dans les rouages, ça la fait réagir comme la princesse au petit pois sur ses cinquante matelas ! Parce que je suis sensible, oui ! Parce que je suis venue ici pour te retrouver ! Je voulais qu'on ressoude notre couple… et au lieu de ça, on sombre ! On était un couple de parents, on va revenir en couple de rien du tout ! Un couple qui ne baise plus, un couple qui ne s'embrasse plus, un couple qui ne se parle même plus !

— Je crois que c'est pourtant ce qu'on est en train de faire.

— Erreur ! JE te parle, mais toi, non ! Rien ! *Nothing* ! *Nada* ! Que dalle. J'attends tes mots… tes explications… J'en ai assez de ramer toute seule… Et je veux être une femme ! Une vraie ! Avec un corps !

La rage et les larmes se mêlent, sa voix s'enraye alors qu'elle commence à déboutonner son chemisier.

— Tu ne me touches plus… Tu n'as plus envie de moi… J'ai voulu croire que c'était à cause de mes kilos en trop. Peut-être que j'aurais préféré ça, comme explication. La vérité, c'est que tu t'en fiches, que tu ne me désires plus… Je ne suis pas que la mère de tes filles. Je n'ai pas envie de passer le cap de la quarantaine en me disant que ma vie de femme est derrière moi ! J'ai un corps… Quand je vois le tien, là, j'ai envie de te toucher, de t'embrasser, j'ai envie que tu me fasses l'amour par terre comme l'autre jour… pour moi, parce que tu ME désires, et pas une autre… pas une autre.

Elle se laisse choir sur le petit banc de la salle de bains. Il s'accroupit face à elle, lui caresse la joue avec un petit sourire.

— Je ne veux pas de ta pitié.

Dans ses yeux, le même courroux. Elle a vidé son sac, mais ça n'a servi à rien. Il lui faut quoi ? Un électrochoc ? Elle se redresse, reboutonne son haut et quitte la salle de bains, laissant Vincent dans une perplexité totale.

Il comprend enfin le fond du problème. Il était loin de se douter que son malaise était si grand, si profond, si multifacettes. Jusqu'à présent, sa femme lui était apparue simple, heureuse, aisée à satisfaire, pas compliquée… Par un revirement aussi soudain qu'inexplicable, elle lui dévoile son autre face, un côté caché, abscons, obscur. Il remonte dans leur passé, à la recherche d'éléments qui auraient pu, ou dû, lui mettre la puce à l'oreille, l'alerter… Ne trouve pas. En lui s'immisce la peur de l'avenir de son couple.

C'est sûr, ce sont ces vacances qui ont tout fait basculer. Elle était heureuse et simple, elle est devenue malheureuse et compliquée. Il n'est pourtant pas au bout de ses surprises.

44

Après la journée « tourisme » de la veille, ils ont décidé de se poser, chacun selon ses envies, parfois, pour une partie de Mölkky, de ping-pong ou de tarot, pour une baignade ludique ou une séance de jacuzzi.

Émilie a passé sa matinée sur son téléphone, visiblement en grande conversation écrite… Vincent observe de temps en temps son petit manège de loin. De la provocation, ni plus ni moins. Il aurait tendance à changer d'avis quand elle demande en plein déjeuner :

— Claire… tu me prêterais ta voiture ?

Ladite Claire ouvre de grands yeux pendant qu'elle termine sa bouchée, et en profite pour jeter un coup d'œil à Vincent.

— Euh, eh bien…

Autour de la table, les esprits rivalisent d'adjectifs pour qualifier la demande publique d'Émilie. Étonnante/Incroyable/Culottée… Claire interroge Vincent du regard. Elle ne saurait donner son accord sans sa permission. Après tout, hormis Jérôme et Alexandre, tous se doutent de l'endroit où elle veut aller, et surtout de qui elle compte retrouver…

— C'est ce que tu veux ? demande Vincent en regardant sa femme droit dans les yeux.

Elle le défie du regard sans un mot. « Elle pète un câble », se dit Sybil sans y croire. Ce n'est pas l'Émilie qu'elle connaît qui s'apprête à aller retrouver un homme qu'elle a aimé, qui persiste et signe !

— Je ne t'ai jamais enfermée, ce n'est pas aujourd'hui que je vais commencer. Tu veux y aller, ma chérie ? Eh bien, vas-y, regarde, la porte est grande ouverte.

Ils sont dehors, mais personne n'a envie de rire. Même pas Alex.

Elle le prend au mot, se lève, jette un : « Je sais où sont tes clefs, ne te dérange pas, Claire », ce qui étonne celle-ci puisqu'elle-même l'ignore. On la voit entrer dans la maison pour en ressortir dix minutes après, dans une autre tenue, son sac à la main. Elle n'est déjà plus la même.

— À plus tard, lance-t-elle avec trop d'enthousiasme.

Le cœur de Vincent se serre.

Un profond malaise s'est abattu sur la table.

*

— Qu'est-ce qui se passe avec Émilie ? Ça a l'air complexe… demande Alexandre à son ami qui n'est plus que l'ombre de lui-même.

— Elle est partie retrouver un mec, répond Vincent sans détour.

— Tu rigoles ?

Alex croit vraiment à une blague. Comment Vincent aurait-il pu sciemment la laisser partir dans ce cas ?

— Mais… pourquoi ? demande simplement Jérôme, alors que des dizaines de questions se pressent dans son esprit.

— Est-ce que je sais ? Elle me cherche, je crois… Je suppose qu'elle attend que je réagisse.

— C'est vachement dangereux, ce petit jeu-là, note Alexandre, perplexe.

— C'est qui, ce type ? Il sort d'où ? demande Jérôme pour tenter de comprendre.

— C'est le mec avec qui elle était avant d'être avec moi. Son « premier amour », comme elle dit. Il est du côté d'Avignon. Apparemment, il l'a retrouvée sur Facebook. Je crois qu'il lui a retourné le cerveau.

— Ce qui expliquerait qu'on ne la reconnaît plus vraiment… commente Jérôme.

— Tu trouves aussi ? J'ai ma part de responsabilité cependant, concède Vincent.

— Mais tu la laisses y aller ? Sans rien lui dire ? Elle va se jeter dans la gueule du loup, et toi, tu laisses faire ?

— Elle me teste, je te dis. Je la laisse aller au bout de son délire. Je verrai bien… Ils se sont vus la semaine dernière, il ne s'est rien passé.

— Tu ne serais pas naïf, sur ce coup-là ? assène Alex, sarcastique.

— Je lui fais confiance, elle ne m'aurait pas menti.

— Et tu es prêt à prendre le risque ? demande Jérôme, soucieux.

— Oui…

— Tu es courageux. Je ne supporterais pas que Sybil me fasse un coup comme ça. Déjà, le fait qu'elle soit toujours sur son téléphone, je ne comprends pas que tu acceptes ça. Et si elle couche avec, tu te rends compte ?

— Elle n'ira pas jusque-là, tu verras, assure Vincent. Elle a envie de se sentir femme dans les yeux d'un homme… C'est tout.

— Et toi, tu es d'accord ? Genre « vas-y » ? Je ne te comprends pas.

Le visage d'Alex exprime en effet l'incompréhension la plus totale, celui de Jérôme la gravité.

— Elle a besoin d'être rassurée sur son potentiel de séduction. C'est juste une question d'ego.

— Elle risque de revenir un peu trop rassurée, rit Alex.

Les deux autres le fusillent du regard.

— La vraie question, c'est : pourquoi, toi, tu ne la rassures pas ? demande Jérôme.

— Bonne question, admet Vincent. Bienvenue dans la quarantaine…

*

Déconne pas/Ne fais pas de bêtise que tu pourrais regretter/Protège-toi ! Les SMS que Sybil, Claire et Caroline ont envoyés à tour de rôle sont restés sans réponse.

L'après-midi a eu un goût d'étrange. Dans une ambiance bizarre faite d'attente suspendue, ce qu'il restait du groupe a poursuivi ses occupations, entourant Vincent de regards et d'attentions. Il n'a jamais entendu autant de « Ça va ? » depuis le début du séjour.

Ils se sont mis à table tardivement, espérant toujours l'arrivée d'Émilie, comme M. Seguin le retour de sa chèvre partie découvrir la montagne… Ils se sont résolus à dîner à 22 heures, sans elle et sans avoir eu de nouvelles. Sans appétit pour certains. Vincent tente de faire bonne figure, mais son inquiétude grandit. Son désarroi aussi. Il a joué avec le feu… à s'en brûler les doigts ? Peut-être a-t-il misé trop fort ? Peut-être s'est-il trompé ? Il tente encore de se rassurer, préférant se dire qu'ils avaient prolongé leurs retrouvailles dans un restaurant pour continuer d'échanger sur leurs souvenirs, qu'elle allait revenir avant la nuit… Mais la nuit est déjà tombée. Alors, avant qu'il monte se coucher ? … Car il ne peut croire qu'elle puisse passer la nuit dehors. Avec l'autre…

Il sent sur lui la peine des autres. Il veut rester fort, assumer son choix de l'avoir laissée libre. Il était certain qu'en lui accordant ainsi sa confiance, elle ne le trahirait pas. Il est certain, aussi, que s'il avait su lui répondre ce matin, ils n'en seraient pas là… qu'elle est partie en réaction à ses silences et à son inaction. À son absence de désir.

— J'espère qu'il ne lui est rien arrivé…

Claire en veut à Émilie de les laisser sans nouvelles. Elle aurait pu les rassurer…

— Elle teste peut-être aussi notre peur à tous, propose Alexandre.

Au fond, ce soir, tout le monde en veut à Émilie pour des motifs divers, au moins pour le fait qu'elle a ruiné l'ambiance de cette journée.

Tous se posent cette question fondamentale : mais comment vont se terminer ces vacances ?

45

— Salut…

Si elle n'avait pas deux baguettes dans une main et un sachet de viennoiseries dans l'autre, elle se tiendrait face à eux les bras ballants. Elle a le sourire honteux, gêné. Ils ne sont que quatre à la table du petit déjeuner. Vincent n'y est pas, c'est presque un soulagement. La honte ira crescendo. Elle s'avance vers eux, pour une bise, un salut. L'interrogation est générale dans les yeux de ses amis. Sybil, qui a séché la séance de trail (parce que Vincent lui a annoncé deux heures de course au minimum), voudrait bien savoir vite ce qui s'est passé, et peut-être lui faire une leçon de morale… Mais Jérôme et Alex sont là aussi, et ce n'est pas le moment.

Elle dépose les victuailles sur la table, prend une tasse, va dans la cuisine faire chauffer de l'eau, puis s'installe. Les autres discutent de tout, de rien (surtout), avec un regard par intermittence sur elle. Elle devine leurs questionnements, leur jugement, les écoute d'une oreille distraite. Elle est, d'une certaine façon, encore avec Éric. Ici et ailleurs. La même et différente… Sa gêne n'efface pas ce sentiment étrange qui l'a gagnée sur la route du retour : elle se sent neuve.

— Tu aurais pu appeler, quand même, ou au moins envoyer un message… On s'est inquiétés…

— Je sais. Je t'ai envoyé un SMS hier soir. Tu l'as eu ? demande Émilie à Claire.

Celle-ci acquiesce. Ils étaient déjà couchés. Elle n'a pas eu le courage d'aller prévenir Vincent, d'être porteuse d'une mauvaise nouvelle… Car même s'il ne lui était « rien arrivé », c'en était une : elle découchait. Claire aurait eu le sentiment d'endosser la honte d'Émilie… qui bizarrement semble assez bien assumer son écart, à la voir croquer sans scrupule dans un croissant aux amandes.

— Je sais ce que vous vous dites… Vous pouvez penser ce que vous voulez, me juger si vous voulez. On ne fait pas toujours que des choses bien, dans la vie. Ça ne m'est pas souvent arrivé… La seule personne à qui je devrai rendre des comptes, c'est Vincent.

Ils semblent d'accord avec ça, la laissent tranquille, évoquent les activités possibles pour cette avant dernière journée. Il n'est que 9 heures.

*

Vincent a couru, sué, dépassé ses limites comme

il ne l'avait pas fait depuis longtemps. Il avait besoin d'évacuer son stress, sa rage, son dégoût, peut-être. Il passe le haut portail du domaine et remonte par le chemin qui mène au parking, ne tarde pas à y découvrir la voiture de Claire. Un mélange de soulagement, d'impatience et de colère l'envahit. Son acharnement n'a pas suffi… L'adrénaline monte dans toutes ses cellules.

Il arrête sa course, se met à marcher, expire fort par la bouche, tente de se calmer. D'habitude, le calme, c'est ce qui le caractérise, mais là il doit se contenir, car dans les images qu'il brode mentalement, il va trouver sa femme et la secoue en hurlant : « Mais qu'est-ce que tu as fait ? » Il revoit Caroline insulter Sébastien. Il a trop de respect pour Émilie pour la traiter de salope, ce n'est pas son genre. Mais il a mal, il a eu mal toute la nuit de l'imaginer avec ce type qui n'est rien… Jamais il ne l'aurait crue capable de passer la nuit avec un autre. Parfois, lors de brefs moments d'espoir sans doute vain, il s'est dit qu'elle avait fomenté un plan extravagant pour lui faire croire que… Alors qu'elle aurait juste loué une chambre d'hôtel. Pour le faire réagir, le faire se rendre compte… Mais il ne croit pas trop à ce scénario-là. La réalité est sans doute moins romanesque, et plus crue.

Il bout, son cœur bat la chamade. Où est-elle à cet instant ? Doit-il attendre ses explications ou bien les provoquer ? la laisser venir à lui ou bien la menacer ? Il tourne en rond dans sa tête, et pour de vrai, en continuant ses amples respirations. Il retarde le moment de rejoindre les autres. Pourtant ce n'est pas à lui d'avoir honte. Elle ne devait pas être fière, d'ailleurs, quand elle est arrivée.

Et c'est alors qu'il la voit, au bout de l'aile. Elle l'a probablement aperçu de l'intérieur de la maison. Peut-être même qu'elle le guettait derrière une fenêtre. Elle est trop loin pour qu'il lise sur son visage, mais elle s'avance vers lui. À petits pas. Se pourrait-il qu'elle ait une bonne nouvelle ? Si tant est que ce soit possible… Il l'attend et ne bouge pas. Ce n'est pas à lui d'aller vers elle. Son visage devient plus net. Il y lit la peur, la tension, la gêne. Rien qui le rassure.

Elle n'est plus qu'à deux mètres, mais s'est arrêtée. Bizarrement, il aurait aimé qu'elle le prenne dans ses bras. Qu'elle lui demande pardon… Au moins pour l'avoir laissé sans nouvelles, pour lui avoir fait peur et l'avoir laissé imaginer… tout et son contraire. Il a passé la pire nuit de sa vie, elle pourrait s'en douter. Elle lui dit bonjour… Il ne lui répond pas… *Bon jour* ?

— Il faut qu'on parle… mais pas ici.

C'est tout ce qu'elle a dit. Il n'a pas voulu ironiser. Et puis, fait étrange, il l'a trouvée belle dans sa tristesse. Différente.

*

Ils ont marché côte à côte, le temps de contourner l'aile de la maison, ont croisé Caroline qui déjeunait sur la terrasse, Claire qui cuisinait déjà, Jérôme qui passait l'aspirateur. Tous les ont regardés sans rien dire. Ils sont montés se réfugier dans leur chambre… Leur lieu, celui des meilleurs et des pires moments de ce séjour… où il y a une baignoire balnéo dont ils n'ont pas profité.

— Je veux que tu me racontes ce qui s'est passé. Tout ce qui s'est passé… Mais épargne-moi les détails, s'il te plaît.

Alors elle lui raconte… Comment il l'a accueillie, la promenade qu'ils ont faite, le salon de thé, le restaurant… Qu'elle pensait rentrer après, qu'il a proposé *plus*… Qu'elle n'a pas su dire non… Parce qu'elle en avait envie, parce qu'elle était belle dans ses yeux, et femme, désirable, désirée… Parce qu'ils n'ont pas vingt ans au compteur, et pas de quotidien qui ruine le désir. Parce qu'elle était curieuse de renouer avec ce corps connu il y a longtemps. Parce qu'ils ne se sont rien promis. Parce qu'ils n'ont pas d'avenir ensemble, et qu'elle s'est sentie libre… Parce que son corps lui disait oui… et qu'elle a choisi d'abandonner son esprit, ses tourments, sa morale, sa *perfection* quelques heures.

— Comment as-tu pu ?

Il est assis sur le lit, secoue la tête à l'image de son incompréhension et de son envie de ne pas y croire.

— Tu m'as laissée y aller.

— Pour que tu aies le choix, pour voir jusqu'où tu irais… Eh bien, j'ai vu, et jamais je n'aurais cru que tu étais capable de me faire ça, à moi… le lendemain de notre anniversaire de mariage. C'est d'une cruauté, quand on y pense…

Il a levé les yeux sur elle, elle baisse les siens.

— J'ai du mal à l'expliquer, mais c'est comme si je *devais* y aller… Il y avait une force qui me poussait vers lui, et loin de toi. Je suppose que j'avais à me prouver que je pouvais encore plaire, à l'heure où je ne plais plus à mon mari…

— Tu sais très bien que c'est faux. Tu ne te plais pas, à toi. Tu rejettes la faute sur moi. Et ta colère, contre moi, contre Valentine, c'est celle que tu as à l'intérieur de toi, contre toi-même. Tu ne t'aimes plus… Tu n'aimes plus ta vie… Tu doutes… C'est la quarantaine qui te monte à la tête. Mais c'est grave, très grave, ce que tu viens de faire.

Elle ne répond rien.

— Sors d'ici, ordonne-t-il. Laisse-moi seul.

Émilie se relève, se dirige vers la porte et se retourne une seconde avant de la refermer sur elle, le temps de contempler son mari meurtri. Elle ne voulait pas…

46

Elles ont interrompu leurs activités (lecture, mots croisés, magazine) en la voyant arriver. Elle porte toujours la même robe que la veille, et un visage crispé. Elles se jettent un coup d'œil qui pourrait vouloir dire : « Quoi qu'elle ait fait, on est là pour elle. » Alex et Jérôme jouent au Mölkky, assez loin pour ne rien entendre.

Émilie se pose dans la chaise longue inoccupée à côté de Claire. Elle n'attend pas leurs questions, leur explique de but en blanc ce qui s'est passé, dans les mêmes termes qu'avec Vincent. La surprise et la gravité se lisent sur le visage de ses amies.

— Je sais, ce que j'ai fait est moche et égoïste. Quelque part, je me dégoûte, et en même temps je ne regrette pas… Comme si c'était un mal nécessaire, que je devais, que nous devions en passer par là.

— Parce que tu crois qu'il va te pardonner et que ça va repartir comme en quarante ? demande Sybil avec un peu d'agressivité dans la voix. Depuis quand tromper l'autre permet de recoller les pots cassés ? C'est plutôt l'inverse…

— Peut-être que cela va créer un électrochoc… suggère Caroline.

— Ou pas. Mais une chose est sûre : ça passe ou ça casse, confirme Sybil.

— Parfois, ça passe… et ça permet de grandir, ajoute Claire comme pour elle-même.

Les trois autres la regardent avec la même interrogation dans les yeux.

— Oui, je sais de quoi je parle, simplement je ne vous l'ai jamais dit… Jérôme m'a trompée.

— Non ! ? Mais quand ? demande Sybil, abasourdie, comme les autres.

— Il y a huit ans. C'était après la naissance de Léna. J'étais accaparée par les deux aînés et ce tout petit bout… et par le boulot, après le congé mat'. Je ne faisais que gérer, gérer… J'étais fusionnelle avec mes trois enfants, et je crois que j'ai oublié Jérôme. Il s'est senti de trop… à cette époque. Il n'en a pas fallu plus pour qu'il se détourne de moi. Mais je n'ai rien vu. Rien du tout. Peut-être parce que je ne voulais pas le voir. Un soir, il est rentré plus tard que d'habitude. Il m'a demandé si ça m'intéressait de savoir où il était, ce qu'il avait fait… Je me souviendrai toujours de cette soirée. Il m'a avoué qu'il avait une maîtresse depuis plusieurs semaines. Une collègue. Il m'a demandé si ça me faisait quelque chose.

— Drôle de question… juge Sybil.

Émilie souhaite qu'elle se taise. Le récit de Claire l'intéresse au plus haut point. Et pour cause…

— Il m'a demandé si je comptais faire quelque chose pour éviter qu'il s'en aille. Avec le recul, je ne crois pas qu'il serait parti, mais… Tu parlais d'électrochoc, c'est tout à fait ça : ça m'a réveillée d'un coup, ça m'a sortie de la léthargie maternelle dans laquelle je me complaisais. Je ne vous cache pas que ç'a été très dur… Nous sommes passés par des moments très difficiles, nous avons même consulté un conseiller conjugal. On a tout mis à plat. Ma confiance était aussi à plat, et notre amour de guingois… Mais il a tout fait pour me reconquérir (et moi aussi), et je lui ai pardonné. Et finalement nous sommes plus heureux depuis. C'est très contradictoire, mais cette crise nous a rendus plus forts, et encore plus amoureux. Elle nous a permis de nous retrouver. C'est pour cela que je suis moins négative que toi, Sybil : tout est possible. Il faut seulement beaucoup d'amour.

— Seulement beaucoup d'amour, murmure Émilie, pensive.

Claire se tait. Le silence qui suit est empreint de sidération.

— Tu sais, Émilie, même si tu penses que je suis trop dans le rôle de celle qui apporte la « bonne parole », malgré tout, je te le dis comme je le pense ou le perçois : je suis persuadée que vous pouvez surmonter ça… Vous vous aimez…

— Moi, oui, mais lui… je ne sais plus. Et puis, après ce que j'ai fait…

— Oh, ce ne sera pas facile. Il faudra du temps… Rien ne sera jamais plus comme avant, mais ça peut être mieux… C'est tout ce que je voulais dire.

— Pourquoi tu ne nous en parles que maintenant ? demande Caroline. Je croyais qu'on se disait tout… Tu as traversé ça toute seule, sans nous en parler…

— À cette époque, nous étions moins proches, on se connaissait à peine, toi et moi. J'ai gardé ça pour moi, c'est un moment où je me suis beaucoup repliée sur moi-même. Et depuis je n'ai pas eu l'envie ou le courage d'en parler. Peut-être aussi que je n'aurais pas aimé que vous changiez de regard sur Jérôme.

— C'est vrai que je ne le vois pas du tout dans ce rôle-là… concède Sybil.

— Je crois surtout que ça peut arriver à tout le monde… déclare Émilie. Regarde, moi, je ne pensais pas que je pourrais le tromper… C'est tellement contraire à mes valeurs. Peut-être que j'étais naïve, hier. Je n'y allais pas pour ça. J'avais juste envie de revoir Éric et de confirmer ma première impression. De lire dans ses yeux de quoi me rassurer, de me laisser séduire… D'éprouver le frisson du flirt, des premiers émois… Le cœur qui bat la chamade, les papillons… Des sensations perdues qui m'ont fait tourner la tête. J'ai eu l'impression de retrouver mes dix-sept ans.

— Ça a dû te faire bizarre…

— C'est vrai, et c'était très étrange : c'est un peu comme si j'étais sortie de mon corps, comme si ça n'était pas vraiment moi… Un peu comme si j'assistais à un film dans lequel l'actrice me ressemble vaguement… mais que ça n'était pas moi.

— Et que comptes-tu faire maintenant ? demande Caroline.

— Je ne sais pas. Éric m'a envoyé plusieurs messages… Il veut qu'on se revoie avant notre départ.

— Et toi ? Tu en as envie ?

Les yeux de Claire la supplient de répondre par la négative. Émilie suspend sa réponse un court instant.

— Non. Qu'est-ce que ça m'apporterait ? Ça ne pourrait pas être aussi beau, ou fort, que cette nuit, et je n'ai pas envie de récidiver. Ni pour moi ni surtout pour Vincent. Ce que j'aimerais, c'est qu'il réagisse comme toi, Claire : qu'il se réveille. Et que nous trouvions ensemble la force de nous retrouver vraiment. Mais, sincèrement, j'y crois assez peu.

— Quand je pense à ce que tu nous as dit, au début du séjour… commence Caroline. Tu voulais donner un « coup de fouet » à votre amour… Je crois que, pour le coup… tu y es allée un peu fort.

47

Vincent est resté longuement sous la douche, bien plus que nécessaire. Peut-être ressentait-il le besoin de laver à grande eau son esprit meurtri plus encore que son corps épuisé par une course ardue. L'eau qui coule sur ses joues ne provient pas que du jet. Il n'est pourtant pas homme à pleurer. Ou bien si, mais de joie, comme à la naissance de ses filles, tellement espérée et attendue qu'il n'avait pas réussi à surmonter son émotion.

Mais ces larmes d'aujourd'hui sont celles d'un homme blessé. Il n'est pas à terre, mais se sent fourbu. Physiquement debout, mais moralement piétiné, c'est ainsi qu'il se voit. Infiniment triste, aussi. Comment en sont-ils arrivés là ? Est-il vraiment responsable ? A-t-elle raison quand elle l'accuse de la considérer surtout comme une mère et de ne pas assez l'aimer ? Il pourrait être d'accord sur un point : il l'a sans doute négligée. Mais était-ce une raison pour aller voir ailleurs si l'herbe était plus verte ? si le plaisir était plus grand ? Non, il ne s'agissait pas de cela. Du moins l'espérait-il. Il a bien compris qu'elle aimerait moins de routine, plus de fantaisie… Comme à leurs débuts, quand ils faisaient l'amour n'importe où, dans une voiture, dans la nature, dans la douche du camping, dans les toilettes d'un restaurant… Il devrait certainement se réjouir du désir qu'elle a toujours pour lui. Au bout de toutes ces années, il semble s'être réinvité chez elle. Même s'il est tenté de le nier, il s'avoue en son for intérieur qu'elle lui fait moins d'effet qu'avant… ou que Valentine. Là-dessus, elle a eu du flair : il a bel et bien fantasmé sur la jolie libraire. Mais il n'en a rien fait. Pas comme Émilie ! Il aurait peut-être dû essayer, se lancer… Parce que, à un moment, il n'a pas été loin de passer aux aveux et tenter une approche. Mais il s'est raisonné, pour honorer ses promesses de fidélité devant Dieu, à lui-même et à Émilie, surtout… Parce qu'il l'aime, tout simplement. Vincent enfile un tee-shirt blanc, un bermuda en jean, chausse ses espadrilles, et se décide à descendre retrouver Alex et Jérôme. Heureusement qu'ils sont là… même s'il n'a pas envie d'assumer sa nouvelle étiquette de… (non, vraiment, ce mot est trop laid).

Il les trouve attablés, sur la terrasse, avec une bière. Il n'est pas loin de midi. Vincent rattrape le petit déjeuner qu'il a sauté et va se servir un café, puis s'installe. Il sent la gêne de ses amis. Autant y aller franco.

— Ouais… Je ne vous fais pas de dessin. J'ai joué,

j'ai perdu. Je ne la pensais pas capable de me faire ça. C'est dur à digérer.

Jérôme pose sa main sur son épaule et serre fort, pour lui exprimer sa compassion la plus profonde.

— Tu vas faire quoi ? demande Alexandre.

— Qu'est-ce que tu veux que je fasse ? Je vais attendre… Là, j'ai juste envie de ne pas la voir, et en même temps… je ne voudrais pas gâcher la fin du séjour. Je ne vais pas rester enfermé dans ma chambre jusqu'au départ. On verra bien… Elles sont où, les filles ?

— Parties au village, visiter une galerie d'art, je crois.

Vincent allume sa cigarette électronique et commence à tirer dessus en poussant un long soupir.

— Je m'en souviendrai, de ces vacances, lâche-t-il en s'affalant sur sa chaise.

*

Elles reviennent, à pied, de la galerie de la Forge, où elles ont pu découvrir les créations originales d'artistes locaux, peintres, tapissier, forgeron, sculpteurs… Sybil a craqué pour un tableau, qu'elle a réservé et ira chercher le samedi matin, avant de rentrer. Elle se serait bien laissé tenter par un fauteuil original tapissé de jeans, mais où l'aurait-elle mis ? La voiture n'est pas extensible… Et puis n'aurait-il pas juré dans son salon ? Sybil a le don pour regretter des achats faits sur un coup de tête. Elle paie parfois cher ses élans de spontanéité.

— Moi aussi, faut que je vous dise un truc... commence-t-elle de but en blanc.

En deux jours, elle a eu le temps de digérer... et son achat l'a mise de bonne humeur (il ne faut jamais négliger le bien-être que procure le fait de se faire plaisir en dépensant un peu d'argent...). Alors elle est prête à en parler et se lance :

— Vous avez dû voir que ma virée à Barjac ne s'est pas très bien passée... Figurez-vous qu'Alex, mon cher et tendre et imprévisible mec, m'a fait une proposition que je pourrais qualifier de... pas très cool.

Elle vient d'en dire suffisamment pour devenir soudain l'objet de toute l'attention des filles, ce qui n'est pas pour lui déplaire.

— Je vous ai dit que Léa voulait venir vivre avec nous et qu'il envisageait sérieusement de lui ouvrir grand la porte (sans se soucier de ce que j'en pense)... Eh bien, figurez-vous qu'il a décrété que s'il y en avait une de trop entre nous deux, c'était moi. J'ai hal-lu-ci-né. Vous imaginez ?

— Qu'est-ce que ça veut dire exactement ? demande Caroline, pressée qu'elle en arrive aux faits.

— Tenez-vous bien, accrochez-vous : il veut qu'on se sépare.

Les mâchoires se décrochent, les exclamations fusent. C'est impossible !

— Pour être plus précise : il veut qu'on fasse logement séparé. Mais sans se séparer. C'est son nouveau concept…

Claire se fige sous le coup de la surprise. Le petit groupe s'est arrêté net et, comme dans un mouvement de protection, rassemblé en un cercle. Les « pourquoi » et les « comment » se télescopent.

— Apparemment, je suis insupportable. Le quotidien est infernal avec moi, surtout, évidemment, quand il y a les enfants. Rassurez-moi, je ne suis pas si compliquée à vivre que ça ?

Euh…/Eh bien…/C'est-à-dire que… Il faut admettre qu'elle n'est pas toujours facile, et qu'elle peut (parfois) agacer… Sans compter, elle l'a dit, qu'elle a elle-même du mal à supporter les enfants…

— Mais nous, on t'aime comme tu es, assure Caroline en riant.

Sybil en paraît un peu rassurée.

— Je sais que je ne suis pas toujours simple… C'est vrai, j'avoue. Mais bon, de là à me dégager de NOTRE appartement ! C'est hyper humiliant… Et vous imaginez ? Je suis qui, pour lui, hein ?

Caroline, Claire et Émilie, à coups de « Ce n'est peut-être pas une mauvaise idée »/« Ce sera peut-être mieux ainsi »/« C'est sans doute temporaire », tentent de la faire réfléchir.

— Il y a des avantages à cette situation, affirme ensuite Émilie.

— Ah bon, lesquels ? Parce que moi, ce que je vois, c'est la solitude, moins d'espace, moins de confort, moins de pouvoir d'achat, et surtout moins d'Alex !

— Moins de Léa ! lance Caroline. En voici un !

— Moins de disputes ! ajoute Claire. En voici deux !

— C'est un jeu ? Vous trouvez ça drôle ?

— Non, mais essaie simplement de te projeter, propose Émilie. Tu auras ton chez-toi, tu pourras vivre à ton rythme, tu n'auras plus à râler après Côme et Léa pour qu'ils rangent, plus à faire la police, à te mêler de leur éducation… Et pour vous, ce sera tout bénef : vous vous verrez moins, mais vous vous verrez par envie, pas par obligation ! Vous n'aurez que les bons moments. Et, avec un peu de chance, vous vous manquerez… Fini le quotidien tue-l'amour !

— Dis donc, tu ne serais pas désabusée, toi ? C'est bien la première fois qu'on t'entend dire un truc pareil…

— Je crois que c'est quelque chose qu'on ne dit pas aux jeunes mariés pour les laisser dans l'illusion des débuts de la vie de famille : le quotidien, ça peut vous tuer un couple. C'est comme la grossesse, l'accouchement et la suite : le secret est bien gardé, pour perpétuer l'espèce, mais si vous voulez mon avis, si on savait tout, certaines ne s'y risqueraient pas !

— Comme moi, approuve Sybil en riant.

— Tu dis ça, mais tu as bataillé pour devenir mère. Sans regret, n'est-ce pas ? demande Caroline à Émilie.

— Évidemment.

Écrasées par la chaleur du midi et décontenancées par ce nouveau rebondissement, elles reprennent à petits pas leur marche vers la bastide, au son des cigales.

*

— Je peux te poser une question ?

Alex regarde Caroline et pose le crayon qu'il tenait sur la petite table en fer forgé. Cela fait un quart d'heure qu'ils font des mots fléchés tous les deux et qu'il tente de lui apporter son aide. Il acquiesce.

— En réalité, j'ai plein de questions… avoue-t-elle. Mais elles vont toutes un peu dans le même sens : je voudrais essayer de vous comprendre, vous, les mecs.

Il rit légèrement, surpris de son entrée en matière.

— Je ne suis peut-être pas le mieux placé pour te répondre. Non seulement je ne suis pas un modèle, mais en plus mes réponses ne seront ni celles de Jérôme, ni celles de Vincent… ni celles des autres. On est tous différents, donc vouloir comprendre les hommes à travers moi, en me demandant, à moi, ce que je pense… je te souhaite bon courage ! s'exclame-t-il.

— Non, bien sûr… Mais quand même, tu sais ce qu'on dit : on ne raisonne pas pareil, on ne vient pas de la même planète.

Il l'admet volontiers.

— J'essaie de comprendre… pourquoi Sébastien m'a trompée. Et je ne comprends pas ! On était bien, tous les deux, on faisait l'amour un maximum, j'étais toujours partante… ça se passait bien, il avait l'air d'y trouver largement son compte… Il disait qu'il était amoureux. Il voulait qu'on s'installe ensemble. C'est bien que tout était pour le mieux, non ? Alors pourquoi il est allé voir ailleurs ? Pourquoi il n'a pas réussi à se contenter de tout ce que j'avais à lui offrir ?

Alex, gêné, hausse les épaules. Est-ce qu'il sait ? Il n'était pas dans sa tête…

— Toi, par exemple, on sait tous que tu trompais Sabrina… Pourquoi ?

Il est surpris par son aplomb qui le remet en cause. Pour autant, il n'y a aucune agressivité dans la voix de Caroline, simplement une grande curiosité qui allume ses pupilles.

— C'est très personnel, ta question… Je ne suis pas sûr que cela te regarde, mais admettons qu'il y ait prescription… commence-t-il. Disons, pour faire simple et réducteur, que j'étais sexuellement frustré et que j'avais en plus un grand plaisir à séduire ou me laisser séduire. Donc, oui : je l'ai trompée, assez régulièrement. Jusqu'à Sybil.

— Et alors, justement… Qu'est-ce qui a fait que tu t'es *arrêté* à Sybil ? Que tu es resté avec elle ? Que tu as quitté ta femme, alors que tu ne l'avais pas fait pour les autres ?

— Tu touches là au mystère de l'amour, chère Caro. C'était une évidence. Il faut dire qu'elle est sacrément unique, ma Sybil.

— Mais Sabrina, tu l'as aimée ! Et tu la trompais… Tu pourrais en faire autant avec Sybil, donc…

— Ça n'a rien à voir.

— Mais pourquoi ?

— Je ne sais pas, moi, ça n'a rien à voir, c'est tout. Je ne vais pas te lister tout ce que m'apporte Sybil… J'adore même qu'elle m'horripile, c'est dire… Avec elle, je ne m'ennuie jamais. Tiens, oui, ce doit être ça… Avec elle, il y a du mouvement, de la folie, des montagnes russes, des engueulades, des réconciliations sur l'oreiller en feu d'artifice… Ça bouge, et j'adore ça. Il y a tout ce que j'aime. Pourquoi vouloir plus ? Et puis… j'ai quarante-six ans, ça va, j'en ai eu, des nanas dans mon lit, je peux me poser et m'encroûter un peu dans une relation monogame ! rit-il. Je deviens un grand sage, tu ne trouves pas ?

Elle rit, heureuse de cette drôle de conversation qui ne l'avance pas plus… Il a raison, les hommes ne peuvent se réduire à un seul. Elle n'est pas près de les comprendre…

48

— J'ai vu une balade sympa à faire, dans un guide. Une petite rando au bord de l'Ardèche, qui nous mènera en face d'un cirque. Ce serait chouette, non ? propose Alex. En fin de journée, quand il fera moins chaud.

— Vous êtes sûrs que les températures n'ont pas atteint un point de non-retour ? demande Caroline, sceptique.

— Ça va redescendre… assure Alex. Bon, qui est des nôtres ?

Un regard circulaire lui indique bien vite que chacun se laissera tenter, même si tous n'y mettent pas le même enthousiasme. Apparemment, ils ont à cœur de profiter des dernières heures du séjour. Il n'en attendait pas tant, surtout de la part d'Émilie qui évite tout commentaire. Sybil est moins crispée, même si elle évite de le regarder et qu'elle fait invariablement la moue quand leurs yeux se croisent par inadvertance.

— Ce poisson grillé et cette ratatouille étaient délicieux, merci, les garçons ! ne manque pas de les féliciter Claire.

— Meilleurs que notre jambon-chips du chef ?

Alex éclate de rire, imité par quelques autres. Autour de la table, l'ambiance se détend un peu. En surface, du moins. En profondeur, chacun pense à ce qui s'est passé la nuit précédente et qui met à mal deux des leurs. On les surveille discrètement, guettant la moindre information, le moindre geste, mais ces deux-là sont sobrement enfermés dans leurs tourments intérieurs. Ils s'ignorent ou se regardent à la dérobée. On peut lire la gêne de l'une, l'immense déception de l'autre, la tristesse des deux.

Rien de plus ne filtre. Ils parlent en service minimum.

*

Suivant le balisage local, jaune et blanc, le petit groupe démarre tranquillement la balade, et se rapproche peu à peu de l'Ardèche. La rivière ne tarde pas à se montrer, mais pas encore sous son plus beau jour. Le cirque des Gens se trouve plus loin, sur l'autre rive, et ils auront tout le loisir de l'admirer un peu plus tard.

Les sept amis poursuivent leur chemin sans difficulté. Alex, guide *Randonnées familiales* dans les mains, ouvre la marche, suivi par Jérôme et Claire, Vincent, Sybil, Émilie et Caroline. Émilie se fait discrète et ne rechigne pas. Ou pas encore. Jérôme s'extasie devant les formes incroyables de ce sol karstique (finalement, la géologie l'inspire aussi) et ne manque aucune bizarrerie de la nature. Ici les arbres semblent sortir de la roche.

Ils quittent le sentier pour rejoindre la rivière, légèrement en contrebas. Déjà, ils devinent les premiers remparts du cirque. Les tumultes de l'Ardèche écumante qui s'écoule avec fracas au milieu d'un chaos de rochers, les falaises, le bleu électrique du ciel, le vert de la végétation constituent un sésame ouvrant sur un paysage grandiose qui les laisse sans voix.

— Vous voyez les gens, là-bas ? Au milieu de la falaise ? lance Alex en les leur désignant. C'est là qu'on va. Le sentier contourne la falaise de cette rive de façon convexe, et on se trouvera à un moment pile en face du cirque des Gens.

Les yeux se focalisent sur des taches de couleur à mi-hauteur d'un mur naturel de plusieurs dizaines de mètres.

— Quoi ? C'est ça, le sentier ? demande soudain Émilie.

— T'inquiète pas, sur le guide, il y a écrit : « Ça passe… falaise Blaise » ! Et la balade est notée « parcours facile », niveau 1.

Bien qu'à moitié rassurée, Émilie suit sans faire de commentaire. De toute façon, vu ses coups d'éclat des derniers jours, elle préfère la jouer profil bas.

Mais, à l'approche de la falaise, le doute et la peur l'assaillent de plus belle. Pourtant, elle se lance vaillamment. Caroline ferme la marche, juste derrière elle. Le chemin suspendu au-dessus d'un vide terriblement tentant pour toute personne mal assurée ou candidate au vertige est à peine assez large pour une personne. Un écart et c'est la chute, quinze mètres plus bas. Alex fanfaronne devant, Sybil exulte en mode aventurier… Vincent, malgré lui, se retourne pour vérifier que sa femme suit toujours. Elle suit, d'abord… au plus près du sol, presque à quatre pattes… mais la rivière en contrebas l'attire. Elle crie « Stooop ! », commence à pleurer. Elle panique, ne peut plus avancer. On lui propose de l'aider, de lui tenir la main, mais *on* n'est pas Vincent et c'est lui dont elle aurait besoin, pour ça et pour le reste de sa vie, à vrai dire. D'ailleurs, si elle pleure, c'est aussi parce que tout lâche… sa peur, sa honte, sa colère pour elle-même. Elle est vraiment nulle sur tous les plans.

— Vous n'avez qu'à y aller sans moi, crie-t-elle. Je vais vous attendre à la voiture.

— Je t'accompagne, propose Caroline, qui voit là l'occasion parfaite de s'extraire de ce plan pourri. Je ne vais pas te laisser toute seule, et en plus je trouve ça hyper dangereux. Ils sont fous, ici, les concepteurs de randonnées… C'est facile, ça ? Il n'y a même pas de ligne de vie… Ils veulent notre mort ou quoi ? En montagne, dans des endroits moins dangereux, on aurait de quoi s'accrocher !

— Faites gaffe en vous retournant !

Grâce aux conseils de Jérôme, et s'agrippant aux branchages et à tout ce à quoi il est possible de s'accrocher, elles parviennent enfin à effectuer ce demi-tour périlleux qui aurait pu les faire basculer dans le vide. Elles n'ont plus qu'à rebrousser chemin toutes les deux, sous l'œil attentif de Claire et de Vincent. Ce dernier aurait pu rester avec Émilie. En d'autres circonstances, il ne l'aurait pas laissée. Mais elle n'est pas seule, et puis… Claire le regarde avec empathie. Elle comprend.

*

Au lieu d'attendre à la voiture, les deux filles ont poursuivi sur le chemin balisé, pour aller au-devant des autres et, peut-être, parvenir jusqu'au bas de la falaise de l'autre côté, et pouvoir apercevoir le cirque. Une idée d'Émilie. Surprenant ! L'allergique au sport aurait-elle décidé de repousser certaines limites ? Elle marche d'un bon pas, motivée par la surprise qu'elle espère lire dans les yeux des autres, et surtout dans ceux de son mari.

Au bout d'une bonne heure, les deux groupes se rejoignent, avant une descente chaotique vers la rivière pour les deux filles, après une bonne montée dans un dédale de rochers pour les autres.

— Hey ! Qu'est-ce que vous faites là ?

Pour toute réponse à Alex, elles ont souri. Il y avait un peu de fierté dans leurs yeux, de transpiration sur leur front. Vincent en a pris note. Il a souri dans sa tête. Sa femme opérerait-elle une mutation ? Mais il n'a rien laissé paraître, il a caché sa satisfaction et le fait qu'il était soulagé. Il n'allait pas la féliciter, la prendre dans ses bras, lui dire qu'il était fier d'elle. Il ne peut pas la toucher, ni lui sourire. Elle le dégoûte, mais il ne parvient pas à la détester. Ce qu'elle a fait, ce n'est pas ce qu'elle *est*, mais c'est tout ce qui occupe son esprit et qui l'entrave. Et il sait qu'elle le sait.

49

Ils sont revenus enchantés de leur petite randonnée. Comme si l'adrénaline, la magnificence du paysage et leur baignade dans l'eau fraîche avaient apposé un baume apaisant sur tous les esprits, même les plus chagrins. La chaleur écrasante joue les prolongations en cette fin de journée et leur a donné envie de piquer une tête après le retour abrutissant en voiture. Seule Émilie est restée sur une chaise longue, pour assister de près à leurs facéties et y participer de loin. Les six autres ont entamé une sorte de water-polo particulièrement survolté, tandis qu'elle lit ses messages et pianote sur son portable, ce qui n'échappe à personne. Encore moins à Vincent qui lui jette des coups d'œil en coin. Tout en jouant, il gamberge. Bien qu'il note qu'elle ne sourit plus, elle continue ! De la provocation, encore. Quoi, elle va aller le retrouver ? Si elle fait ça… Une bouffée de colère et de jalousie l'envahit, ainsi qu'un je-ne-sais-quoi de plus diffus, de paradoxal : comme la satisfaction de voir sa femme enfin se réveiller, se rebeller, se révéler ; une certaine fierté de la voir sortir de sa zone de confort, prendre des risques, s'affirmer, assumer. Enfin. Elle n'a pas nié ou tergiversé : elle a dit ce qu'elle avait fait, avec honnêteté et franchise. En le regardant droit dans les yeux. Combien d'autres auraient menti à sa place ?

Il sort de l'eau, prend la direction de la maison. Le water-polo est fini. Place au concours de plongeons. Caroline, gymnaste dans sa jeunesse, a conservé de bons restes et enchaîne les figures avec brio. Les garçons enchaînent les saltos. Claire et Sybil misent plus sur l'humour que sur l'esthétique, en tentant de sauter avec une bouée requin ou une licorne entre les jambes et d'atterrir dessus… Ambitieux programme.

Vincent est de retour et s'installe à l'opposé de sa femme, de l'autre côté de la piscine. De son poste d'observation, il n'en perd pas une miette. Obnubilée par l'écran de son téléphone, elle ne l'a pas vu.

Vincent : *Tu vas le revoir ?*

Émilie lève les yeux, le cherche et le découvre.

Leurs regards se croisent. Ils ne se sourient pas.

Émilie : *À ton avis ?*

Il a horreur quand on répond à une question par une autre question. Trop facile…

Vincent : *Je suppose que ce n'est pas l'envie qui te manque.*

Émilie : *Tu supposes mal.*

Il sourit légèrement.

Émilie : *Tu me laisserais y retourner ?*

Vincent : *À tes risques et périls. Mais tu es libre... Je ne crois pas aux vertus de l'enfermement.*

À elle de sourire.

Émilie : *J'aurais préféré que tu me l'interdises.*

Vincent : *Pourquoi ?*

Émilie : *Pour avoir moins l'impression que tu t'en fiches...*

Il trouve la réponse tellement idiote qu'il n'a pas envie de répondre.

Émilie : *Je voudrais que tu me montres que tu tiens à moi, que tu n'as pas envie qu'on se quitte, que tu m'aimes... Et pour toutes ces raisons, que tu me dises : je t'interdis de le revoir.*

La réponse se fait attendre. Elle le regarde depuis son côté de la piscine. Il en fait autant. Longtemps. Puis se penche sur son portable pendant qu'elle patiente fébrilement.

Vincent : *Je t'interdis de le revoir.*

Il voit un sourire éclairer son visage triste.

Vincent : *Je voudrais bien, même, que tu cesses toute communication avec lui, car je suppose qu'il te relance et que lui, il te réclame...*

Émilie : *Tu supposes bien.*

Il ne sait pas quoi répondre. Il aimerait aller le voir, cet Éric qu'il a déjà rencontré il y a bien longtemps, pour lui casser la figure. Ça lui ferait du bien, il en est certain.

Une autre enveloppe.

Émilie : *Tu te battrais pour moi ?*

Tiens donc... Lirait-elle dans ses pensées ?

Vincent : *À ton avis ?*

Elle va voir ce que ça fait. Elle lève les yeux vers lui et esquisse un sourire. Elle sourit de ça, et de se dire qu'ils ont renoué un semblant de contact (virtuel) et de communication (écrite). Rien n'est perdu. Elle pense à Claire. Elle aimerait tellement qu'ils ressemblent à leur couple, dans huit ans… Il dirait : « Ils sont là » quand quelqu'un demanderait : « Ils sont où, les amoureux ? » Il saurait la surprendre, l'étreindre en public, lui rapporterait des fleurs sans raison en rentrant du boulot… Leur amour aurait retrouvé des couleurs, plus fortes et plus mûres que celles de leurs débuts. Quand ils regarderaient en arrière, ils seraient fiers de leur histoire et de leur couple… Et quand ils regarderaient devant, ils se verraient sereinement vieillir ensemble main dans la main, avec des gestes toujours tendres et de l'amour au fond des yeux… et leurs petits-enfants pas loin.

*

La chaleur a rendu les armes avec le coucher du soleil. Elle a abdiqué pour la nuit, mais attaquera de plus belle au matin. Ils ont dîné tard. Demain sera le dernier jour du séjour et une forme anticipée de nostalgie s'est emparée du groupe. Bientôt, ils quitteront ce havre de paix et de plaisir. De paix, vraiment ?

Alex a pris les commandes. Ce soir, il est DJ. Une envie de renouer avec leurs soirées habituelles, celles des autres années qui se finissent souvent en dansant… Si ça pouvait briser la glace du couple en péril… Il commence avec Sean Paul et son « Temperature ». Les filles adorent ce titre qui les met en transe, mais d'une manière beaucoup plus fiévreuse et sensuelle que celle qui les emporte sur le rock. Sybil se déhanche et fait onduler son corps de liane en lançant des œillades à son DJ. Elle a toujours été incapable de résister à la musique… plus puissante que n'importe quelle parole ou n'importe quel euphorisant, qui la met de bonne humeur même quand elle veut bouder. Son corps s'abandonne au rythme du ragga, possédé. Elle ressent, ou plutôt vit la musique, et s'approprie chaque morceau, telle une actrice un nouveau rôle (ingénue, femme fatale, rappeuse…). Il n'oublie pas les grands classiques, Michael Jackson, U2, et quelques vieux tubes régressifs des années 1980. Tout y passera. C'est décousu, les enchaînements ne sont pas toujours parfaits, mais le public est tolérant. Même Émilie, qui n'a pourtant pas le cœur à la fête, s'est laissé convaincre par les filles. Elle danse timidement, beaucoup plus sobrement que Sybil. Jérôme s'invite sur la piste, Vincent reste en retrait. Il n'a vraiment pas le cœur à danser. Mais il ne déserte pas la soirée pour autant, ce qui tend à rassurer Alex. Ce qu'il pense, derrière le voile de ses yeux, n'appartient qu'à lui. Bien malin qui pourrait deviner. Son regard revient sans cesse sur sa femme, cette femme qui avant-hier encore était la sienne et qu'il ne sait plus comment considérer. Cette femme qui sans qu'elle le sache a toujours été la plus sexy, la plus *caliente* quand elle danse, oublieuse de ses complexes, elle a cette manière de bouger subtile et entêtante qu'elle avait déjà à dix-sept ans quand il est tombé amoureux d'elle. Que reste-t-il de celle qu'elle était quand il l'a rencontrée ? Elle lui apparaît étrangement très nettement là, ce soir, dans sa fragilité émouvante et mouvante. Et il retrouve ce petit quelque chose qui lui avait tant plu… Parce que sous cette fragilité apparente se cachait une force insoupçonnée. Celle qui s'est révélée quand elle a dû affronter les années à attendre une grossesse qui ne venait pas, les analyses, les traitements, les piqûres, la douleur, les FIV, l'attente, les échecs, et encore les traitements, et encore les piqûres… Elle s'est battue. Il la trouvait courageuse et forte. Admirable. Jamais elle ne s'est plainte, jamais elle n'a plié. Elle y croyait… si fort ! Pour deux, au moins. Elle a eu raison. Alors que lui n'y croyait plus, la grossesse tant attendue s'est annoncée, et elle a couvé ce bébé avec un soin et une tendresse déjà infinis. Il ne lui suffisait pas de devenir mère, elle voulait être une mère parfaite, aimante, présente, apportant autant de principes éducatifs que de tendresse et de valeurs. Elle a mis la barre si haut ! Elle a tant fait pour Alix et Zoé… Jusqu'à s'oublier, elle. Jusqu'à s'écrouler et craquer, maintenant. Parce que ce n'est pas un hasard si cette crise existentielle s'est abattue sur elle à l'occasion de ces vacances sans enfants qui l'ont mise à mal. Tout a lâché. C'est le contrecoup, un genre de burn-out parental, il en est persuadé. Mais ce qui le rassure, au fond, c'est qu'elle se relève déjà. Dans ses yeux où une forme de détermination s'invite dans sa tristesse en vue d'un coup d'État, il entrevoit la battante. Il faudra qu'il lui fasse part de son analyse… Un jour…

Ces considérations qui l'emmènent loin en arrière n'empêchent pas Vincent d'osciller et de tanguer entre des pensées plus actuelles et parfaitement contradictoires. La lutte est intérieure mais riche d'enseignements. Quand il pense à ce qu'Émilie faisait il y a vingt-quatre heures, il est pris d'un dégoût amer. Il regarde son corps qui danse, celui qu'il croyait sien, et il rage de penser que d'autres mains se sont posées sur lui, l'ont caressé. Il déteste imaginer qu'elle a pris son pied avec l'autre. Il ne le lui demandera sans doute jamais. Il regarde son corps qui danse et, tel que lui le voit, il le découvre beau et désirable. Il l'avait oublié. Il n'est peut-être pas parfait mais c'est le sien, et lui, il SAIT qu'il l'aime ainsi. Il regarde son corps qui danse, et parfois ses yeux à elle passent sur les siens. Il se dit qu'il aimerait pouvoir lui pardonner un jour, et il ne sait pas pourquoi.

50

Vincent se réveille seul. Il est encore tôt, il est fatigué, mais il ne parviendra pas à se rendormir. Il n'ira pas courir, ce matin. Pas envie. Pas le courage. Il se sent lourd, fourbu, sans énergie. Triste. Son esprit est un dédale de pensées caméléons. Il est perdu, tiraillé, déchiré. Malheureux.

Émilie lui a laissé la chambre. Elle a senti, respecté sa volonté d'être seul, son incapacité à l'accueillir sous les mêmes draps. Il ne sait pas où elle s'est couchée, mais au moins elle est dans la maison, cette fois… Cette nuit, il l'a revue danser. Mais il l'a aussi vue, avec horreur et rage, au lit avec l'autre, se donner à lui, en retirer du plaisir. Celui qu'il aurait dû lui donner quand elle a déboutonné son chemisier et qu'elle l'attendait au sortir de la douche. Ce n'était pas une raison, mais il s'en veut. Il a sans doute une responsabilité dans leur éloignement, lors de ce séjour, et depuis des mois. Il a peut-être, c'est vrai, constaté, regardé, mais sans la regretter vraiment, la distance grandissante entre leurs corps, leurs cœurs, leurs emplois du temps. Ils sont tous les deux pris par leurs obligations, le travail, les enfants, les contraintes, la vie… Leur couple, à force d'être évident, n'a jamais été remis en question. Peut-être pas assez. Il a été déserté, laissé à l'abandon ou presque. Ils s'en tenaient au strict minimum, comme quand on arrose une fois par mois une plante qui mériterait des soins quotidiens. Asséché sur pied, ne ressemblant plus à rien : peut-être que leur couple n'est pas plus joli ni enviable que cette plante-là.

Maintenant, la vraie question est de savoir quoi faire de tout ça. Vouloir lui pardonner un jour est de l'ordre de l'intention… Soit, mais en sera-t-il capable ? Et quand bien même, sauront-ils se retrouver sans retomber dans les mêmes travers ?

*

Elle s'est isolée dans l'une des chambres du dernier étage. Au moment d'aller se coucher, elle a pris ses affaires de toilette et sa chemise de nuit ; elle n'a pas réussi à souhaiter bonne nuit à Vincent, estimant que ce serait déplacé. Elle aurait aimé savoir ce qu'il aurait été adéquat ou convenable d'exprimer, mais elle n'a su que se taire. Peut-être, juste, ses yeux ont-ils dit qu'elle était désolée.

La nuit a été courte, agitée, balayée par des vents contraires. Demain, ils partiront. Il y a quelques jours, elle n'attendait que le moment de rentrer. Retrouver ses filles, les serrer dans ses bras, respirer leur odeur, enfouir son visage dans leurs boucles, plonger dans leurs yeux farceurs. En arrivant ici, elle avait rêvé de revenir avec Vincent, main dans la main, plus proches et plus amoureux qu'à leur départ de la maison. Au lieu de quoi, elle les imagine demain, à l'arrière de la voiture, chacun de son côté, et entre eux un mur de silence, de tristesse et de rancune. Une distance insurmontable qu'ils traîneront comme un boulet jusque dans leur maison, jusque devant les yeux de leurs enfants, et qu'ils pourront interpréter comme : « Papa et maman ne s'aiment plus. » Elle imagine même devoir leur annoncer, un jour prochain, leur séparation. Elle ne peut s'y résoudre, mais ne peut pas ne pas l'envisager. Est-il vraiment permis d'espérer ? Pourra-t-il lui pardonner ? Sauront-ils se retrouver, et surtout s'aimer mieux ?

Un jour, Alix était revenue de l'école en lui disant que les parents de sa copine Ilana allaient divorcer, parce qu'ils se disputaient tout le temps ; et elle avait ajouté quelque chose comme : « Ça ne risque pas de vous arriver, à vous : vous ne vous disputez jamais. » C'est vrai… mais ça ne fait pas tout. Il y a des couples qui sont en conflit permanent et qui s'aiment pourtant très fort (Sybil et Alex en sont une variété). Et il y a des couples qui ne se disputent pas (voire qui ne se parlent pas), mais qui ne s'entendent pas… Non-dits, rancunes sous-jacentes, absence de dialogue, silences, guerre froide… Elle n'acceptera jamais d'en arriver là.

Elle a congédié Éric. Par un message à 2 heures du matin, elle lui a dit : *Je retourne à ma vraie vie. Restons-en là.* Puis elle l'a bloqué sur les réseaux et sur son téléphone. Elle espère qu'il comprendra. Ce n'était qu'une parenthèse pour elle. Belle et coupable, épanouissante et repoussante, irréelle mais ô combien réelle… Surréaliste, avant tout.

*

Il est plus de 11 heures et Émilie n'est pas rentrée. Quand Vincent a fini par se lever, il l'a cherchée. Caroline croyait qu'elle n'avait pas quitté son lit. Il est monté tout en haut de la maison, a bien vu le lit, vide, dans lequel elle avait dormi, mais nulle trace de sa femme. « Elle est partie se promener », lui a expliqué Sybil. Seule ? ! Apparemment, oui. Vincent a eu du mal à la croire. C'était tellement étonnant, tellement « pas elle », qu'il a dû réprimer une bouffée d'inquiétude. Heureusement, elle n'était pas partie sans dire où elle allait : elle comptait retourner au bois de Saleyron, faire le parcours au-dessus des gorges. Il fallait bien trois heures en tout, depuis la bastide, le temps d'aller jusqu'au village puis d'effectuer la boucle balisée.

Vincent aurait bien aimé jouer l'indifférent. Ne pas l'attendre, ne pas tenter de l'appeler, ne pas aller au-devant d'elle… Il n'a pas réussi. Une peur sourde, idiote, un mauvais pressentiment, son imagination qui s'emballe (il l'a vue se perdre, tomber, mais aussi s'avancer tout au bord d'une falaise) l'ont obligé à aller à sa rencontre. Si c'était un test, c'était très bien joué. Tout au long de sa marche, il espère qu'elle a bien pris la boucle dans le même sens que la première fois, qu'elle n'a pas quitté le sentier. Aussi est-il rassuré quand il l'aperçoit enfin, au détour d'un virage, plus haut. Elle marche seule, et il lui faut la voir pour le croire. Jamais elle n'a fait ça avant. Elle a beaucoup trop peur de tout ! Elle aurait invoqué sa crainte de se perdre ou, surtout, celle de rencontrer la mauvaise personne, d'être au mauvais endroit au mauvais moment… celle d'être découverte morte dans un taillis par le chien d'un promeneur dix jours plus tard… Il s'arrête pour observer cette femme qui est toujours la sienne, mais qu'il ne reconnaît décidément pas. Elle l'a déconcerté, puis désarçonné, elle le surprend, elle l'épate. Son cœur blessé ne peut s'empêcher d'en sourire dans sa poitrine. Il l'attend, attend qu'elle le voie, ne bouge pas. Elle est concentrée sur sa marche, les yeux accrochés au sentier caillouteux pour ne pas risquer de trébucher ou de rouler. Quand elle lève enfin les yeux, c'est parce qu'elle a aperçu une silhouette au loin.

C'est son mari. Sa seule vue la fait sourire. Il est venu la chercher…

51

Ils ne se sont pas embrassés, ni enlacés, ils ne se sont pas donné la main, ils ne se sont pas dit de mots doux ou même gentils, ni « pardon », ils ne se sont rien promis. Mais une vitre a remplacé le mur entre eux. Ils se sont regardés un peu, ont échangé quelques mots. Très peu. Elle a dit : « J'avais besoin de réfléchir. » Et elle lui a parlé des confidences de Claire, avec en message sous-jacent : « S'ils ont réussi, c'est que c'est possible. »

Elle aurait aimé qu'il dise : « Mais oui, je t'aime, et on va y arriver, ensemble », il ne l'a pas fait. Il a quand même dit :

— Je l'ignorais… Jérôme ne m'en a jamais parlé. Je ne sais même pas si Alex était au courant. Par ailleurs, j'entends ce que tu dis. Je comprends… mais je ne suis pas en mesure de te promettre quoi que ce soit. La seule chose dont je suis certain, c'est que là, tout de suite, je n'ai pas envie de te quitter… quoi que tu aies fait. Ça ne veut pas dire que c'est gagné… Ça veut juste dire que rien n'est perdu, et qu'il est permis d'espérer. Je ne sais ni quoi, ni quand, ni comment…

C'est un premier pas sur le chemin. Reste à savoir s'ils prendront la même direction à chaque carrefour qu'ils traverseront, si leurs trajectoires seront encore liées, s'ils iront au même endroit.

*

Lorsqu'ils arrivent dans le jardin, le barbecue crépite déjà. C'est le dernier déjeuner, qui ouvre la dernière manche du séjour, celle des dernières fois : dernier après-midi, dernière baignade, dernier dîner, dernière nuit, derniers moments ensemble, ici… C'est un peu triste, alors on fait le plein de ces petits bonheurs qui appartiendront bientôt au passé. Demain, ils laisseront derrière eux la chaleur du Sud et les cigales, le farniente et les apéros entre amis.

Ainsi va la vie.

Ceux qui ont des enfants sont heureux de bientôt les retrouver. Tous, donc… sauf Sybil, qui bat toujours froid à Alex. Sans être franchement désagréable, elle incarne la dignité outragée, bouche pincée, le sourcil relevé, le regard accusateur jamais loin. Il ignore qu'au fond d'elle, tout doucement, l'idée fait son chemin… Ses amies ont peut-être raison : après tout, il y aurait quand même des avantages. Et puis, elle pourrait (im)poser ses conditions, qu'Alex n'aurait pas le droit de refuser. Il lui devrait bien ça…

N'empêche, l'idée de s'incliner devant une gamine de quatorze ans lui reste en travers de la gorge. Et pourtant... Lorsque Sybil creuse le sujet en son for intérieur, elle doit admettre qu'Alex a raison : il ne peut pas renier sa fille et se doit de l'accueillir. Il en serait malheureux, sinon... Et même si elle s'avère parfois un monstre d'égoïsme, Sybil tient quand même profondément au bonheur de son homme. Et sans doute que lui aussi : il la connaît et l'aime suffisamment pour savoir qu'elle ne supporterait pas de vivre avec Léa à plein temps, qu'il vaut mieux l'épargner, donc. Ce n'est pas un jugement, c'est une preuve de lucidité. Il a tellement raison qu'il ne lui a même pas proposé d'essayer... Et elle ne le lui demandera pas, parce que c'est couru d'avance, en effet. Il serait vain de tenter cette expérience dont elle ne sortirait assurément pas grandie. Cela les aurait menés à l'échec, et Alex sait à quel point Sybil ne supporte pas d'y être confrontée. Cette cohabitation aurait créé des tensions aussi inutiles que certaines, ce qui n'aurait pas manqué de la discréditer auprès de Léa, qui aurait vu sa belle-mère quitter l'appartement... comme si elle avait perdu une bataille. En choisissant ce nouveau mode de vie à deux, Alex lui proposait la meilleure solution. Elle a encore beaucoup de mal à l'admettre, et ne tient pas à lui accorder tout de suite le plaisir de lui donner raison... Mais oui, l'idée fait son chemin.

À table, Claire et Jérôme se couvent des yeux. Avant, Émilie trouvait cela agaçant... *too much*. Maintenant qu'elle sait par où ils sont passés, elle trouve cela touchant. Beau, et plein d'espoir. Elle se demande si Vincent, tout près d'elle, pense à la même chose, s'il pourrait être un peu optimiste, y croire aussi. Sans quoi, c'est inutile. Il faut y croire et le vouloir. « S'aimer, aussi », a dit Claire. Et ça… La mélancolie berce ses pensées, son cœur a grossi dans sa poitrine, sa gorge se serre souvent. Il se tourne vers elle, comme s'il devinait ses tourments. Il ressent les mêmes, ou à peu près. Elle approche la tête, prend appui d'une main sur son épaule (ce contact le fait frissonner) et lui murmure un « pardon », à l'oreille. Comme ça, en plein repas. Alors qu'ils sont au centre de l'attention du groupe et qu'ils ne peuvent pas vraiment se parler. Elle a déjà réintégré sa posture initiale, mais elle ne l'a pas perdu des yeux. Il ne va pas lui dire : « Ok, je te pardonne »… Évidemment. Son « pardon » est un peu court. Pardon pour quoi, au juste ? d'être allée trop loin ? de l'avoir trompé ? de l'avoir accusé de faux délits ? d'avoir gâché leurs vacances ? Son regard flotte vers elle, à se demander s'il ne devrait pas lui demander pardon aussi… pour ce qu'il a fait, et surtout pour ce qu'il n'a pas fait, pas dit… depuis des mois.

*

Les filles sont toutes les quatre dans le jacuzzi et profitent une dernière fois des bulles en se prélassant avec béatitude.

— Je voulais te demander pardon, pour l'autre jour, déclare brusquement Caroline à Claire.

— Pour ? demande celle-ci, faisant mine de ne pas comprendre.

— Quand je t'ai accusée d'avoir amené Valentine. C'était mesquin… et injuste. Parfois, c'est plus facile de se voiler la face… J'aurais bêtement voulu que ça dure plus longtemps, c'est tout.

Émilie baisse la tête, elle se sent un peu minable sur ce coup. Tout le monde sait bien (y compris Sybil, qui a fini par être mise au courant de ce qui s'était dit ce soir-là) que c'est elle surtout qui a agressé Claire avec ça… C'est elle la coupable. Caro n'a fait que surenchérir.

— Ce n'est pas grave, dit Claire avec son indulgence coutumière.

Elle n'en soufflera mot, mais elle est simplement heureuse que son amie soit capable de revenir vers elle, de s'excuser ; ses propos lui réchauffent le cœur et ont achevé de lui faire oublier ce moment pénible.

— Un peu quand même… Tu n'y pouvais rien, et Valentine non plus. Et puis… naïvement je voulais croire que ça irait mieux après son départ, mais ça n'a rien changé. Au contraire… Quelque part, elle me comprenait, je trouve. On avait des points communs, en plus, c'est con… C'est juste que sa présence a mis le doigt sur le pire des scénarios, et que, depuis, j'ai un cafard, je vous raconte pas… J'essaie de ne pas vous embêter avec mes histoires, je fais celle qui se relève et qui va mieux, mais en vérité, ça ne va pas du tout. J'appréhende le retour à l'appartement. Ça va être dur de m'occuper des enfants… Il me semble que je vais déjà avoir du mal à m'occuper de moi-même, et il va falloir que j'assume la famille monoparentale, que je joue toute seule le rôle de la maman qui câline et de la mère qui se fâche, ou qui essaie… avec Brice, pas très loin, qui va encore me faire chier.

— Tu devrais expliquer aux enfants… leur demander de t'épargner, propose Sybil.

Caroline rit jaune.

— Tu es naïve, ma Sybil… Ou tu ne te rappelles plus. Quand je ne vais pas bien, ils sont pires. Ce n'est pas leur faute, ce sont des éponges : je vais mal, ils ne vont pas bien, je suis énervée, ils s'énervent… Et de toute façon, ils sont naturellement remuants à temps plein.

Claire esquisse un sourire désolé.

— Tu es forte, Caro… Tu vas y arriver. Et tu trouveras quelqu'un de bien, assure-t-elle avec ferveur, car je sais que c'est ce qui te chagrine…

— Ce qui me mine, tu veux dire.

— Il faut juste laisser du temps au temps… Tu vois tout en noir et tu es désabusée, mais dis-toi qu'il existe quelque part… Tu ne sais pas qui c'est, tu ne connais pas les surprises que la vie te réserve, mais tout est possible…. Et c'est ça qui est magique. Je crois que tu ne fais pas assez confiance à la vie.

Caroline la regarde, Claire attend une éventuelle pique sur son aptitude-habitude à voir trop souvent le bon côté des choses, la vie en Technicolor dans le monde des Bisounours. Mais rien ne vient. Le mode pause a été activé dans le jacuzzi pendant quelques secondes. C'est Émilie qui reprend :

— Claire a raison. Et sinon, je voulais aussi m'excuser… une nouvelle fois. Ça devait m'arranger de trouver une coupable, un prétexte… Finalement, c'est à moi que revient la palme de celle qui a complètement merdé… J'espère que je ne vous ai pas gâché le séjour…

— Tu rigoles ! s'exclame Sybil. Premièrement, la médaille de la plus pénible me revient, je crois, comme chaque année. Je l'assume, et je ne te permets pas de me la prendre… Deuxièmement, c'est sûr que tu as déconné… mais c'est une affaire entre Vincent et toi.

— Tu oublies ma descente des gorges de l'Ardèche, le dîner où j'ai tout déballé, la nuit où je vous ai laissés sans nouvelles ou presque…

— Moi, je trouve ça bien : on n'était pas habitués à des frasques venant de toi, et ça change… Avant, tu étais peut-être trop lisse… limite agaçante de perfection, tu vois… avec ta vie bien rangée, ton mari gentil et tes deux filles trop bien élevées, admet Caroline.

Émilie en convient, bien que surprise par la soudaine franchise de Caroline. C'est vrai que, indépendamment (ou pas) de son allergie au sport et aux sensations fortes, elle a toujours eu un côté femme d'intérieur raisonnable, posé, très – trop – parfait. Peut-être même que cela a participé à la désaffection de son mari. Il a pu se lasser d'elle parce qu'elle manquait de failles et d'aspérités. Elle était finalement trop prévisible. Elle a voulu changer… prendre en main son physique… mais elle se trompait d'objectif. Ce n'était pas cela, le plus important. Elle l'a compris, parce que, justement, elle va rentrer différente en dedans… Différente, mais peut-être bizarrement plus proche d'elle-même, plus en accord avec son *être* véritable… celui qu'elle est au fond d'elle-même, mais qu'elle n'a jamais pu révéler, par peur et par souhait de se conformer à l'image familiale et sociale que tous se faisaient d'elle, pour mieux coller à l'étiquette qu'elle croyait avoir sur le front. Ces vacances sans Alix et Zoé ont été douloureuses sur bien des points : l'impression de les abandonner pour prendre du bon temps sans elles, le vide qu'elle ressent quand elle se trouve dépossédée de son rôle de mère et qu'elle ne maîtrise plus le quoi, le où, le quand, le comment pour tout ce qui concerne sa progéniture, le sentiment que ses filles lui échappent, la frustration de les savoir vivre de bons moments sans elle, la crainte qu'il ne leur arrive quelque chose en son absence… Mais, paradoxalement, ces vacances sans ses filles lui ont aussi permis de se libérer d'un carcan inconscient, de se repositionner en tant que femme, de s'interroger sur qui elle est vraiment et qui elle veut devenir… Peut-être, sans doute, procédera-t-elle à quelques ajustements à leur retour.

— Tu as raison, Caro. Moi, je crois aux vertus de l'électrochoc… affirme Claire. Pour autant, ça donne quoi, concrètement, avec Vincent ?

— Moi, je le trouve super zen, dit Sybil.

— Il m'étonne… dans ses réactions, mais bon… il ne dit pas grand-chose, ça n'a jamais été un grand expansif. On a parlé un peu, ce matin, c'est un bon début, on va dire. Tu as raison, il va falloir du temps. Nous sommes blessés tous les deux. Ça me fait de la peine de retrouver les filles demain dans ces conditions. J'aurais tellement voulu autre chose…

— Entre ce qu'on espère et ce qu'il se passe dans la réalité, il y a parfois un gouffre… tempère Sybil avec philosophie.

Les yeux d'Émilie s'embuent, et quelques larmes se mettent à couler.

— Je voulais tellement le retrouver… et finalement j'ai l'impression qu'on s'est perdus, sanglote-t-elle. Je n'ai pas la recette, pas de baguette magique non plus… Je me sens impuissante… Je n'ose même pas le toucher, aller vers lui. Je lui ai fait du mal, et je ne sais pas s'il pourra me le pardonner. Je ne sais même pas si je pourrai me le pardonner… J'ai peur qu'on ne se retrouve jamais.

52

Le reste de l'après-midi, ils ont fait fi de la chaleur pour un tournoi de badminton, Sybil a bravé celle du sauna, question de fierté, avant de retrouver la fraîcheur de la piscine ; ils ont joué qui au tarot, qui au Mölkky, qui au Perudo ; certains ont dormi, d'autres ont commencé les valises ; certains se sont câlinés, d'autres se sont soigneusement évités…

Ce dernier soir, ils vont au restaurant, tradition oblige. Ils ont réservé juste à côté, dans l'auberge de Labastide, près de la mairie. Ils s'installent. Caroline préside, en sa qualité de célibataire, entre déprime et satisfaction. Les trois couples se font face. Potentiellement moins de contacts mais plus de regards.

Au moment de l'apéritif, Sybil sort d'un sac quatre paquets-cadeaux en papier kraft coloré, qu'elle distribue consciencieusement (le rouge est pour Claire, le bleu pour Émy, le violet pour Caro et le rose est pour elle). Elles l'ouvrent et chacune découvre un magnifique foulard en soie de sa couleur préférée. Quelle belle surprise, pleine d'attention !

Sybil jubile du plaisir qu'elle fait à ses amies, qui se lèvent et viennent l'étreindre pour la remercier du fond du cœur.

— Je vous aime, les filles, murmure-t-elle.

Au moment de lever leurs verres, Alex porte un toast à ces vacances hautes en couleur et ajoute une pensée pour les deux disparus. Ils trinquent, préférant en sourire à cet instant. Une chose est sûre, ils s'en souviendront !

Rapidement, il est question du retour, des horaires, du trajet (la proposition de se retrouver, comme ils le font souvent, sur la même aire d'autoroute pour pique-niquer est validée)… Caroline montera avec Sybil et Alex. Le *minibus* sera tel qu'à l'aller. Alex souhaite bon courage à Jérôme et Claire, et suggère qu'ils partent avec une heure d'avance pour être certains d'arriver à la bonne heure sur l'aire.

— À moins qu'Émilie, notre nouvelle rebelle, se permette de s'affranchir aussi des limitations de vitesse !

Il rit, ils sourient. Même Émilie.

Ils se félicitent d'avoir pris l'option ménage : demain, ils plieront bagage et n'auront pas à nettoyer les quatre cents mètres carrés de la maison, un dernier luxe, un dernier privilège avant de retrouver les tâches du quotidien. On aborde aussi les retrouvailles avec les enfants, la rentrée, dans deux grosses semaines, qui va vite arriver… la reprise du travail, la *prochaine* fois qu'ils se reverront. Il y a les enthousiastes, la dépitée et les autres… ceux qui sont partagés entre la joie de revoir leurs enfants et la tristesse dans laquelle ils sont enfermés. Et puis, il y a Sybil, qui met ses mains en porte-voix en direction d'Alex et qui lui crie sans son et en articulant très fort : « Je suis d'accord. » [illegible]rire en prime pour ponctuer sa phrase. Il accueille la nouvelle avec un clin d'œil, un air réjoui et un signe de tête qui signifie : « Tu verras… Ce sera très bien comme ça. »

— Les amis, faut qu'on vous dise… Avec Alex, on a décidé de faire logement séparé.

Il sourit encore plus intérieurement. Il est certain qu'il l'a plus décidé qu'elle, mais elle préfère le dire autrement. Tant mieux, peut-être : cela veut dire qu'elle a suffisamment intégré la donne pour s'en approprier la demi-conception. Quelle était sa marge de manœuvre, de toute façon ? C'est vrai qu'il ne lui a guère laissé le choix. Il soupçonne les amies de Sybil de l'avoir fait mûrir sur la question. Il la connaît trop bien pour ignorer qu'elle ne se serait pas « assagie » et ne serait jamais revenue à la raison sans l'entremise de ses trois inséparables coéquipières. Le regard de Claire le lui confirme. Vincent et Jérôme sont les seuls étonnés et demandent quelques détails pour comprendre, même s'ils soupçonnent Alex d'avoir en effet trouvé sa solution sans leur en parler. La fameuse voie du milieu…

— Léa veut vivre à plein temps chez son père,

explique Sybil, mais un peu moins chez sa belle-mère. Enfin bref : comme elle ne s'entend pas du tout avec sa mère et à peine mieux avec moi, elle va venir vivre chez Alex, et moi je vais prendre un chez-moi-rien-qu'à-moi.

— Où ça ? demande Caroline, aussi étonnée de ce revirement de situation totalement assumé.

— Je vais me trouver un appartement [illegible] à côté. Ça se fait, ça. Il y a des couples séparés ou qui ont choisi de ne pas vivre ensemble qui ont un appartement dans la même résidence. Avec un peu de chance, j'habiterai sur le même palier !

Elle rit, de sa trouvaille et des yeux ronds autour de la table. Clairement, son but est d'habiter au plus près de lui et de pouvoir le retrouver autant que possible. C'est cette idée qui l'a finalement amenée à accepter la décision d'Alex. Celui-ci surenchérit. Cette situation serait idéale : ils pourraient se voir dès qu'ils le voudraient, ils n'auraient qu'à traverser le couloir, descendre quelques étages ou faire quelques mètres. L'idée, c'est que les deux logements ne fassent qu'un pour eux, même si les enfants n'auraient a priori aucun besoin d'aller chez Sybil. Quoique : Alex espère secrètement que les relations entre elle et les enfants, débarrassées du côté éducatif, dont il se chargerait seul, pourront même évoluer très favorablement et gagner en complicité. Autour de la table, on réagit, on donne son avis. Drôle d'idée/J'ai déjà entendu parler de gens qui vivaient comme ça/ Finalement, c'est l'idéal, comme organisation : on ne se voit *que* pour les bons moments, on évite le quotidien et les conflits/ C'est bien, encore faut-il en avoir les moyens…

— C'est fini le modèle unique du couple, affirme Sybil. De nos jours, il faut savoir inventer ou réinventer son couple, lui trouver le moyen de s'épanouir et de perdurer dans les meilleures conditions, selon ses besoins et ses contraintes, qui peuvent changer avec le temps… Et puis il y a des chances qu'on réemménage ensemble dans quelques années, n'est-ce pas, mon chéri ? demande Sybil à Alex, qui approuve.

Finalement, c'est tout ce qu'aime Sybil. Quand elle n'a plus de défi à relever, elle s'en trouve un nouveau, et elle mettra tout en œuvre pour y parvenir, comme toujours. Elle ne saurait rater cette nouvelle étape de leur histoire. Mal la vivre, ce serait échouer, s'avouer vaincue. Alors autant embrasser la nouveauté et mettre l'énergie qu'elle a à revendre dans cette nouvelle vie, montrer aux autres que cela aussi, elle le réussira.

— Tout à fait d'accord, dit Claire. Je suis certaine que vous allez vous épanouir dans ces conditions, toi en papa à plein temps, Sybil en femme indépendante. Parce que personne n'ignore que le rôle de belle-mère n'est pas facile… Cela ne vous empêche pas d'être un couple. Cela aurait été tellement dommage de devoir vous séparer… alors que vous vous aimez.

Émilie regarde Vincent. Il reste impassible, hermétique. Cela la désarçonne.

— C'est quand même compliqué, le passage de la quarantaine… soupire-t-elle. Pour soi, avec le sentiment que les meilleures années sont derrière soi, et qu'il y en a moins devant… Pour le couple, surtout quand il a déjà vingt ans au compteur, et qu'on se demande si on veut repartir pour vingt ans… si on reste avec l'autre par amour, ou par habitude et par confort… Parce qu'on ne sait plus bien qui on est, ce qu'on ressent, ce qu'on veut, si l'on est dans la bonne vie, et que c'est le moment de choisir ce qu'on veut pour la suite, sans attendre que les enfants soient partis, avant d'être trop vieux… Parce que, après, il peut être trop tard. C'est un sacré cap, et…

— Arrête ! s'écrie Alex. Tu veux nous plomber la dernière soirée ?

— Laisse-la continuer, ordonne Sybil. Tu vois bien que c'est important ? Si elle a envie d'en parler ? Et puis c'est le sujet, non ? Pour une fois qu'on discute de ça tous ensemble…

— On a tous compris que vous traversez un moment difficile… Nous sommes passés par là, n'est-ce pas, amour ?

Jérôme saisit la perche que lui tend sa femme avec un peu d'étonnement, mais puisqu'elle assume… Il corrobore :

— Tous les couples traversent des crises. Au moins une importante, j'imagine… Nous n'avons pas fait exception. Les couples qui durent n'ont pas su les éviter, ils les ont surmontées, c'est différent. Et je vous souhaite, évidemment, comme chacun ici, d'y arriver.

Inutile de développer le sous-entendu : depuis que les filles l'ont appris un peu plus tôt dans la semaine,

Alex et Vincent sont au courant de ce qui s'est passé huit ans auparavant. Vincent fixe Émilie avec une intensité certaine. Il perçoit l'espoir qu'elle doit ressentir à écouter Claire et Jérôme. Mais quel est le sien, à lui ? Émilie ne cille pas, soutient son regard. Il lit dans ses yeux de la détermination, et de nouveau des changements presque imperceptibles dans son attitude, qui diraient qu'elle veut s'affirmer, reprendre la main sur sa vie, ne plus en être la spectatrice passive, mais en prendre les rênes, abandonner le laisser-aller. Et ça lui plaît… qu'elle le surprenne, qu'elle se révèle autre. Elle, enfin. Aussi bien intérieurement qu'extérieurement. D'ailleurs, elle est coquette, ce soir. Elle porte une robe seyante, son collier et les boucles d'oreilles qu'il lui a offertes il y a bien longtemps, peut-être bien pour ses vingt ans (il ignorait qu'elle les avait encore). Elle a fait quelques boucles (il ne sait pas comment) et s'est maquillée, un peu, juste ce qu'il faut et avec goût. Sa manière de le regarder lui plaît, pourrait même le troubler, parce que ce regard-là est neuf, intense, émouvant, vivant, parce qu'il est interrogatif, triste et fort à la fois. Déterminé, oui. Comme s'il voulait lui dire : « Je me battrai pour toi, pour nous, pour te reconquérir. »

53

La nuit est tombée depuis longtemps quand ils quittent le restaurant. Alex a promis « une surprise » pour plus tard. Ils rentrent à pied jusqu'à la maison, guidés par un croissant de lune et les étoiles qui éclairent l'obscurité.

Alex et Sybil ouvrent la marche, d'un pas aussi sûr que décidé. Elle adore ce genre d'expérience : un zeste d'aventure, un soupçon de frisson… imaginer, tapies dans l'ombre, des bêtes féroces ou, un couteau dans une main, un psychopathe qui rôde… Elle ne craint rien, son homme est là.

Caroline suit juste derrière, sa lampe de téléphone portable braquée sur le sol. Elle n'a aucune envie de se tordre une cheville dans une ornière. Claire et Émilie lui emboîtent le pas. Elles ne se parlent pas. Chacune est dans ses pensées. Leurs enfants, qu'elles vont retrouver le lendemain, occupent leur esprit. Il y a dans leur cœur une joie de se projeter dans ce moment où elles vont pouvoir les tenir dans leurs bras et respirer leur odeur, avec une chaleur enthousiaste pour les plus petits, avec une pudeur maladroite, peut-être, pour les plus grands. Ils auront tant de choses à se raconter ! Il y aura des échanges passionnés, peut-être une petite pique infligée (alors, c'était bien, les vacances sans nous ?), du bonheur à se retrouver avant tout. Et puis le quotidien reprendra ses droits, avec les disputes entre frères et sœurs, les ados qui répondent ou qui s'assombrissent sans qu'on sache pourquoi… la rentrée à préparer, entre trac et bonheur d'accumuler de nouvelles fournitures, ce stylo magique, ce classeur « trop stylé »…

Caroline espère qu'elle se fera à son statut retrouvé de mère célibataire… Elle pense et repense à Sébastien… Elle n'en a pas fini avec lui. Il ne lui manque pas vraiment… lui. Ce qui lui manque, c'est d'être avec quelqu'un. Tout à l'heure, elle a demandé à Émilie si, dans l'hypothèse où ils divorceraient, ce qui lui manquerait, ce serait le fait d'être à deux ou bien Vincent… Elle lui a répondu : « Vincent, tout entier », avec dans la voix un peu de l'adoration de l'adolescente qu'elle était quand ils se sont rencontrés… « Vincent, avec son manque de mots, avec ses défauts, avec tout ce que je ne comprends pas… Vincent », a-t-elle ajouté. C'est alors que Caroline a compris que peut-être elle n'aimait pas Sébastien, ou pas vraiment. Ce qu'elle aimait, c'était ne pas être seule, partager des moments à deux et se blottir contre un corps désiré-désirant. Voilà. De toute façon, à présent, elle est trop en colère pour vouloir le garder dans son cœur ; pourtant sa tête est encore tournée vers leur histoire, et son corps se sent abandonné. Elle n'aime pas la solitude. Elle a tant aimé « être deux » ces quelques mois avec lui, même s'ils ne se voyaient pas assez, même s'ils ne vivaient pas (encore) ensemble… Ils étaient un couple. Être avec quelqu'un, c'est doux… C'est social, aussi : on existe différemment aux yeux des autres. Elle a retrouvé cette étiquette collante-irritante qu'elle voudrait arracher : *célibataire.* La voilà retournée à la case départ. Les filles ont encore cherché à la rassurer, à coups de « Tu vas trouver quelqu'un de bien »… Oui, mais comment ? À en croire Valentine, elle n'a rien à espérer des sites de rencontres. Est-ce que la vraie vie peut vraiment lui apporter un homme bien ? Tous ses amis sont en couple ! Est-ce qu'elle pourrait le rencontrer dans la rue, au rayon fruits et légumes, à l'hôpital… ? Et puis, rencontrer, c'est bien… mais cela ne suffit pas. Car après ? Il faut se plaire, il faut s'aimer, il faut être compatibles, accorder ses emplois du temps, aimer faire l'amour ensemble, avoir la même vision du couple et de la vie, les mêmes valeurs, les mêmes envies… Ambitieux programme… Alors, quel pourcentage de chance pour que ça marche ? Pour que cette fois elle ne tombe pas de haut ? Pour qu'elle vive un bonheur total, et durable, auprès d'un homme qui ne soit ni un Brice ni un Sébastien, mais un homme qui l'aimera telle qu'elle est, qui la rendra heureuse et qu'elle rendra heureux ? Un homme qui, sans être idéal (elle ne croit pas à l'homme idéal), sans être son âme sœur (elle n'y croit pas plus), sera celui qu'il lui faut ? Qui acceptera ses manies, ses défauts, ses enfants, le « pack complet » ? Qui voudra bien s'engager, lier leurs vies ? En vérité, Caroline est pessimiste, fatalo-déprimée à tendance pessimiste : elle finira toute seule. Avec de grands enfants qui feront leur vie sans se soucier d'elle, son métier qu'elle aura de plus en plus de mal à assumer physiquement et moralement, et son vinaigre blanc.

Une oreille aux aguets, tendue vers la discussion entre Jérôme et Vincent qui chuchotent quelques mètres derrière elle, Émilie dresse le bilan de ces deux semaines. Elle voulait qu'ils reviennent moins parents, plus couple… Elle ne sait pas trop quel mot employer pour définir ce qu'ils sont devenus… Ce qui est certain, c'est qu'elle revient plus femme. Elle a cette impression étrange d'avoir dégrafé le corset dans lequel elle étouffait… malgré la peur de l'avenir, de mieux respirer. D'avoir ouvert en grand sa cage thoracique pour inspirer très fort et sentir un souffle de vie jubilatoire parcourir ses cellules. Comme si elle s'était libérée, réveillée après un long sommeil. Comme si tous les mots endormis qu'elle griffonnait sur les listes de son cher journal allaient prendre vie, devenir des gestes, des actes forts plus que des théories virtuelles jamais incarnées. Elle repense à sa liste « Idées pour reconquérir Vincent ». Elle en sourit (jaune), désormais. Elle aurait voulu le perdre qu'elle ne s'y serait pas prise autrement. Vincent se moque bien de ses cinq kilos en trop, de ses nouveaux ensembles de lingerie qui ne sont que des artifices… Il voudrait sans doute plutôt d'une femme bien dans sa peau, qui a d'autres centres d'intérêt que ses filles, qui se soucie plus de son bonheur à lui que de son bien-être, qui l'accompagne à ses courses et l'encourage, qui n'est pas contre faire une marche ou pratiquer un sport ensemble… qui ne cherche pas la perfection, au contraire… Il voudrait qu'elle ne s'encombre pas du qu'en-pensera-t-on, qu'elle joue avec les limites, qu'elle se dépasse, qu'elle soit plus vivante, en somme. Quand elle regarde derrière elle, elle se voit terne. Il lui semble qu'elle a ouvert les yeux. Elle rejetait beaucoup de torts sur son mari, qu'elle rendait responsable du délabrement de leur vie de couple, qu'elle accusait de se détourner d'elle… mais elle avait sa part de responsabilité… Pire, elle est l'unique coupable de ce qui leur arrive aujourd'hui. Elle l'a trompé. Elle a osé passer à l'acte, faire quelque chose qu'elle exècre, si loin de ses valeurs et de ce qu'elle est, intimement. Elle lui a fait du mal. Pour se venger de lui, alors qu'il n'avait rien commis de répréhensible ? Elle s'en veut énormément. Pourtant, elle ne parvient pas à le regretter. D'abord parce qu'elle a renoué avec sa féminité et avec une part de son moi profond, celui qui s'est oublié… Ensuite parce que c'est un mal pour un bien : cette crise de couple leur redonnera peut-être, étrangement, un nouveau souffle… Déjà, ils ne sont plus dans l'indifférence, dans l'insouciance confortable, dans le petit côté pépère du vieux couple où chacun pense que l'autre est acquis. Elle le sait à leurs regards. Il se passe de nouveau quelque chose entre eux. Elle a envie de repartir de zéro, de le reconquérir vraiment. De démarrer une nouvelle histoire avec lui. L'avenir le dira…

Pour reconquérir VRAIMENT Vincent
Premières idées

Passer moins de temps à faire le ménage
S'amuser ensemble (et séparément)
Lui donner des rendez-vous
Lui faire des surprises
Partir en week-end rien que tous les deux
Cuisiner ses plats préférés
Aller voir des concerts de rock
L'accompagner sur les lieux de ses courses avec les filles
Me mettre au sport (un peu)
Prendre du temps pour moi, pour mieux le retrouver
M'épanouir (trouver une activité, lâcher un peu les filles)
M'intéresser à sa reconversion professionnelle
L'encourager
Faire le tour du Mont-Blanc avec lui, un jour…

54

Ils se sont installés sur des fauteuils du salon de jardin ou sont restés debout pour assister au spectacle. Alex et son assistante Sybil se trouvent plus loin, dans le noir du jardin. Tout est prêt pour l'allumage des premières fusées. Alex, en passionné qui peut parcourir des centaines de kilomètres pour un spectacle de pyrotechnie, avait tout prévu, tout apporté.

Ce feu d'artifice amateur n'a pas le panache de ceux que l'on peut admirer ici ou là en juillet-août, mais il en a le goût d'été et de fête. Les regards sont tendus vers les lumières, les ratés font sourire, mais il y a l'essentiel : ces petits bouquets pétaradants qui viennent ponctuer la fin de ce séjour et célébrer l'amitié. Car même si ces vacances sans les enfants n'ont pas été à l'image de ce que chacun escomptait, et malgré les soubresauts, les anicroches, les soucis, les douleurs, les petits conflits, les hauts et les bas de la vie de couple et de groupe, l'amitié, elle, n'a pas flanché.

À la fin, tous applaudissent, remercient Alex, qui sourit en grand, puis attrape Sybil pour l'embrasser et la porter triomphalement dans ses bras jusqu'au salon de jardin auprès des autres. Ensuite, tous ensemble et sans tarder, ils ramassent les restes des fusées, les emballages, les bouteilles qui ont servi de rampes de lancement et remettent ainsi en état les lieux qui ne garderont aucune trace du spectacle dont on pourrait croire qu'ils l'ont rêvé. Puis ils se dirigent vers la maison éclairée par les lampions. Ce faisant, ils commencent à ressentir, avec plus ou moins de force, les prémices de la nostalgie qui ne manquera pas de les étreindre chaque fois qu'ils repenseront à ces deux semaines ici. Dans quelques heures, ils reprendront leurs vies, et ils aimeront se rappeler cette maison, ce jardin, tous ces moments passés ensemble… et la visite de la grotte, et la descente en canoë-kayak, et les fous rires… tout ce qui a été figé sur des photos et des films qu'ils pourront revoir, et tout ce qui n'aura d'existence qu'au fond des esprits, dans des souvenirs qu'on aimera retrouver en soi et partager tous ensemble.

Demain, ils prendront la route, après un dernier regard à la bastide, et ils emporteront le Sud avec eux : la garrigue, une brassée de lavande et, dans leurs oreilles, le chant des cigales.

Il est tard et demain la grasse matinée ne sera pas au programme… Pourtant ils n'ont pas envie d'aller se coucher. Il y a comme un souhait tacite et unanime d'étirer ce moment… de rester ensemble. Même Claire, qui bâille en grand, préfère rester là, dans cette torpeur tiède de fin de soirée un peu étrange et douce-amère. Ils s'assoient dans l'herbe en cercle pour un dernier café, une dernière bière, une infusion, une cigarette, non loin des palmiers. La lumière des appliques extérieures et des lampions parvient jusqu'à eux, tamisée, légère, juste suffisamment pour qu'ils devinent leurs yeux entre deux ombres.

— Demain, on retourne à la vraie vie… soupire Alex.

On développe, on est déçu de devoir reprendre le travail le lundi, on se félicite de retrouver les enfants, on compte les jours d'ici la rentrée… Sybil va commencer à se chercher un appartement et se projette déjà dans son futur intérieur, pense tout haut mobilier, déco, pendaison de crémaillère… une bonne occasion de faire la fête ! Émilie ne dit rien, pense aux vingt ans de mariage ratés ; elle regarde Vincent. Elle s'imagine dans quelques minutes devoir regagner la petite chambre tout là-haut, et la tristesse la happe et l'avale. Caroline ose dire tout haut, et devant les hommes, sa peur de l'avenir, sa peur de finir seule.

— Ce n'est pas facile, Caro… mais un jour tu verras que c'était mieux comme ça. À défaut de t'avoir rendue heureuse, au moins il t'a appris quelque chose… Il y a toujours du bon à retirer, même de ses échecs. Dis-toi que tu as cette chance magnifique de regarder devant toi et de pouvoir te dire que tout est possible.

On dirait du Claire, et c'est du Jérôme. Comme quoi ces deux-là sont sur la même longueur d'onde, et personne ici, surtout depuis trois jours, ne pourrait se permettre de penser qu'ils se trompent dans leur optimisme à toute épreuve.

— C'est vrai, ça, tout est possible. Même le meilleur ! s'exclame Claire.

— Surtout le meilleur ! poursuit Sybil, dont l'enthousiasme ne faiblit pas.

Vincent regarde Émilie abîmée dans sa tristesse. Longuement. Le temps qu'elle s'en rende compte, et qu'elle en sourie… légèrement. Mais elle n'y arrive pas. La positive attitude a ses limites. Celle de la douleur qu'elle leur a infligée. Il lui fait un signe, lui montrant la direction de la table en fer forgé, puis se lève. Elle l'imite, surprise. Ils se rejoignent, au bout de la ronde, et font quelques pas pour s'éloigner du groupe vers l'obscurité. Quand ils s'arrêtent pour se faire face, il la contemple un instant avec gravité. Une fois de plus, il n'a pas les mots. Il voudrait sans doute lui dire : « Ne pleure pas. Oui, tout est possible, même le meilleur… même le bonheur que nous avons perdu, en mieux… Dors avec moi, cette nuit. » Mais il n'a pas les mots. Elle non plus. Elle voudrait sans doute lui dire : « Pardonne-moi… un jour », au moins. Les yeux dans le noir savent être bavards et se dire tout cela. Mais surtout il la prend dans ses bras et la serre fort. Autant qu'elle lui a fait du mal, et autant qu'il l'aime quand même.

Des applaudissements nourris et des youyous

alexandrins retentissent au loin. L'ombre d'un couple enlacé à l'écart d'une ronde en est sans doute la cause. Ils sourient, repartent vers le groupe, sans se tenir la main mais avec un fil invisible renoué entre eux, et un peu plus de sérénité dans le cœur. Avant même d'atteindre le cercle pour s'y asseoir de nouveau, ils entendent une voix dynamique à l'enthousiasme effréné demander :

— Alors, on part où l'année prochaine, avec les enfants ?

REMERCIEMENTS

Après un homard et un kangourou, des libellules… pour clore cette (fausse) trilogie animalière…

Point de drame, cette fois… juste de l'ordinaire.

La vie comme elle est, avec ses petits travers,
Tantôt rude, tantôt légère,
La vie comme elle est, douce-amère.

Parce que l'amitié a une grande place dans ma vie, j'ai d'abord une immense pensée pour mes amis, mes copains, ceux avec qui je (on) passe de si bons moments ! Je ne pourrai tous les citer, mais je ne peux omettre mes trois « meilleures » amies (je n'aime pas ce mot parce qu'il n'y a pas de classement, mais elles le sont et tout le monde le sait) : Gwen, Christelle et Isa. Nous quatre, c'est pour la vie.

Sans les nommer, je souhaite rendre hommage à tous ceux qui nous ont accompagnées lors de nos vacances entre amis, copains, (ex-)conjoints, enfants… J'ai évidemment beaucoup pensé à tous, et à ces moments forts depuis 2011… toujours différents. Et même si certaines choses changent, je ne peux que vous dire : vivement les prochaines !

Après cette introduction, je voudrais dire MERCI…

À Toi qui, quoi qu'il en soit de nous, restes et resteras mon Toi… mon homard, mon refuge, mon conseiller, mon ange gardien visionnaire… unique. Tu es toujours là, et tu crois en moi pour deux, depuis le début. Sans toi, je n'en serais pas là. Je ne l'oublierai jamais.

À ma mère, qui est devenue ma première fan, mon ambassadrice mayennaise, même… et qui m'a vue quitter l'Éducation nationale pour devenir écrivain (le rêve de mes dix ans), sans (trop) s'inquiéter… et non sans fierté.

À toute la maison d'édition Michel Lafon, pour sa confiance encore renouvelée : Michel Lafon, Elsa, Laurent, Aurore, Anissa, Anne, Anaïs, Frédéric, Julie, Marion, Camille, Honorine, Margaux… Tous ceux qui œuvrent pour mes livres et moi, pour qu'ils existent et aillent jusqu'à vous, pour qu'on en parle, pour qu'ils soient beaux, bien distribués, numériques, traduits… et un jour adaptés ? Et pour que je puisse venir à votre rencontre, dans les Salons du livre et les librairies.

À Maïté, de la même maison, mais qui mérite largement son paragraphe à elle toute seule… parce que, croyez-moi, c'est une éditrice en or. Oui, merci à toi tout spécialement, pour ton accompagnement et tes conseils, tes mots et ton humour, ton professionnalisme, ton regard affûté. Sacrée aventure que celle de ces libellules ! J'ai déjà hâte de travailler sur mes prochains romans avec toi.

À toute l'équipe tout en sourires du Livre de Poche,

et en premier lieu à Audrey et à Véronique. Je suis tellement heureuse de la deuxième vie que vous offrez à mes romans ! Grâce à vous, ils atteignent des dizaines et des dizaines de milliers de lecteurs en plus. C'est merveilleux !

À mes lecteurs, justement… vous qui lisez ces lignes. Je ne saurai vous exprimer assez ma gratitude. Depuis *La Délicatesse du homard* (et même avant, pour ceux qui ont lu mes premiers romans autoédités), vous êtes de plus en plus nombreux à me lire, à me suivre, à attendre « le prochain »… à compter parmi mes « fidèles ». Vous êtes des hommes, des femmes, des jeunes, des moins jeunes… Vous vous passez de main en main mes romans, en famille ou entre amis… Vous en parlez autour de vous, vous contribuez à leur succès… Vous me faites des retours incroyables et parfois très émouvants. Vous venez à ma rencontre, toujours un peu plus nombreux, et chaque fois je n'en reviens pas. Grâce à vous, je vis un rêve éveillé. Pour tout cela, MERCI.

Aux blogueurs, blogueuses, booktubeurs, booktubeuses… merci de parler de mes livres, et surtout merci de partager votre passion avec les lecteurs. C'est toujours un plaisir de vous croiser lors des salons que vous arpentez avec enthousiasme, de vous rencontrer, de vous retrouver…

À mes amis auteurs, indés, hybrides, tradis… Quel bonheur de vous retrouver de salon en salon… et de partager tous ces moments de complicité avec vous. Quel bonheur, aussi, de vous côtoyer à présent dans des recueils de textes !

Aux libraires, enfin (avec une pensée spéciale pour Marie, Nadine, Marie-Adelaïde, Nicolas, Florence et

Alexandre). Parce qu'il n'existe pas de meilleur intermédiaire entre auteurs et lecteurs. Merci à tous ceux qui m'ont accueillie dans leur librairie ou sur leur stand, et à tous ceux que je rencontrerai cette année avec ce nouveau titre.

À tous… Je vous dis à bientôt… car cette année s'annonce intense et pleine de surprises !

Retrouvez l'auteure sur

Facebook
Lauremanelauteur

Instagram
lauremanel

et son site officiel
www.laure-manel-auteur.com

DE LA MÊME AUTEURE :

La Délicasse du homard, Michel Lafon, 2017

La Mélancolie du kangourou, Michel Lafon, 2018

L'Embarras du choix, Michel Lafon, 2019

Histoire d'@, Le Livre de Poche, 2020

PAPIER À BASE DE FIBRES CERTIFIÉES

Le Livre de Poche s'engage pour l'environnement en réduisant l'empreinte carbone de ses livres. Celle de cet exemplaire est de :
250 g éq. CO_2
Rendez-vous sur www.livredepoche-durable.fr

Composition réalisée par MAURY-IMPRIMEUR

Achevé d'imprimer en France par
CPI BRODARD & TAUPIN (72200 La Flèche)
en octobre 2020
N° d'impression : 3040404
Dépôt légal 1re publication : mai 2020
Édition 05 - octobre 2020
LIBRAIRIE GÉNÉRALE FRANÇAISE
21, rue du Montparnasse – 75298 Paris Cedex 06

88/3286/1